苍茫之下

血斑斓

钟宇 著

花城出版社
中国·广州

图书在版编目（CIP）数据

苍茫之下：血斑斓 / 钟宇著. -- 广州：花城出版社，2024.12. -- ISBN 978-7-5749-0298-5

Ⅰ．I247.5

中国国家版本馆CIP数据核字第2024QL0376号

出 版 人：张 懿
责任编辑：李 卉   邱奇豪
责任校对：汤 迪
技术编辑：凌春梅
封面设计：张贤良

书　　名	苍茫之下：血斑斓
	CANGMANG ZHI XIA: XUE BANLAN
出版发行	花城出版社
	（广州市环市东路水荫路11号）
经　　销	全国新华书店
印　　刷	佛山市浩文彩色印刷有限公司
	（广东省佛山市南海区狮山科技工业园A区）
开　　本	880毫米×1230毫米　32开
印　　张	8.5　1插页
字　　数	180,000字
版　　次	2024年12月第1版　2024年12月第1次印刷
定　　价	49.80元

如发现印装质量问题，请直接与印刷厂联系调换。
购书热线：020-37604658　37602954
花城出版社网站：http://www.fcph.com.cn

如果让你回到过去,面对三十年前的自己,你想要对他说什么?
我想,我会告诉他:"离开这个女孩,她会蚕食你的人生。"

2022年1月

目录

刘剑：屠宰车间家属院命案 / 001

贺清明：社会小孩与油田子弟 / 095

顾文：说好的重新做人 / 170

白禾：如果我的世界里没有了你 / 243

刘剑：屠宰车间家属院命案

1.油田护厂队

屠宰车间家属院的命案，是护厂队最早发现的。而组建护厂队的方案则是厂区派出所的刘长春所长提出来的。

刘长春祖籍长春，他爹在大庆油田待过，最早是钻井队的，和铁人王进喜还是同事，后来腿受伤了，就调去了保卫科。轰轰烈烈的石油会战时期，他跟着大部队来南陆油田，在派出所工作。参战的油田人就笑，说保护他们南陆油田人的居然是个瘸子。

刘长春他爹也不生气，说："我瘸也能把你们给保护好，信不？"

说者无意，可在旁边听着的小屁孩刘长春却上了心。作为一个油田人，接父辈工种的班是迟早的事，所以刘长春打小就努力朝着公安的人设靠拢，具体表现在十二岁就学会抽烟，一抽就要抽到烟屁股烫手指那种。到警校毕业分配，作为油田子弟的他自然是进了南陆油田厂区派出所，并且几年下来，就干到了派出所所长，跻身精英干部之列。

到20世纪90年代初，改革开放的春风浩浩荡荡，社会上各种不稳定因素也开始蠢蠢欲动。地方上的人瞅油田里的人，眼红。于是，总有人惦记着油田，隔三差五地跑来顺东西。最开始是偷鸡鸭或收走晒着的玉米，慢慢发展到入室盗窃——偷钱、搬电视。到最后，竟开始剪电线、偷原油。出了"油耗子"，这事就玩大了，影响到了生产安全。于是上面就发下话来，启动"1994铁拳行动"，严厉打击针对油田的偷盗行为，力争"来一个抓一个，来两个抓一双，来三个，咱给一锅端"。

启动大会上，刘长春上台当着全场人拍了胸脯。等回到派出所，就为难了。那年代没有摄像头，天一黑路灯都忽闪忽闪的，因此抓"油耗子"只能靠蹲守和巡查。加上基层派出所的警力就那么些（这搁在全国都是让人头疼的问题），刘长春下面就十几号兵，加上厂保卫科里那七八个人，总共二十几个老爷们，却要管着油田里几万人的人身财产安全——巧妇难为无米之炊般的拮据。于是，他站在窗台前抽了一上午烟，下午就找了几个骨干开小会，商量成立护厂队的事。到晚上，他又去了一趟保卫科，和保卫科的邓志伟科长说了下这事。邓志伟一拍大腿，说："我怎么就没想到这么个好办法呢！那群待业在家的小王八羔子，让他们闲着就是治安隐患，招安过来为我们所用岂不甚好！"说完这话，邓志伟又冲刘长春竖大拇指，夸"好谋略！好谋略！"

所以，一群中学毕业没考上中专或大学，且待业在家等油田招工的油田子弟，就被召集起来，成立了护厂队，队长是当时还没加入警队的刘剑。

对了，这里得备注一下，刘剑的爸爸是刘长春。也就是说，加上刘剑，他家三代从警。

刘剑是标准的油三代，所认知的世界只有油田这么大一个地。超出油田的部分，叫作地方。地方上的同龄人，叫地方小孩，和他们油田子弟不是一个世界的。打小开始，刘剑就是领着院里一帮油田子弟跟地方小孩三天两头打架的主。他又贼，是那种使唤别人打，自己搁在后面指挥的小孩。也是因为沉迷于指挥打架，刘剑学习上掉了链子，考警校居然在文化课上没过。后来，被他爸刘长春胖揍了一顿，扬言不会再考，要离开油田，出去闯世界。

于是刘长春就谋划了这护厂队的活，一招制敌，让刘剑收了心，等明年夏天再安排他去警校。刘剑也是干这活的料，很快就召集好了人马，不外乎就是院子里那群和他一样打小贪玩的半大小伙。当然，绝对不能少了他的结拜兄弟——毛熊和张执跨。

二十几个半大小伙，在保卫科旁边的会议室里开了会，派出所的刘长春所长和保卫科的邓志伟科长都上台发了言，鼓励护厂队队员们多多熬夜，抓"油耗子"。队员们自然来劲，因为"油耗子"一般都是地方上过来的，是这班半大小伙臆想中的对立面势力。于是，他们就喊起了响亮的口号——"油田是我家，安全靠大家"，当天就分成了五个巡逻小队，开始在厂区通宵巡逻，抓"油耗子"。

护厂队成立的第一天晚上，就立了个大功。一小队，也就是队长刘剑带着毛熊和张执跨的小队，晚上巡逻到机关家属院时，听到楼上"砰"的一声巨响，然后是惨叫和小孩哭的声音。三个小伙跑上楼，循着哭声踹开了人家房门，瞅见运输大队的老马头和他的二婚妻子赤条条地躺在地上，刚出生的娃娃则在厅里哭。房间地上有一个裂成了两半的硕大木桶，老马头在边上口吐白沫，抽搐得厉害。那二婚妻子抓着浴巾遮住自己的重要部位，显得不知所措。刘剑等三人连忙上前，把一百八十多斤的老马头用被子裹着，抬下楼，送去了油田人民医院。因为送医及时，人给抢救回来了。第二天，老马头那离了婚的前妻就给护厂队送了面锦旗，上面写着"救死扶伤"。刘长春看着这锦旗，不知道老马头这前妻是几个意思。

之后也还原了事发经过：老马头好泡澡堂子，出门泡完不过瘾，买了个大木桶，还要在家里泡，反正家属院里的水电气都不要钱。他自己泡还不行，非得扯着他那二婚的小老婆一起泡。也不知道是木桶质量不好，还是泡的过程中有啥动静。这一泡，把木桶给整垮了。马老汉往地上一摔，就脑梗了。

这锦旗一收，护厂队的小伙就都乐开了花。首先，是讨了个头彩，给护厂队争了光。其次，这老马头的小老婆好看，当时据说还没穿衣裤。护厂队的小伙们听刘剑他们仨复述时，都激动不已。而最后，实际上也应该说是最重要的一点，这一群没学上了的半大孩子，平日里常常被各自父母一顿数落，搁在考上了中专和大学的同龄人中一比较，算是丢人玩意。再说了，他们作为油田人，又不能为油田做些什么，便渐渐成了油田的边缘人，造粪机一般地存在着。而有了这护厂队,他们一下就充实了起来,再加上第一枪还涉及男欢女爱的情节,自然更是让人斗志昂扬。

至于让南陆油田人始终唏嘘不已的屠宰车间命案发生时,护厂队才组建一周。那天,也是刘剑领着毛熊和张执跨在厂区巡逻。张执跨看过几本外国的侦探小说,懂方法论,所以要刘剑和毛熊不要打开手电筒,大家摸黑巡逻才会有收获。毛熊反正是个傻大个,机器人似的,刘剑说啥就是啥。刘剑没说,那就瞪眼看张执跨说啥。于是,此刻的他就在黑暗的厂区小路上往前大步开路,后面跟着我们的队长刘剑,以及张执跨。

转到屠宰车间时,毛熊就停步了,说:"哥,前面有人哦。"

刘剑往前了一步,还率先蹲下。毛熊和张执跨见他蹲下时一副训练有素的模样,便也学样跟着蹲下,一起望向前方。这屠宰车间其实并不是一个生产车间,而是一个家属院,家属院门口有一排平房空着,到逢年过节时候,厂里买回大牲口,雇杀猪的人在这平房给杀了,分肉给油田的职工。也是因为每年要杀这么多大牲口,所以油田人都嫌弃这个家属院,不愿意来住。再加上这位置本来就偏,住这的人就更少了。三人之所以会巡逻到这边来,是因为张执跨有个要好的姑娘,叫白璐,去年师专毕业回了油田,在小学干语文老师。白璐就住在这屠宰车间家属院里。

毛熊说的人影,是从屠宰车间家属院大门走出来的一个穿白色汗衫的中年男人。按理说,家属院出来个人并不是多大个事,毕竟炼油厂那边有上夜班的,这男人兴许是要去炼油厂上夜班。之所以让刘剑和毛熊、张执跨警觉,是因为这男人手里还提着一个红白编织袋。编织袋很大,可里面似乎没装什么东西,空空荡荡还在晃。刘剑就小声说了:"十有八九是来偷东西的。"

毛熊激动起来:"昨天屠宰车间里又杀了猪,这货怕是偷猪肉的。"

三人越发兴奋,可毕竟没个确凿证据断定对方真就是个贼。于是,三人就跟上了前面这中年男人。

中年男人并没有留意到后面有人。他步子并不快,走出去两三百米时,还停下了一次,只见他突然转头,把刘剑等三人吓了一大跳。所幸他并没有望向刘剑等人猫着的暗处,而是朝着那屠宰车间家属楼望去。望了有个十几秒,他又转身,继续往前。前面不远处,有家面馆还开着门,做夜班职工生意的。这中年男人就进去了,点了个面。

张执跨说:"我们过去,也吃面,便于观察。"

毛熊说:"我没钱吃面。"

张执跨之所以叫张执跨,因为他爸是油田领导,张执跨是独子,典型的纨绔子弟,不学无术,把别人是"纨绔子弟"说成了"执跨子弟",才得了"张执跨"这个外号。于是此刻的张执跨就说:"我请你们吃就是。"

刘剑"嗯"了一声,抬头挺胸往面馆走去,俨然是他要请人吃面似的。

天热,面馆的桌子都摆在外面。三人坐到了那中年男人身后的位置,点了面,继续盯可疑对象。等到这边的面上来了,那中年男人的也上了,众人便开始吃面。

刘剑他们三个小伙子吃饭的声音很大，但那个中年男人好像不太饿，吃得比较慢。他夹起面条，吹吹，然后放进嘴里。吃着面条，他还看着屠宰车间家属院的楼。接着，他也不吸面条，直接把面条咬断。软软的面条在他嘴里就像嚼牛筋一样，嚼得很有劲，但不往嘴里吞。

刘剑心里就想：这大晚上不是肚子饿了的，一般都不会出门吃面。又或者，他是要去上夜班，那此刻更应该三口两口把面吃了，去赶炼油厂的班车才对。想到这，他又瞅见桌子下，对方没拿筷子的左手，始终抓着那编织袋，舍不得把编织袋放地上。刘剑就更警觉了，开始盯那编织袋，想要推断那编织袋里是装着什么。旁边坐着的张执跨见刘剑盯那编织袋，便也将注意力往那编织袋上放，并小声说："屠宰车间里只有猪肉，这货怕是偷了点猪肉。"

毛熊咕噜咕噜喝完了面汤，一抹嘴，也压低声音："这次的猪肉好像已经分走了，我爸今天晚上就提了肉回家。"

张执跨又说："肉没了，可猪头啊，杂碎什么的应该还在。"

刘剑也正是想到了这，因为他瞅着那编织袋里的东西好像是个圆球形状的。如果对方是从屠宰车间里偷了东西出来，那留在车间里的猪头，正是这个形状。

他咬了咬下嘴唇，眼睛盯那编织袋都盯得要出血了。他爸是干公安的，所以刘剑打小就知道干公安的不能在没有确凿证据之前就贸然行动。抓错人事小，扰民才是大事。可理归理，尚年轻的他，当天在身旁的毛熊和张执跨你一言我一语的说道下，又怎么可能真正做到纹丝不动呢？

于是，他想起了他爸刘长春常用的一招——暴喝。普通群众遇到暴喝，也就是被吓一跳，不会有下意识撒腿就跑的动作。毕竟没干亏心事，不怕鬼敲门。可犯罪分子不一样，一颗心本就悬在半空，听到暴喝，一般都会毫不犹豫逃跑。

想到这，刘剑就有了决定。他没提前知会毛熊和张执跨，而是自己缓缓站了起来，往那中年男人坐着的位置走出了几步。身后的毛熊和张执跨见状，也微微起身。

刘剑一吸气，接着大声吼道："蹲下，袋子里是啥？"

果不其然，那中年男人第一反应是径直往前，桌子也被他撞翻了，手里拧着那编织袋撒腿就跑。刘剑之前在学校篮球队打过前锋，爆发力强，此刻往前一个箭步，伸手要逮对方。可那家伙应该是在玩命，跑得也快，刘剑没抓到他人，只扯到了那编织袋。编织袋并不结实，被两股这么大的力一扯，哗啦一声就裂开了，一个圆碌碌的东西就往地上掉，还滚了几下。毛熊就喊了："好家伙，果然是偷猪头的贼。"可紧接着，众人看清，这掉落下来的猪头上，还带着黑色的长发。长发跟着头颅在地上滚动了几下，最终停顿，是一张人的脸正对着三人。

毕竟只是三个十七八岁的半大小伙，当时他们就吓蒙了，压根就没再追那中年男人，任由他跑进了黑暗中。接着，是张执跨最先开口，他的声音在颤抖，带着哭腔，说："这……这……这不是白璐吗？"

刘剑也定睛一看，地上那紧闭着眼，被黑色头发缠绕着的人脸，正是下午他和毛熊陪张执跨一起去学校接了并送回到屠宰车间家属院里的白璐——去年刚毕业进了油田小学做语文老师的白净漂亮的小姑娘白璐。

刘剑当时双腿也发抖了,可毕竟是公安世家出来的孩子,基因里有警察的范,连忙深呼吸了几下,还用手掐自己的中指指尖,努力镇定下来。他想要上前捡起那头颅,可最终还是不敢。脑海中,他爸刘长春在遇到这种情况时如何行事的画面,被他快速推演了一遍。最终,他扭头,冲那走出来吓得脸色发白的面馆老板说:"看好现场,不允许任何人碰这人头。"

他又冲毛熊喊:"快去我家叫我爸。"

毛熊点头,扭头就跑。张执跨连忙喊他:"你跑反了,刘剑他家住那一头。"

毛熊应该是吓蒙了,所以才会方向不分。这傻大个愣了下,转身朝另一头飞奔而去。

最后,刘剑望向张执跨。

张执跨问:"我俩干吗?"

刘剑说:"我俩上楼去白璐家,那里才是第一案发现场。"

张执跨点头:"她家是402。"说完便带着刘剑往屠宰场车间家属院跑去。

两人很快进了楼道,往四楼跑。楼道上没灯,黑乎乎的。两人心里其实也都害怕,但事情紧急,由不得多想。也不知道是心理作用还是屠宰车间本就有这味道的缘故,浓烈的血腥味快速冲击着两人的鼻腔,让人越发毛骨悚然。

到了四楼。那年代的筒子楼,都是一条走廊往前,屋子在右手边,左边是围栏。这天月亮很好,月光尚在,银色的光在走廊上逗留着。房门那一边，却完全归属了夜晚。若干房门，如同若干个通往黑暗的通道。

"白璐家是第二间。"张执跨在刘剑身后说道。

刘剑率先冲到他所说的那房门前，果然，血腥味尤甚。但，比这腥味更让人感觉不适的，却是他们抵达门前，双眼所见。

他们看见了一个人。

那402房的窗户就在房门旁边，窗帘拉开了一半。里面有一个赤裸着上半身的十岁左右的小女孩正站在窗前。她身上沾满了血污，头发却梳理得整齐。她皮肤白皙，五官姣好，却没有血色，血管似乎都能够被人窥探个究竟，并洞悉在其中缓缓而动的血液。她眼睛是睁开着的，望向窗外的人，头微微歪着。

刘剑扭头，朝身后望去。因为他发现，那屋里的女孩伫立着，视线所在却并不是此刻走廊上的来人。接着，刘剑看到那月光下，远处的面馆，正在屋里的女孩视线之内。

刘剑头皮一麻。因为他意识到，之前他们所见的那中年男人朝着家属院楼上的频频窥探，其实……其实是在与这小女孩对视。

她，这个满脸稚嫩的小女孩，赤裸着身体站在窗前，与背着人头的恶魔对视。

一句不知道是从哪本书里看到的话，在刘剑脑海中莫名地蹦了出来——当你凝望着深渊，深渊也凝望着你。

张执跨在刘剑身后说："这是白璐的妹妹。"

刘剑"嗯"了一声，一咬牙，将这402的房门一脚踹开。

果不其然，里屋的床上，是令人不敢直视的一具残缺尸体。可那一刻的刘剑并不在意。他第一时间脱下了自己的夹克，包在了那小姑娘身上，并把她抱出了屋子。小姑娘很瘦，像是一片没有分量的羽毛。她似乎并不在意被刘剑抱起并往外走，依旧面无表情。但她始终望向那远处的面馆，也就是中年男人最后出现的位置。

刘剑便也下意识往楼下看，若干群众已经出现在面馆位置，对着地上的人头指点。也就是这一眼所至，刘剑还看到人群中有个戴帽子的黑衣男人并没有望向地面，而是抬着头，朝着自己所在的四楼张望。

刘剑当时心里就咯噔了一下，按理说，大晚上听见声响出来看热闹的，自然是要盯着地上才对。再说，也没有人知晓地上这人头与自己所处的第一案发现场有着关联。

可对方……

由不得多想，他收住念头，将小姑娘抱到了屋外。张执跨手足无措，说话带着哭腔："接下来怎么办？"

刘剑将那小姑娘放到地上，让她靠墙坐着。这样，她得以与一墙之外残缺的白璐有了距离，不至于触目惊心。左右住着的人家被惊醒了，有人开灯。刘剑吩咐张执跨："别让他们出门，等我爸他们过来了再说。"

张执跨往里吸了口气，居然有鼻水的声音，许是惶恐得有点过头了。他咬咬牙，在走廊上喊话："谁也不许出来，警察办案。"

结果倒好，更多人家的灯亮了。

刘剑恼这张执跨没有杀气的叫喊，他跟着站起来，顺手抄起旁边一把放在蜂窝煤堆旁的火钳，往那栏杆的生铁上用力一砸。"当啷"一声，在夜色中传出好远。

他吼道："谁也不许出来，等派出所的过来才能开门。"

二十几分钟后，刘长春领着同事和保卫科的人赶到时，整个屠宰车间家属院里灯火通明，全部是被刘剑和张执跨给吵醒的。人们站在各自房门口指指点点，不知道发生了啥。楼下面馆门口，聚了怕是有三五十号人。大伙也都自觉，一个个学着面馆老板的模样，双手张开，说："保护现场，别靠太近。"

刘长春脸就黑了，领人上四楼，见刘剑和张执跨站在那402房的两头守着。邻居都出来了，往402张望。两个小伙凶神恶煞，怒视阶级敌人一般瞪着一干人，不让靠近。

刘长春说："让让，让让！"率队到了402门口。接着，他就看到地上坐着的那小女孩，身上裹着自己儿子刘剑的衣服。小女孩一双眼睛睁得很大，眼白和眼黑分明。

刘长春朝屋里看了一眼，对身后一个同事小声说道："赶紧通知市局刑警队。"

那同事点头，转身去了。刘长春这才开始瞪自己儿子——护厂队的队长刘剑。

"你……"他又瞪张执跨，"还有你，现在回家待着。"

刘剑一愣："爸，我们是现场第一目击证人，和歹徒交过手的当事人，不是应该录个笔录吗？"

刘长春说："少废话，现在领着你的俩伙计，回家里待着。一会再去叫你们。"

刘剑这才缓过神来,因为他家就在派出所后面的家属院。他爸要他回家待着等人来叫,其实就相当于让他们回派出所待命。如此恶劣的杀人案,自然是要等刑警队的那些大人物来了,再唤他们仨询问。

刘剑点头,对张执跨招手,往楼下走。可一抬腿,裤脚被扯了一下。他往下看,扯他裤脚的是那小女孩。小女孩仰着头,眼睛很大,眼黑与眼白分明,但看不出里面是否有惊恐或害怕,如平静湖面一般。张执跨见到了,就说:"这是白璐的妹妹,叫白……白什么来着?"他挠了挠头,说:"叫白禾。"

刘剑点头,冲看着自己的白禾说:"没事……"说出这话,他又意识到自己这话说得不对,小女孩的亲姐姐惨死,怎么会没事呢?刘剑皱眉,他读书时文科一塌糊涂,此刻词汇量更是贫乏得不行,挤了一会脑汁,扔出一句:"别怕,我会保护你的。"

"保护个屁,赶紧给我下去,在家里候着。"他身后是刘长春的叫骂声。

小女孩却点了下头,她似乎记下了刘剑说要保护自己的承诺,松开了手。刘剑心里莫名其妙难受,又再看了白禾一眼,一扭头,领着张执跨下楼去了。

到楼下,又看到傻站在家属院门口的毛熊。毛熊说:"怎么着?我们是继续去巡逻吗?"

张执跨说:"巡逻个球!都出人命案了,还巡逻?"

刘剑挥手:"走,跟我去我家,等着市局刑警队的人过来再说。"

　　三人就往外走。到那面馆时，刘剑往人堆里看，想要找出之前在这楼下和自己有过对视的穿黑衣服戴帽子的人，没找着。他便也转身，学着之前那杀人犯和黑衣人的模样抬头，去看那家属院楼上。

　　走廊的微光下，能看到在现场忙碌的人们与围观着的邻居。接着，刘剑还隐约看到，有个小小的身影站到了栏杆边，面朝着自己。

　　是白禾？不过，刘剑并不能看得足够清楚。但是，反观他自己所站的位置，有路灯和面馆为了做生意架出来的明亮光源。也就是说，他并不能看清楚远处那四楼黑暗中的对方，而对方——也就是白禾，却能清晰地看到自己，甚至能看到自己的目光扑向何方。

　　刘剑想要冲小小身影做个什么手势，抑或是挤出个什么表情，最终还是作罢。他一转身，领着张执跨和毛熊往自己家——也就是派出所方向走去。

　　南陆油田不比大庆、胜利、辽河那些大油田，是小油田。人家大油田二三十万人口，南陆油田就五六万人而已。按理说，大晚上的，屠宰车间位置又偏，出个命案，并不会弄得人尽皆知。可经护厂队的刘剑和张执跨两人那么一吼，得了，这件事在整个油田很快就会传开。

　　刘剑走到半路，自己也想明白他爸冲他黑脸的原因。张执跨和毛熊一路上来回说道着当时那一瞬间，应该如何如何的话语，刘剑都没搭话。快到派出所了，刘剑才冲他们凶，说："别事后诸葛亮了！"

吼出了这一嗓子，他舒服了一点，领两人过派出所门口，往家里走。到家门口，他掏钥匙，开门，再伸手往门旁边，拉灯绳，开灯。灯一亮，发现自家屋里的地上，有着一张折叠着的大前门烟盒纸，应该是从门缝里塞进来的。

刘剑皱眉，弯腰捡起来，展开烟盒纸，里面居然写了字。张执跨和毛熊也看到了，探头过来，毛熊心大，这一会还乐："情书吗？"

是歪歪扭扭一行字，不像是女孩子写的。字迹很浅，模糊，不是钢笔或者圆珠笔，反倒像是用铅条或者瓦片给刻上去的。烟盒纸被戳了两个窟窿，许是写的人写得着急，下面没垫东西。

杀人犯在干打垒。

三人就愣了，张执跨说："这是什么人留下的纸条啊，他怎么知道杀人犯躲在干打垒？"

毛熊一挺胸："那我们赶紧赶过去。"

刘剑说："案发到现在一个小时不到，我们仨才是正经的第一目击人。还有比我们更清楚这事的人？不太可能。"

张执跨便点头，说："有道理。关键是，他还知道你家，还跑来你家塞纸条。"

"刘剑家在哪里，院里的小伙基本上都知道啊！"毛熊便笑了，"不单是院里的人知道，地方小孩也知道，之前那小混蛋不就组织了一帮人跑来你家堵你吗？"说到这，毛熊瞪眼了，又说："嘿，忙起大事了，我还忘给你俩说了——

我去派出所路上,遇到了小混蛋,这家伙戴个黑帽子鬼鬼祟祟的,不知道跑进我们油田来,又是想要使什么坏。"

"黑帽子?"刘剑便追问,"你说你看见了小混蛋,他还戴了个黑帽子?"

"嗯,黑帽子黑衣裤,就在屠宰车间附近给遇上的。"毛熊认真回答道。

刘剑倒抽了一口冷气,寻思着自己在案发现场的四楼往下看,发现黑衣人时,怎么总觉得有点眼熟。原来,是小混蛋这家伙。

小混蛋,全名叫贺清明,南陆市本地人,和刘剑他们年龄相仿,也就是刘剑他们说的地方小孩。去年夏天,几个地方上的小伙来油田旱冰场玩,五六个人不租溜冰鞋,站在场外盯着油田的小姑娘调笑,还吹口哨。当时就有人跑出来叫人,刘剑作为这一代的油田孩子头,自然得过去。两帮人在旱冰场起了冲突,不过没真打起来,因为是在油田里面,赶过去的没事干的油田子弟有十几个人,人数碾压对方,对方不敢耍横。临走的时候,对方为首的一个白净高个冲刘剑瞪眼:"不知道我是谁吧?我是贺清明,南陆小混蛋贺清明。"

刘剑说:"你这外号还挺威风啊,不过缺点杀气。不如改叫南陆小王八,嗯,小王八蛋也可以。"

这小混蛋贺清明就阴沉着脸说:"得,你是叫刘剑对吧?你等着,这事没完。"

他们走后,就有人给说了,这贺清明是南陆市混社会的年轻人里,这两年最猛的一个,据说还是跟着南霸天。至于南霸天的故事，说起来就有点长了——他是之前南陆市赫赫有名的铁臂七兄弟里，唯一一个没被枪毙的猛人，属于那个年代南陆社会人心目中金字塔顶端的人物。

这事一下就在油田传开了。一干油田子弟——机关大院的、钻井队院的、运输公司大院的、机械车间的……基本上每个大院都来了人，闹哄哄地在旱冰场外面聚着，冲刘剑等人拍胸脯，说了些"你们并不孤单，整个油田的兄弟们与你们同在"之类的话。那一会张执跨也赶到了，专门在家里偷了他爹一条烟出来，开给大家抽，整得跟个英雄会似的。到饭点，这帮大孩子才散了，毕竟都得回家吃饭，拍胸脯吹牛管不了肚子饿，只剩下刘剑、张执跨和毛熊三个人。三人是初中就厮混在一起的哥们，长身体那会互通有无，差不多同时发现乳房里有了硬块，忧心忡忡地以为哥仨都会变性。这种共过患难的交情，遇到大事，自然不会临到饭点，扔下兄弟回家吃饭。三人就去了刘剑家，刘剑他爸工作忙，长期在所里。他妈走得早，刘剑才七岁时就死了，所以家里没人。三人一边煎鸡蛋煮面条，一边分析小混蛋贺清明今晚会不会领着人过来闹事。

果不其然，那天晚上贺清明真就领着人来了，十几个，都是平头，大热天的一个个穿着长袖，下摆没扎进裤子里，说明后腰上藏着武器。油田子弟里，也有和地方小孩关系好的，私底下应该是说了刘剑他家的位置。这十几个平头，在贺清明的带领下，摸黑到了刘剑住的那家属院外面。

也都是些没眼色的主，旁边就是油田派出所，警徽挂在显眼位置，他们愣是没看到。一干人等站在那院外，掏出西瓜刀,冲院里喊:"叫刘剑的小王八蛋,自己滚出来。否则,今天我们就要血洗你们油田。"

吼得应该是挺激动的,像是田径运动员在发足狂奔前的热身。派出所里当班的民警们听见了,探头往外一看,乐了,提着警棍就出来了。贺清明及其带领的十几个平头扔下西瓜刀,撒腿就跑,飞快的速度说明来的是地方小孩里身体素质比较过硬的一个团队。最后,他们中居然没有一个被油田派出所的人给逮上。

之后,刘剑他爹刘长春问清楚了情况,骂了刘剑几句,也没多说。

所以,刘剑他们几个和贺清明是认识的,算是仇家那种。今晚如果不是出了这么大的事,那贺清明摸黑潜入油田,被刘剑等人发现,可是要来一场围捕行动的。

刘剑便皱眉了。当时他年纪还不大,想问题比较飘,那一会就开始瞎想:这贺清明知道我家,且又去了凶案现场,和我们仨也有照面。那么,会不会是这家伙躲在暗处,掌握到了更为惊人的线索,却又因为某些不可告人的目的,不敢言表出来,所以才跑来我家留下了这个纸条。

张执跨和毛熊见刘剑面露思考状,便不吱声,看着他,等着听他思考后的结果。可结果没等到,门外就有人喊话了:"刘剑,你爸要你来所里。"

刘剑应了,还反问:"马叔叔吧?是去录笔录吗?"

外面的人说:"是,刑警队的人来了。"

三人听说是刑警队的人到了,就激动起来,出门往派出所跑。只见那派出所外面,多了两台警车。车顶的警灯开着,晃啊晃的,在夜色中绚烂异常。

毛熊说:"红姐发廊前几天也装了个这种转啊转的灯,不过比这警车上的要大。"

张执跨骂他:"就你啥都知道。"

说话间,三人进了派出所。刘剑他爹刘长春不在,是马民警冲刘剑他们仨努嘴,告诉旁边两个穿着警服的人:"这就是发现人头的小伙们。"

来人是市局刑警队的,逮着他们仨问询,做了笔录。三个人你一句我一句,把整个过程都说得挺详细。不过,他们都没说三人回到刘剑家里,收到那张小纸条的事。毕竟留下这小纸条的行径本就像是小孩子的作为。三人这年纪,是努力装得像一个成年人的年龄段,自然不会说出这事。当然,小纸条事件,他们自己也觉得并不靠谱。

末了,一个微胖的刑警拿出画板和铅笔,要他们仨详细说下当时他们遇到的那穿白汗衫的男人的面貌特征。

三人便开始描述,你一句我一句,有点混乱,但也是因为有三个人,能够遵循一个少数服从多数的原则,最终会有统一意见出来。比如刘剑说那男人是个大小眼,张执跨说不是。到毛熊挠了挠头,说好像是个大小眼。那结果对方就是大小眼了,张执跨争论也没用。

胖警察也不多话,一边听,一边在画板上不断唰唰唰地画。整了有大半个小时吧,最后胖警察将画板反过来,问他们仨:"是这个样子吗?"

三人一看,同时摇头,说:"不是。"毛熊情商低,不会说话,此刻他还补上了一句:"不单是不像,你这画得压根就不像是人像，跟个大猩猩似的。"

这胖警察便恼火了，说："明明是你们自己说得不清不楚。"说完这话，他就往隔壁房间去了。派出所里的那马民警就笑，在刘剑旁边小声说道："这是市局刑警队的彭队，破案是把好手，就是没事喜欢学电视里画嫌犯画像。画了这么多年，没有一个画得像……"

三人便也笑了。

这时，外面就有摩托车的声响。刘剑熟悉这声音，说："我爸回来了。"

果然，几分钟后，这油田派出所所长刘长春就进来了，他手里抱着个半大孩子，孩子身上披着的是刘剑的外套，自然是那屠宰车间杀人案的目击者白禾。白禾身上的污垢应该是被人抹过了。她表情木讷，但在第一时间看到刘剑并与之目光交会的瞬间，似乎闪过一丝什么。也就是这一瞬间，刘剑的心好像被人给揪了一下，冷不丁地想起之前自己对着小姑娘说的那句要保护对方的话语。

他站了起来，冲他爸刘长春说："要不要我帮你照看这小妹妹？"

刘长春没搭理他，一手抱着白禾，一边对马民警问道："这三个小兔崽子的笔录做好了没？"

马民警说："做好了，市局的人亲自给问询的。"

刘长春点头，然后扭头回来，对刘剑他们仨说道："都各自滚回家，睡觉。"

张执跨说："叔叔，我们护厂队还得巡逻。"

刘长春说："巡逻个屁，今晚你们都滚回家，给你们放假一天。"说完还瞪了刘剑一眼："尤其是你。"

刘剑就有点不服气："我又怎么了？我这不是帮你们发现了案情吗？你怎么整得好像是我们没遇上那杀人犯，案子就不会发生似的？"

刘长春放下手里的白禾，冲旁边的女警招手。女警过来牵白禾，白禾却不动，转过身来，直愣愣地看着刘剑。

刘长春皱眉："你说说你，没让你出来帮忙巡逻时，这油田里风平浪静。让你出门帮忙，这屁事一桩接一桩。"说到这，他似乎也觉得自己这话说得有点不讲道理，语调便努力调整得柔和了一点："得，你回家好好睡一觉。一会市局的人如果还有什么情况需要问询，我再去喊你。"

"好吧！"刘剑这才点头，往外走去。临到门口，衣角却被人扯了，低头一看，是那小小的白禾。她仰着脸，看刘剑。刘剑说："没事的，过了今晚……"他想说过了今晚一切就会好起来之类的话语，但人家亲姐姐都被人割了脑袋，怎么可能好呢？

他顿了顿："别怕，我会一直保护你的。"

他这么说着……

只不过，他未曾意识到的一点是：在两个多小时前，白禾的世界面临了一场突然的崩塌。那一刻，弱小的她不知所措。在白禾头脑一片空白之际，是冒冒失失闯入这个世界的刘剑，给予了她短暂的温暖。而也是在那一刻，刘剑对弱小的白禾，许下了一句不经意间的承诺。

男人的承诺，很多时候，就是一生一世。

2.夜探干打垒

刘剑并不怕他爸刘长春,还敢和刘长春顶嘴,但这并不意味着刘长春做出的什么指示,他都要对着干。

出了派出所,他要张执跨和毛熊各自回家。可两个好兄弟这一会还挺兴奋,摩拳擦掌,说:"我们不帮忙破案了吗?再说,之前那小纸条上说凶手在干打垒,这事我们不得跟进一下吗?"

刘剑说:"是听你们的,还是听我爸的?"

张执跨和毛熊就不说话了,垂头丧气跟俩打了败仗的士兵一般,朝外面走去。

其实刘剑自己心里也痒痒,可好说歹说他也是警察世家里的孩子,明白有了大案子,各方面都得听从指挥。如果谁都想要去充当单枪匹马的常山赵子龙,那怎么算是纪律部队呢?所以,他打发走了张执跨和毛熊后,立马回家,洗脸泡脚,上床躺下。但他脑子里想的却都还是那屠宰车间的事,琢磨着其中是不是有某个细节,是之前自己并没有留意到的。这一细节,又或许能够带出石破天惊的重要发现。就这样翻来覆去,折腾了大半个小时,还是睡不着,便坐了起来。也就是这坐起来的瞬间,他发现窗外好像有个黑影晃动了一下。

刘剑家是平房,往外还住着其他人家,往里就是公厕。邻居晚上要撒尿拉屎,务必要化为黑影,在他家窗户前晃过。所以说窗外有黑影,并不是个什么稀罕事。可现在已经晚上一点半了,油田职工的作息都比较规律,附近也没有住着要上晚班的人。想到这，刘剑就下床，走到窗边往外看，看那人影消失的方向。这不看不打紧，一看就给吓了一跳。只见月光下，一个穿着黑衣黑裤还戴着黑帽子的人，正贴着那厕所的墙角站着，不知道在干什么。

刘剑看刑侦小说看得多，打小也和他爸及他爸的同事——那一干警察在一起的时间多，听说过各种千奇百怪的案子。这一会，他脑子里第一时间的反应——这是偷窥女厕的流氓。他连忙伸手，从旁边桌子上拿起一把扳手，猫着腰就往门口去，准备一拧开门锁，便朝前猛扑过去，生擒下这臭流氓。

可手刚一搭上门锁，他又想：这大半夜的，臭流氓跑来偷窥，女厕里也没人啊！难不成他看个女人屁股，还跟警察抓贼一般，要用上蹲守的手段不成？

这么一想，觉得外面规规矩矩站这么一个人，自己也没必要抄着扳手，去扑倒对方。不过，出去看看还是有必要的。于是，他把门锁一扭，门开的同时，外面居然有人敲了下门。

门被刘剑打开了，门外那黑衣人就瞪眼，说："你动作这么快的，我刚敲响，你就开了门。"

刘剑哭笑不得，再一看，门外的黑衣人居然是之前和自己有过节的贺清明。刘剑就说："你来干吗？"

贺清明说："你要不要跟我去抓杀人犯？"

刘剑问："哪个杀人犯？"

贺清明说："还有哪个？就是杀白璐的杀人犯啊！"说这话时，刘剑拉灯绳亮灯。借着那灯光，刘剑瞅见，门口站着的这贺清明，两个眼睛又红又肿。

"怎么了？你闹沙眼了？"刘剑问。

贺清明有点恼："我和你说正事，你别扯来扯去。"

刘剑"哦"了一声，又问："我家的纸条是你这小混蛋塞进来的吧？"

要搁别人，这话算是骂人。可贺清明外号就叫小混蛋，所以这么说他，他没反应，继续冲刘剑说道："是我塞的。嘿，姓刘的，我还问你最后一次，去干打垒抓杀人犯，你敢不敢去？"

这话就有点戳人了，刘剑当时也就十八九岁，听着自然会逆反。如果，搁到若干年后，这么一句激将话语，对号称"中部神探"的他来说，没有任何效果。当然，若干年后的贺清明，也不屑于大晚上跑出门办事。有啥要紧的，打个电话，下面跑腿的社会人一大把，争着抢着给混蛋哥平事。

当然，这都是后话。我们的故事还只是在1994年，刘剑十八岁，模样还勉强能够和帅挂上边，胡子也还没太多太粗，没生成多年后那凶神恶煞的模样。这时候的贺清明二十没到，瘦高白净，细长眼睛看人时，人家还不会觉得心里发毛。于是乎，十八岁的刘剑，受十九岁的贺清明的语言激将后，自然是一皱眉："我有啥不敢的，就怕你小子是骗人的。"

贺清明说："别的事我可能会骗人，白璐白禾家的事，我不可能骗人。那杀人犯就住在干打垒，我在那经过，看到过他好几次。"

"你打干打垒经过？"刘剑打断了他的话，"干打垒在我们油田里面，你一个地方小孩，为啥会知道干打垒？还没事就在那经过？"

贺清明转身："你管不着，要去就赶紧跟上。"

刘剑应了一声，就要跟贺清明往外走。可紧接着他又想到什么，说了句："等等。"然后回到屋里，拿了根手电，再把那大扳手别到了后腰。

贺清明看刘剑塞扳手的举动，嘴角上扬笑了："你们温室里长大的小屁孩，揣个铁家伙，有啥用呢？"

刘剑没搭理他。其实，对方说的也是事实，油田子弟因为打小条件好，所以相较地方小孩娇贵些。没事吹牛扮狠还有几下子，真正遇上啥事，确实没有地方小孩那么豁得出去。

干打垒，是一个只有油田人才知道的名词。

早在50年代末60年代初，松嫩平原上并没有一座叫作大庆的城市，只有安达县。当时，尚处于保密期的油田，对外叫作农垦场。1960年，四万多人从全国各地来到了这，发起了第一次石油会战。他们需要做的也不单纯只是采集石油，还有修路、建房、建厂。最初，他们住在帐篷、活动板房，甚至是在地上挖个洞、上面盖一块木板的地窖子里。西伯利亚寒流，令他们必须用最快的速度，造出可以防寒过冬的居所。当时，正好有一批清华、同济、天津等大学建筑系的学生毕业。这批人是在1958年"大跃进"开始时进的大学，毕业时遇上困难时期，找不到工作。于是，他们就来到了大庆，用他们的专业知识，开发设计出了"干打垒"这种简易的住房。

其实，干打垒在最初并不是一个名词，而是一个动词。人们在两块固定好的木板中填满泥土，再用锤子锤实，就成了墙。而这锤打的过程，就叫作干打垒。

这批建筑专业的大学生来到油田，便在最初的干打垒上，不断地进行创新与加强——有人研究基础，有人研究屋顶，甚至还采用了炼油厂的废料油渣来做屋顶。最终，就有了油田里成规模的干打垒住宅区。

南陆油田是在之后开发的，参与南陆油田会战的，有很多都是从大庆和胜利过来的老油田人。刘长春他爹就是油田会战时期来到的南陆。最初抵达这块鸟不生蛋的地方的两万多人要住，便自然复制了大庆油田当时的成功经验，建起了一个干打垒住宅区。到之后油田继续建设，有了街道、厂房，也就又有了砖瓦做成的平房和楼房。油田人这才开始陆续迁出了干打垒，但之前的干打垒，也并没有全部拆掉，遗留在那片已经变得偏僻荒芜的油田外围区域，到了晚上没一点人气，成了个阴森的所在。

但凡这种位于群众聚集地附近的荒芜地界，都有着一堆似真似假的恐怖传说，这南陆油田的干打垒区也不例外。远的就不说了，毕竟那种具备上一个年代风味的鬼故事，注定被纳入到迷信糟粕里，最终被淘汰。说个近的，是五年前，炼油那边有个女的，据说长得挺好看。女人在工作生活中或许是受了什么委屈，遭了啥罪，一下想不开，趁丈夫不在家，喝了农药。最开始是被她儿子发现了，跑到隔壁邻居们家砸门，喊救命。邻居们也都热心肠，找了个板车，把喝了农药、还有一口气的女人抬上去，往油田人民医院送。板车经过干打垒时，那女的突然就坐了起来，还说话。因为她自杀是喝农药，所以一张嘴，那一股子农药味，让一干邻居们闻了就想吐。她说："我不走了，我小时候住在这，现在我就待在这了。"

说完，她就吐血死了。

人死了没多久，附近的人，就老是听见这干打垒区里有人哭，像是女人声音，有时候又觉得像是小孩子的声音，没个准，毕竟也没人去深究过。

没人深究，但不代表就没人去传，传来传去，也有鼻子有眼，说这死去的女人是跟着父亲母亲在石油会战时，从胜利油田那边迁过来的。迁过来时，女人还是个小孩，跟父母就住在干打垒。后来，在一次井架坍塌事故中，她的父母都死了。所以，长大后的女人，经历了不如意，最终喝了农药后，靠一丝魂魄苦苦撑着，就是想要撑到这干打垒再断气，算是寻她父母去了。还有人说，这女的死的时候，身上穿了一套红色连衣裙。所以，这个故事又还有一个名字，叫红衣女人哭声事件。

刘剑倒是不信这些，他打小跟着他爸，警察阳气重，不信鬼神。早些年做半大孩子时候，他也领着张执垮、毛熊之流，玩过夜探干打垒。一干小孩点燃偷来的扫把，雄赳赳气昂昂在干打垒里转了一圈，并没发现什么红衣女人。所以到这晚，贺清明问他是不是不敢来，这个不敢，对于刘剑来说是完全不存在的。

两人就一前一后，往干打垒区去了。路上两人没怎么说话，刘剑想要问贺清明几句什么，又或者贺清明也想要和刘剑说上几句什么。但两人有过节，便都忍着。临到干打垒了，刘剑没忍住，问贺清明："你认识那杀人犯？"

贺清明说："我那一会快走到屠宰车间时，看到了住在干打垒的那老男人在撒腿疯跑。到了屠宰车间外，就听人们说了，杀白……"他说到这里突然停顿了一下，还吸了一下鼻子，鼻水在鼻腔中涌动的声响传出："人们说杀白璐的人，刚跑。那不是那老男人还会是谁？"

刘剑又问："是穿着白汗衫吗？"

贺清明说："是。"

刘剑："有点秃。"

贺清明说："错不了的，面馆那老板当时给人描绘了杀人犯的样子，和我看到的老男人一个样。"

刘剑再问："那你大晚上的跑我们油田来干吗？"

贺清明扭头瞪了刘剑一眼："你管不着。"说完一指前面，继续道："假如我没记错的话，那家伙就住在前面。"

他指向的前面，就是干打垒区。因为南陆油田附近有南陆市，最早过来南陆油田的一两万人，前期并不是都住在油田内。所以，南陆油田的干打垒区并不大。远看就是若干排整齐的小平房，只不过没人住了后，塌了不少墙，东倒西歪的。里面杂草也多，许是地肥，草都长得茂盛。附近有乡下人，会时不时来这里割点干草，也不急着拉走，堆到干打垒区中间的坪里，码成垛。

贺清明和刘剑便都把手电给关了，还都弯着腰，像是两个训练有素的侦察兵一般，进了干打垒。杂草与身体接触时，有细微的"沙沙"声。这"沙沙"声，在这空旷无人的干打垒区，被放大了。于是，两人只能将步子放慢一点，往前面慢慢挪。

过了两排房，贺清明就压低声说话了："应该就是住在前面，我瞅见过他们晚上点蜡。"

刘剑心里就又想：这贺清明不是咱油田人，对我们油田还这么熟悉，会不会是一个"油耗子"啊？我们护厂队成立的目的，就是要抓"油耗子"，所以等这事了了，很有必要逮着这家伙给审一下。

贺清明自然是不知道刘剑心里在琢磨着啥，他弯着腰，右手往后腰探。接着，他从后腰摸出一把铁家伙出来。刘剑在他身后看得仔细，这贺清明摸出来的是一把扁铁杀。扁铁，就是两公分宽的铁条。把这扁铁拿去砂轮上磨一下，前面磨尖，边上磨出刀刃，再用纱布把下面缠绕一下当成刀把，便成了这种叫作扁铁杀的武器。扁铁杀在当时的社会上比较流行，因为取材容易，也不需要多少技术进行加工。再加上扁铁打磨一下，刀刃并不会有多锋利，真正拿出去砍人，也不会弄出太大伤势。所以，20世纪90年代初，这扁铁杀，是社会人们用得最为普遍的防身工具。

见贺清明摸出一把扁铁杀，刘剑自然也不能示弱，连忙把那把大扳手摸了出来。他跟在贺清明身后，还是有一点点紧张。他虽然是号称天不怕地不怕的油田小霸王，可归根到底，人生一路走来，没真正经历过大事。刘剑小时候还穿着海军衫，拍过好多张双手捧着小脸蛋、挤出可爱笑容的照片，说明他的本质，始终只是温室里的花骨朵。所以，此刻的他咬了咬下嘴唇，努力让自己的呼吸保持正常，不要在地方小孩贺清明面前出丑。实际上，那握着扳手的手掌心里都是汗。

又往前走了有七八米，那前方就冷不丁地传出人声了："什么人？"

是个男声，但不像是成年男人，像是和刘剑贺清明一般的年轻小伙。

贺清明连忙停下，贴着墙不吱声。刘剑学他，收了动静，也靠着墙。他站的位置，是在墙角，可以趴着墙往外探头。刘剑便往外探头了，想要看看周围的情况。实际上他探头望出去的方向，压根就不是说话声传来的方向。

之前说了，干打垒的墙壁，其实不过是两块木板，中间夹着泥。这种房子的质量也就那么回事。再加上这干打垒区也有了一些年头，里面的土也松了，木板也或多或少霉了旧了，属于典型的危楼。当时的刘剑虽然还不算魁梧，但一米八的个，也有一百六十多斤的分量。这一趴，就推动了干打垒墙。那墙"滋啦滋啦"一响，居然直接朝着另一边倒过去了。如同多米诺骨牌一般，这一倒，便带动了另外三面墙及中间隔房间的薄墙。"滋啦滋啦"声过后，便是哗啦声，然后一整排看着有模有样的平房，居然就这么塌了。

这一变动，让人猝不及防。贺清明和刘剑两人当时就蒙了，瞬间被喷出的灰土给包围。灰土中，两人朝塌下的房子另外一边一看，那边隐隐约约居然也有一个身影，和他们一样站在那。

两人便吼了："站住。"说完便朝着对方扑去。

他俩朝对方扑,跟前是刚塌下的干打垒板房。对方却没有这种地形劣势,他一转身,撒腿就跑。贺清明和刘剑便急了,双腿排除万难努力往前,嘴里也没消停,大声喊着:"站住别动。"

喊了一通,似乎也想明白了对方不会是束手就擒的主。于是刘剑又换了新词:"抓杀人犯啊!大家快来抓杀人犯啊!"

声音倒是能传得很远,可这干打垒区本就偏僻,传出去一两公里又如何,没人啊!所以按理说,他这喊了也是白喊。未曾想到的是,就在他这么胡喊了一嗓子后,干打垒外围还真有了声响,不但有了声响,还有两道非常明亮的灯光直射了进来。

"是刘剑的声音。"外围的人嚷嚷道,"大家按小队为单位,快速分开,堵住各个出口。形成包围圈后,再一起往里推进,支援刘剑。"

这喊话的是护厂队的另一个骨干——油田人民医院田院长家的独子田大志。他进护卫队,算是"学雷锋",因为他有工作,是在医院开救护车。当然,也可以说他来护厂队,是个人兴趣,甚至可以说是为了凑热闹。

护厂队其他人的声音也都响起了,若干道手电的光开始晃动起来。刘剑便激动了,手心里的汗似乎也瞬间蒸发。他边跑边对着身前的贺清明说道:"来的都是我的兄弟们。"

贺清明却回了一句:"一群尽货。"

刘剑没听清,问:"你说啥?"

贺清明没应了,继续朝前。可前面那人影似乎对这干打垒区非常熟悉，一路飞奔，拐个弯，居然不见了。

贺清明和刘剑便也停下来，前后左右看，没有发现踪影。刘剑便喊："来了多少人？"

外面回话的是张执跨的声音："奔三十，护厂队十七个人都来了，还有些人是过来帮忙的。"

"搜！每个房每个屋都给我搜！"刘剑吼着，有着征战沙场的将帅般的得意劲。

"知道了。"外围的人声胡乱应着。

这二十几个小伙，基本上就是护厂队能动员起来的全部人力。张执跨和毛熊被刘剑赶出来后，心里念着小纸条上写着杀人犯在干打垒的事，内心没法平静。路上又遇到田大志那一队的护厂队巡逻员，大家一合计，就决定赶来这干打垒抓杀人犯。一众人快速集结，赶到后居然还听到了刘剑的声音，便连忙在整个干打垒区域里忙碌开来。田大志开了一台救护车过来，之前那两道强光，就是他开的救护车上的远光灯。大伙闹哄哄的，大半夜了，一个个还激动得不行，在这干打垒区里各种转。几个出口也都有人把守着，要想从这帮半大小伙眼皮底下溜出去的可能性确实不大。

到张执跨、毛熊及田大志等人和刘剑会合那一会，搜查也接近尾声，啥也没找到。大伙看到了贺清明，反倒一个个瞪大了眼，说："这不是小混蛋吗？"

刘剑连忙说："这一会是一伙的，帮着抓杀人犯。"

大伙便没深究，七嘴八舌讨论要抓捕的人，躲去了哪里。大伙你一句我一句讨论时，唯独贺清明没有吱声。当然，就算他要吱声，油田里的子弟们也不一定会搭理他。于是，他落了个清净，一个人皱着眉在那琢磨。琢磨了一气，他猛地把头一扭，朝着干打垒中间那一个个干草垛子望了过去。也就是他望向干草垛子的同时，在他身旁的刘剑也一拍大腿："嘿，那里面能躲人。"说完两人差不多是同时迈腿，朝干草垛子跑去。

其他人见状，也一下反应过来。这每一个干草垛子，都有差不多一层楼高，直径两米出头。一个大活人钻进去，外面还真看不到。以前老电影里，日本兵拿着刺刀往干草垛子里捅，也是因为里面藏人的话，外面连个影都看不到。贺清明或许也是这么想的，他手里有扁铁杀，一米多长，前面磨尖了，也有刀刃，跟刺刀差不多。此刻他便举起了扁铁杀，要往里面捅。站旁边的刘剑就急了，连忙阻止他，说："这可不行，就算是杀人犯，我们也不能直接给捅出个死伤，得走流程。"最后这三个字是从刘长春他们那些警察那学来的词。

刘剑拦住了贺清明，但围在这的二十几个油田子弟，也没消停。那开救护车的田大志，手里正好举着一个火把。说是火把，其实就是不知道在哪里捡的破扫把。他手欠，伸手就把那火把上的火苗往其中一个干草垛子上送，径直给点着了，嘴里还在骂骂咧咧："要你小子给我躲，烧得你毛都不剩。"

这干草可是易燃品，一点上，要扑灭就难了。刘剑骂了句脏话，连忙跑了过去。可这两月也都没下过雨，干燥得很，草垛子上的火苗瞬间就蹿了起来，接着整个草垛子就让红色火焰给裹上了。

"完了，这里面有人的话，怕是没法出来了。"刘剑嘀咕道。

"杀人偿命，烧死活该。"张执跨笑着说道，还伸手去拍田大志的肩膀，"你这是为民除害。"

为民除害的田大志乐得不行，一对小眼睛都眯得没缝了。刘剑就冲他正色道："这不是为民除害，得算故意杀人。"

田大志虽然读过高中，但并不代表读了高中就不是法盲，还反驳道："凭啥？我这是正当防卫。"

说话间，这干草垛子烧得越发旺盛，火苗子都冲得有四五米高。一干年轻人围着草垛站着，脸都被映得通红，看彼此都是火苗中晃动的影像。大伙兀自激动起来，喊话声音也大了。

"来，烧下一个！"

"给我，我来点火！"

"嘿，我们就不信烧不出这杀人犯来。"

……

大家七嘴八舌，你一句我一句，就要点第二个草垛。就在这时，最旁边的一个草垛里，一个人影钻了出来，嘴里还喊着："别！我就只是害怕才躲起来的。"

护厂队里的另外俩小伙就扑了上去，把这钻出来的人给按在了地上。刘剑是孩子王，这会自然是大踏步走上去，得要他亲自问话。他努了努嘴，旁边的毛熊就上前了，抓着地上那人的头发往上一扯，脸就冲着刘剑了。

是一个和他们年岁差不多的半大小伙，穿个灰色的文化衫，胸口印着"要想富，少生孩子多种树"，模样呢，还算端正，眼是眼，鼻子是鼻子。

见众人凶神恶煞，这小伙就说："你们凭啥抓我？"

在屠宰车间见过那白汗衫的当事人还没来得及吱声，那小眼睛的田大志就凑跟前了，大喝道："你小子杀了人还装糊涂。"说完这话，他扬起手就扇了这文化衫一个大耳光，又说："你为什么要杀白……白啥来着？"他扭头问毛熊。

"白璐。"毛熊答。

"对！"田大志努力把眼睛瞪大，想要让自己显得凶悍一点，可在那人眼里依旧还是只有一条缝。他接着问："你为啥跑去屠宰车间杀白璐？"

刘剑就恼了，骂田大志："你就只知道添乱，这压根就不是我们要抓的人。"

他如此这般说，未曾想到地上被他们按着的这文化衫却听仔细了。他不但听仔细了，还突然间哭号起来。众人不解地看着他，只见他哭了几嗓子后，挂一脸眼泪水又哈哈大笑起来，说："没错，就是我杀的。那白璐就是我顾文亲手杀的。"

"嘿！还挺狂！"田大志冲刘剑使了个眼色，这是要在此刻迅速分工的意思。他田大志要扮黑脸，继续凶神恶煞，尽管因为眼睛小，装起来不太像。刘剑，自然就要扮白脸，好言相劝，说些诱导对方的话。

可刘剑却没接茬，反倒是直接把田大志往旁边一推。他望向张执跨和毛熊："不是他吧？"

张执跨和毛熊摇头："不是他。"

刘剑又问站在旁边沉默不语的贺清明："你也见过杀人犯，你也给确认下，不是这小孩吧？"

贺清明却皱着眉，心事重重的样子。他往前一步，盯着这文化衫小伙的脸。半响，他问道："你是姓顾？"

文化衫说："是，我姓顾。"

贺清明又问："顾长江是你什么人？"

文化衫说："顾长江是我爸，我是顾文。"

贺清明深吸了一口气，接着又把气长吁出来，对刘剑说道："杀人犯不是他，是他爸。"

刘剑纳了闷："你怎么知道？"

贺清明说："你仔细看他，长得像不像之前你们遇到的那中年男人？"

刘剑便去细看这自称叫顾文的小伙，看了半天，说："确实像。"

张执跨和毛熊也点头："真是有点像。"张执跨又想起之前给刑警队彭队描绘凶手长相的那事来，便还补了一句："还真是大小眼。"

这个过程中，田大志站旁边插不上话，感觉没出到风头。见他们几个说出这结果，便又来了劲："嘿，杀人父子兵呢？今儿个我田大志得好好把这案子给审审。"说完又抬手，要去抽地上被按着的顾文。

"停手。"刘剑喝止，"大志，你开了车？"

"开了，要不怎么拉来这么多人？"田大志回答道。

"好！那我们几个现在就把这家伙带上车，送去派出所。"

田大志急了:"这还没弄得水落石出呢?得审啊!"

刘剑骂他:"滚蛋,要审也是我爸他们审。"

田大志虽然是个事妈,可也和刘剑打小就要好,自然不会反对:"得!那现在就走。"

于是,二十几个人押着一个人,往干打垒外走去。因为有远光灯照着,所以之前都看不清那车是一台什么车。到走近了才发现,田大志开过来的是一台上面印着红十字的救护车。油田人民医院一共有两台救护车,一台是小五菱,一台是大金杯。此刻停在干打垒外的,正是那台大金杯。贺清明就瞪眼了:"你们二十几号人,挤在这一个车里过来的?"

田大志知道对方就是小混蛋贺清明,声音便故意放大:"怎么了?很稀罕吗?"

贺清明笑了笑:"也不嫌挤?"

田大志说:"我们乐意。"说完便拉开了后面的车门,说:"就你们几个上去,其他人我就不拉了,免得开不快。"

其他人也就没人跟着了,毕竟现场那火堆也要人看着,怕出事。刘剑和张执跨、毛熊及贺清明押着双手被绑了的顾文,陆续上了车。田大志咧嘴笑,大声说:"今晚就让你们见识下油田车神真正的实力。"说完一踩油门,救护车便动了。许是他觉得今儿个自己这是在干大事,伸手又将那救护车上的灯给开了,还放了声出来。那红绿色灯光在夜色中快速闪烁,刺耳的哇呜哇呜声传得惊天动地。

因为是面包车改装成的救护车,所以后车厢里的座位都拆掉了,这是为了好放担架。天花板上还焊了几个铁挂钩,有两个铁钩上还挂着吊瓶。田大志想要表现自己车技好，车就开得飞快。干打垒区到厂区派出所的路不平，这一路颠簸，两吊瓶就没闲下来过，晃得可带劲了。

很快，救护车就开到了厂区派出所外。也是因为开了救护车灯响了喇叭，派出所的人都探头出来。田大志就更来劲了，一个掉头一个刹车，车稳稳停到了刑警队开来的那两台警车旁边。

刘剑他爹刘长春走出来了，身后还有几个刘剑没见过的大高个，应该都是市局刑警队的，之前给他们录笔录的也在。救护车的车门被拉开，最先抢着出来的，是高大魁梧的毛熊。他急急忙忙跑到路边，蹲在地上开始吐，这是晕车。后面就是刘剑等人押着顾文下车。

刘长春问："你们这是演哪一出啊？"

张执跨说："刘叔叔，案子是我们给遇上的，凶手现在也给你逮回来，也算是没给你们添麻烦。"

刘剑却说："爸，还不确定，但这家伙应该和案子有关。"

刘长春就问："人家承认了吗？"

刘剑说："认了，不过，我们觉得可能不是他。"

站在刘长春身后的是那个微胖的，也就是之前扯着他们几个画像的刑警队彭队。他往前一步："人先带进去，说说，什么个情况。"

就有民警上前，把绑着的顾文往派出所里送。刘剑等人跟着往里走。可贺清明没抬步。

刘剑说："走啊！进去吧。"

贺清明说:"我就不跟去了。"

刘长春问:"这不是你们护厂队的吧?"

刘剑说:"他不是。"见贺清明冲自己眨眼,便又说:"是帮忙的兄弟。"

一扭头,压低声音问贺清明:"怎么了?你还要赶着回家?"

贺清明说:"是,一宿不回我妈会担心。"说完又冲刘剑使了个眼色。

刘剑便也没多想:"成,那你先回吧。"

贺清明就转身,走出几步,扭头冲刘剑招手。刘剑过去,贺清明从裤兜里掏出个烟盒大小的红色塑料袋,递给刘剑。刘剑问:"啥啊?"

贺清明说:"是糖果,一会你拿给白禾。"说完这话,他快步就走了。

刘剑也没多想,跟着众人进了派出所,顾文被送进了审讯室。刘剑给彭队及他爹等警察,把抓人的整个过程给说了一遍。也有说贺清明的事,但没说细节,就只是说贺清明发现了杀人犯住在干打垒,然后来了刘剑家,叫他一起去干打垒给抓的人。

听完他们的说道,彭队就笑了,对刘长春说:"你瞅瞅,咱们警察世家长出来的孩子,就是不一样。"

他们的举动,算是给刘长春长了脸。虽然现在还不能确定逮来的就是杀人犯,可市局负责刑侦的彭队这么一夸,刘长春就笑开了花,冲刘剑几人说话的语气也变了,和蔼了不少。他说:"臭小子,领你们护厂队的弟兄们,去家里煮个面吃吧,都折腾大半夜了,肚子估计都饿了。"

刘剑也笑:"好!"说完就招呼张执跨、毛熊和田大志去派出所后面的他家。

众人便跟他回了家,下面条,煎鸡蛋,一人一大碗吃了。吃完一看墙上的石英钟,四点了,加上肚子又饱,更没睡意了。四个人就坐屋里聊天,有一搭没一搭的,没有个中心思想。说着说着,就说到死者白璐身上。张执跨便悲伤起来,作势要哭,还用拳头砸刘剑家的墙壁,扮演得跟个大情圣似的,实际上他认识白璐也没几天,看人家好看,才开始接近人家。

田大志就说:"这凶手杀了人,为什么还割下人脑袋带走?"

毛熊说:"可能是觉得白璐长得好看?"

田大志骂:"长得好看也只是个死人头啊!"

张执跨止住抽泣,说:"她的人头我看了,死不瞑目啊!"说完又越发激动起来,带着哭腔说:"白璐啊,哥一定要给你报仇。"

刘剑站旁边冷眼看着他们仨,哭笑不得。他手伸进裤兜,摸出之前贺清明给他的那个红色塑料袋。袋子上印着"百年好合"的字样,应该是哪家摆喜酒送给客人的喜糖。刘剑皱着眉,暗想这贺清明也算是个善良的人,裤兜里有包喜糖,也还记挂着给今晚的受害者家属。紧接着,他又想起贺清明来找自己的时候,眼睛红肿,说话还有鼻音,怎么看都有点像是哭过。再结合大半夜他出现在屠宰车间楼下……

于是,一个大胆的假设,蹦了出来。

刘剑正色望向张执跨："别演情圣了，给说说白璐的社会关系。"

张执跨见刘剑板着脸，便也不抽泣了，说："她爸也是从东北迁过来的油田人，和她妈在这边认识，有了她们两姐妹。不过，五年前，她爸妈死于一场车祸，据说死得还挺惨，被一辆开得飞快的油罐车给撞倒，还碾压了过去。嗯，这事我也是昨天才听白璐说的，那尸体都碾压得不成人形了。肇事司机下来看了看，就吓跑了，后来才给逮回来的。附近群众想要把人抬起来送医院，也没法抬了，俩大活人直接给压成泥的那种。"说到这，张执跨突然愣了一下，紧接着问刘剑："对了，之前干打垒里那小伙说自己姓顾吗？"

刘剑点头。

"好像说那肇事司机也是姓顾……"张执跨皱了下眉，"又好像是姓胡。"

田大志就插嘴了："油罐车压死一对夫妻的事，我倒是知道。那时候我也就十三四岁，医院里的人传开了，说没见过死得那么惨的两具尸体。送到我们医院，医院给鉴定时，好像还发现尸体并不完整，漏了什么物件。不过，因为有警察接手，所以我们医院也没深究缺了啥器官，就出了证明，送了火葬场。"

"哦。"刘剑点了点头，"这事就有点意思了。"

他们说道这些的同时，那毛熊手里还抓着一根玉米在啃。大家说啥他也听得一知半解，啃完玉米，去窗户边要将玉米扔向走廊上的垃圾桶。也就是这对着窗外一探头的工夫，他瞅见对面派出所门口警车的警灯亮了，闪得人眼花。

于是，他连忙扭头吆喝哥几个过来看。众人凑过来一看，只见几个民警正在朝外面奔跑，他们跑向的前方，有一个穿着白色汗衫的秃顶男人，正双手抱头跪在地上。

"杀人犯，是那个杀人犯。"刘剑眼睛一亮，率先开门往外跑去。其他人也跟上。

很快，他们就到了那跪着的人跟前，真是几个小时前，在面摊上被他们发现的那背着人头的白汗衫男人。民警已经快速将他扣上，还有人拿了脚镣，把他双脚也扣上了。他并没有看见刘剑他们，双眼正对着派出所，嘴里嚷嚷着："没我儿子啥事，都是我干的。杀光了他们姓白的全家，我没遗憾了。"

刘长春手里抱上了那个十岁出头的白禾，从派出所里走出来，站到了闪烁的警灯前。小姑娘也看见了被上了镣铐的白汗衫男人，她的身体明显在往刘长春怀里缩，脸贴着刘长春的警服。刘长春问："丫头，是不是这个人？"

那小小的白禾连忙点头，但眼睛却不敢往白汗衫站着的方向看。刘长春又说："丫头，你得确认一下才行。"

白禾身体缩得更厉害了，恨不得要钻进刘长春的身体里去一般。站在不远处的刘剑心里就有着隐隐的痛楚，他能明显感觉到眼前这小小的白禾内心有着惶恐与无助。末了，他一咬牙，大步往前，去到了他爸刘长春的跟前。

"爸，我想她是害怕。可不可以……可不可以让我带她一会。"刘剑冲他爸如此说道。

刘长春瞪眼，要训斥儿子。可这时，他发现怀里的白禾往前了，甚至还伸出了手。刘长春愣了一下，然后尝试性地把白禾放到了地上。白禾连忙朝着刘剑走了两步，并站到了刘剑身后。她的手死死抓住了刘剑的衣角，牙齿咬着自己的下嘴唇。

刘剑也连忙蹲了下来，握住了白禾的手。十八岁的他，当时也只是个半大孩子，一时想不出要用什么话语来安慰小小的白禾。他犹豫了一会，最后从裤兜里摸出了那小包糖果，递到白禾手里。

"别怕，吃糖。"刘剑小声说道。

小姑娘接过糖，愣了一下。紧接着，一直如同木头一般沉默且木讷的她，突然间哇的一声哭了出来。她的哭声，让现场的人都扭头望向了她。

"是他！杀死我姐姐的人就是他！"白禾哭着喊道。

身上已经被挂着脚镣手铐的那白汗衫男子，也循声望了过来。他之前本来看似无所谓的神情，在看到白禾后，突然凝固了。半晌，他嘶吼起来："还有个妹妹……他们家真的还有个妹妹！"

他声音越发大了，并扭头朝着派出所的方向吼叫了："没死光，他们家没有死光，还有一个妹妹，还有一个小姑娘没死。顾文，你打听错了，他们家真还有个小妹妹活着……"

旁边的警察将他狠狠按倒在了地上，可他却依旧努力咆哮着："还没完，顾文，还没结束……"

他被旁边跑过来的刑警队彭队，用毛巾堵住了嘴。彭队骂道："好家伙，还想公然串供。"说完，彭队一招手："分开关，现在就突击审。"

白汗衫被送进了派出所。而派出所外，是那小小的白禾，在继续哭泣。

刘长春便弯腰，要再次抱起白禾。可白禾抬起满是眼泪的脸，对刘长春说："叔叔，不要！叔叔，不要！"她一边这么说着，一边往刘剑身后躲。刘长春叹了口气，对刘剑说："小兔崽子，带着小丫头回我们家，给她做点吃的，看能不能哄她睡会。"

刘剑应了。刘长春又说："有啥情况，晚点我让人去喊你们就是。"

刘剑点头，牵着小小的白禾转身。白禾也很听话，紧紧地抓着刘剑的手，好像生怕刘剑会甩开自己独自跑掉一般。张执跨和田大志、毛熊几个也跟了过来，纷纷说："小丫头，别怕。"

白禾却又再次警觉起来，往刘剑身后绕。

张执跨指着自己的脸："我们见过的。"

白禾说："不要，不要，哥哥，我害怕。"

田大志眨巴着他的小眼睛，也急急忙忙说："我们都是好人。"

白禾说："不要，哥哥，我害怕。"

刘长春便说话了："你们都回家吧，杀人犯也逮住了，你们跟着忙活了一整晚，也辛苦了。让刘剑照顾一会这小丫头吧，她受了刺激，这一会身边人少一点，她容易安静下来。"

田大志是医院的职工，此刻自然是要代表医院方发表点意见。他继续眨巴着小眼睛，说："这个我知道，叫创伤……创伤后遗症。"

"回家吧！"刘长春再次命令道。

张执跨和田大志、毛熊便也只好耸肩。张执跨说："得，我们先走了。有什么情况，刘剑你来找我们就是。"

刘剑点头，牵着白禾，往自家走去。

这一牵手与迈步，便是两个生命在之后二十几年的纠缠。

3.夜袭福利院事件

刘剑从没有意识到，自己会是一个天生对小孩子具备亲和力的人。

他牵着小小的白禾回到家里，毛手毛脚下了一碗面条端出来时，却看到靠在椅子上的白禾睡着了。瞬间，他有点不知所措。也就是在这一刻，他脑海里蹦出的却是另一个画面。画面里，刘剑靠在椅子上睡着了，而此刻端着面条站在桌前的自己，却变成了他那看起来粗枝大叶的父亲刘长春。

于是，刘剑觉得心头起了一阵悸动，就好像有了一只小手伸进去，捏紧了他某一个脏器。小手微微捏紧，他隐隐作痛。他开始体会到母亲离世后，父亲站在这个家里，面对当时尚年幼的自己的感受。最终，他苦笑了一下，觉得刘长春这些年似乎也挺不容易的。

于是，他放下面条，上前，抱起了瘦小的白禾，往床上放。白禾很轻，像是一根没有分量的羽毛，或者，对于这个大大的世界来说，小小的白禾连一根羽毛都算不上。世界有她，就有了吧！世界没有她，也不打紧。

也是这一刻，刘剑——这个刚成年的小伙，对责任感这个词语，算是有了真切的体会。之后的年月，他肩负的东西会越来越多，维护的人也越来越多，而真正算落到他的肩膀上的第一份重量，就是白禾了。

刘剑把白禾放下了，动作笨拙。他挠头，不知接下来应该做什么。然后，他拉扯被子，给白禾盖上。他们家并不大，三十五平方米。按理说，当时分房子时候，三口之家的双职工家庭的标准是四十五平。可刘剑他妈就是在那个时间节点上离世的，所以组织上就揪着刘长春谈话，说油田里还有很多职工没有住房，希望刘长春能够接受这套三十五平方米的房子。实际上这三十五平方米的房子，算是双职工分房标准里的最小套间了。刘长春当时已经是派出所所长了，领导干部必须带头做表率。再加上房子就在派出所后面，他便答应了下来。父子俩都住在外面客厅里，一张大床一张小床，里面那个小房空里摆着书桌衣柜什么的，算是刘剑的书房。书房也有个书架，上面放了些公安内部的刊物，还有几套武侠小说和侦探小说。所以，此刻的白禾被刘剑放到了大床上，只是占了他爸刘长春睡觉的地。刘剑自己抹了把脸，在小床上躺下。

这屠宰车间命案目前看来，也算是告一段落，心头的石头放下了，再加上忙了一宿，累得不行的刘剑很快就睡着了。或许是入睡前经历的一切都太过戏剧化，刘剑脑子里的脑细胞并没有快速冷静下来，便开始做梦。梦里，刘剑领着护厂队的一干小伙们，去到了一个很是空旷的野外。对面，也站着一堆人，闹哄哄的，是地方小孩。双方都摩拳擦掌，跃跃欲试，像是要有一场大的争斗。这时，他就看到了贺清明。贺清明还是握着那把扁铁杀，穿着一件白色的衬衣，叼着烟，很神气的样子。两人眼神交会，然后就开始喊话，骂对方是一群毛都没长齐的小孩。接着，两帮人就面对面开始冲锋，这是要打一场真正的群架。可刘剑迈不开步，被什么扯住了。一低头，就看到了白禾，白禾抓住了他的衣角，眼睛里还是水汪汪的，像是刚哭过。

刘剑就醒来了，睁眼瞬间，映入眼帘的，竟然真是白禾望向自己的那双眼睛，且眼睛里也确实水汪汪的，盛满了眼泪。刘剑坐起，问她："怎么了？"

白禾说："哥哥，我渴。"

刘剑便爬起来，给她倒水。将水杯递到白禾手里时，他看到桌上那碗面已经被吃光了，但面汤没动。白禾咕噜咕噜喝完水，将水杯递回给刘剑。刘剑接过水杯，放回去时，发现小小的白禾迈着小碎步，紧紧跟着自己。刘剑便笑了，说："你是要做我的小跟班吗？"

白禾说："哥哥，我害怕。"

刘剑想着白禾一定还是为之前一晚的事件害怕，要在短时间内走出这么一场人生变故，别说是小孩了，换个成年人都不可能。于是，刘剑便说："没事的……嗯，你其他家人会来接你的。"

白禾说："我没有家人，只有哥哥。"

刘剑说："那你哥哥在哪？"

白禾指着刘剑："你就是哥哥。"

刘剑笑了："没错，我是哥哥，不过不是你亲哥哥。"

白禾说："我亲哥哥不会管我的。"

刘剑说："哪有亲哥哥不管妹妹的。"

正说到这，窗外传来脚步声。刘剑一听就知道是他爸刘长春回来了，走过去开门，门外果然是刘长春。刘长春进屋，满脸疲惫。

刘剑问："结案了？"

刘长春说："是！人犯也送去市局了，下午应该就会进看守所。"

"是那老男人干的吧？"

刘长春点头，这时，他看到了白禾——紧紧贴着刘剑的腿、缩在刘剑身后的白禾。他犹豫了一下，然后从裤兜里掏出二十块钱，递给刘剑："你带着这小丫头去油田人民医院做个体检。"

刘剑问："做体检干吗？"

刘长春说："人家福利院需要体检报告才能收人。"

刘剑又问："她亲人……"问了半截，想起白禾自己说没有了家人，便改口道："没人管她了吗？"

刘长春耸肩："和她有血缘关系的只剩个同父异母的哥哥，以及这个哥哥的妈妈。我们上午打电话给那女人单位了，说她早就办了下岗。又打去她家，女人听说后，直接回复了一句'他们家的事与我们无关'，然后挂了电话。"

"那她哥哥呢？"

"她哥哥才十九岁。"刘长春说完便拿着脸盆去倒水，是要洗脸补觉。刘剑犹豫了一下，憋住没再发问。他手里捏着那二十块钱，转身对白禾说："那我们出去转转，让我爸睡会。"

说完，他就领着白禾出了门。走了五六分钟，白禾就问："哥哥，你是要带我去体检吗？"

刘剑点头。

白禾又问："刚才那警察伯伯说的福利院，就是孤儿院吗？"

刘剑停步了，他转身，低头，看着身后小跟班一般的白禾，不知道应该怎样回答白禾的这个问题。

白禾却还是不依不饶："哥哥，福利院就是孤儿院吗？"

刘剑咬了咬牙："是。"

白禾那始终水汪汪的眼睛，再一次红了。她抬手，又捏住了刘剑的衣角，接着，她吸气，是鼻水的声音。她努力把眼睛睁得大大的，是不想要眼泪流下来。可最终，大颗的眼泪，还是顺着脸颊往下落。

刘剑心里也跟着难受，他索性蹲了下来，面朝哭泣着的白禾："没事的，孤儿院的孩子，一样可以去上学，一样可以出门玩耍。只是，晚上睡在那里而已。"

他不说倒还没啥，这一说，小姑娘的眼泪就更加泛滥了，她抬手，推刘剑，嘴里喊着："你骗人，哥哥，你骗人，你是个大骗子。"

刘剑有点莫名其妙："我怎么骗人了？"

白禾大哭道："你说了你会保护我的，你说了的……呜呜……你说话不算话……姐姐，我要姐姐……你们都说话不算话,姐姐也说了会保护我的,可是姐姐……"她泣不成声,小脸都哭花了,继续道:"我要姐姐,我不要你,你是个大骗子,你说话不算话。"

至此,刘剑才算明白过来了——责任,是由双方相互作用,才得以构建而成的。你对他人的承诺,以及因此收获到的他人对承诺者的信任。在那个上午的他,其实还并没有长成一个真正顶天立地的男人,尚只是初入世的小伙。于是,他会有冲动,会有着面对悲剧在人间上映时,不由自主挺身而出的冲动。实际上,就算是多年后那个已经了然世事的他,还是保持着这一份最初的对于罪恶奋不顾身、对于危难敢为人先的冲动。只不过,在那个上午的他,听了白禾哭着说出的这一席话后,他的冲动,会连带着巨大的代价。这一代价,我们无法说它是否有着千万分量。甚至,对于一个十八岁的小伙来说,这个代价应该是被定义为伟大,抑或是无私?我们无从判断,唯一能够确定的是他——刘剑,其实是承担不起这一代价的。最起码,在当时的他是承担不起的。

他咬了咬牙,一把搂住了面前小小的孩子:"哥哥不会骗人,哥哥说了保护你,就一定会保护你。"

"我……我……"白禾还在继续抽泣,近似哀求地说,"哥哥,我不要去孤儿院,好不好?我们不去孤儿院好不好?"

刘剑说:"好,我们不去孤儿院。"他顿了下:"医院我们也不去,不体检了。"

白禾点头:"嗯。"她抬手抹脸上的眼泪,抹了几下后，她好像想起了什么，连忙往自己裤兜里掏。最终，她掏出了那一包刘剑转交给她的、来自贺清明的糖果。

她看着红色的糖果包装纸，吞了口唾沫。接着，她把糖果朝着旁边的水沟里一扔："不要糖果，不要它了。"

这就让刘剑摸不着头脑了，还连忙伸手，要去一把抓住糖果。但没抓住，眼巴巴看着红色的塑料袋掉进了旁边的臭水沟。

"嘿，你为啥把糖果扔掉呢？"

"因为它灰灰的，不好看。"白禾回答道。

这话更是让刘剑莫名其妙了，他说："分明是红色的，为什么要扔掉呢？"

白禾说："哥哥骗人，糖果是灰色的。"

刘剑皱眉了。他沉默了几秒，最后站起来说："嘿，白禾，我还是带你去一趟医院吧，万一你有隐伤，也早点找出来。"实际上，此刻的刘剑所说的隐伤，明面上是怕白禾受了伤没发现，实际上，刘剑是有点担心小白禾受了刺激后，脑子出现某些小问题。

可白禾听了这话后，一下愣住了。在她的理解里，去体检，就意味着要去孤儿院。刘剑看出了她的担忧，他再次挤出笑容来，说："哥哥答应了白禾不去孤儿院，咱就不去。但检查还是得要检查一下的。"

白禾咬了咬嘴唇，最终点了头，再次抬手，扯上了刘剑的衣角。刘剑心念微动，伸手牵她。这时，刘剑发现白禾好像感应到了什么一般，突然间扭头，朝着身后的一个巷子望去。刘剑也往那边看，似乎……只能说似乎有一个人影，在那位置一闪而过。之所以只能说似乎,是因为刘剑也并没有在意,甚至并没有把肉眼所见的这一画面,在脑子里过一下。

油田人民医院距离派出所倒是不远,两人很快就走到了。进医院大院,就看见门口停着的那两辆救护车。小五菱停在靠里位置,金杯靠外面。刘剑看到金杯车的车窗玻璃是往下的,便牵着白禾走过去,探头往里看。果然,田大志在车里,坐驾驶位上把靠背放了下去,躺在上面睡觉。

刘剑左右看看,最后从旁边地上捡了一根小树枝。他把树枝伸进去,要捅田大志的鼻孔。身边的白禾看了,连忙往刘剑身体贴了贴,但也不开口问刘剑要做什么。

刘剑手抖了下,没捅到田大志鼻孔,而把树枝插进了田大志嘴里。田大志许是正在梦里吃什么好吃的东西,迷迷糊糊中,有东西到嘴里,就咬上了,还往里送。

刘剑乐了,把树枝往外拔出来,然后又扬起树枝抽田大志的脸,骂:"臭不要脸的就知道吃。"

田大志被抽醒了,睁眼看到刘剑,说:"你才臭不要脸,跑我们医院来撒什么野?"

刘剑说:"我来撒野了又怎么样?"

田大志说:"我们医院也有保卫科,逮你这号小混混还是绰绰有余。"

刘剑大笑,用树枝再去抽他,说:"来逮爷爷我试试。"

田大志便也笑了,爬起来开车门跳下来。这时他才看到白禾,指着白禾:"这不是那个……那个谁?"

刘剑说:"白璐的妹妹,白禾。"

田大志说:"对,白禾。你们来这干吗啊?"

刘剑说:"带她体检一下,怕她昨天受了什么伤,自己没个感觉。"

田大志说:"是要检查一下。以前有俩打架的,受伤出血的那个被人送来了我们医院,止血缝针就没事了。明面上打赢了的那个,看起来没一点伤。他还寻思着自己打伤了对方,火急火燎跑路,一个人去车站坐班车,到了郑州。到郑州火车站门前,突然觉得恶心想吐,接着就倒地上了。被人送去医院后,发现是内伤,大出血,脾脏碎了,当晚就死了。如果这小子出事后检查一下,或许就不会大出血,还能救回来。"

刘剑扭头看了下白禾:"倒应该没这么大问题,检查一下吧,都放心一点。"

田大志点头,领着他俩就进了医院。医院里的人都是眼巴巴瞅着田大志从一个戴着红领巾的少先队员,如何长成如今这个小眼睛、猥琐模样的主,纷纷喊他"大志"。所以,给白禾的体检都不用排队,各个诊室一圈圈走就是了。所幸各项指标都还正常,没有问题。到最后,田大志挠了挠头,说:"我们要不要再去一趟顶楼?"

刘剑问:"顶楼是什么科室?"

田大志说:"顶楼不是我们自己医院的人,是精神病院那边过来的,在我们这边办公问诊。"

"那就是精神科咯?"

田大志点头。

刘剑犹豫了一下,想起之前白禾说那红色糖果纸是灰色的事,于是就说:"也都去看一下吧。"

田大志领他俩,往楼上走。白禾依旧是紧紧地跟着刘剑,好像只要让她能够跟着刘剑,什么安排都没所谓,甚至也不问什么。当然,当时的白禾也只有十岁,很多事情弄不明白,也想不明白。在她之后的人生里,很多事情,她也似乎没有想要去想明白、琢磨明白。

三人便去了五楼,五楼实际上就是顶楼。五楼唯一的房间,只是通往顶楼外面那个巨大平台的一个通道而已。门口挂了个牌子,上面写着"精神科"。推门进去,也没有护士,就只有一个留白胡子、穿白大褂的老头坐在里面。老头桌上摆着个收音机,天线拉得老长,放着戏曲,老头跟着戏曲里旦角的哼唱,摇头晃脑。

这一幕,让刘剑一下对这白胡子老头的专业性有了质疑。见有人进来,老头连忙把收音机关了,问他们仨:"挂号了吗?"

刘剑是跟着田院长的公子田大志,自然是不用挂号的,只不过这白胡子老头不认识田大志,才问出这话。田大志也不恼,说:"胡伯伯吧?我是田荣玉的儿子田大志,在院里开救护车的。"

这胡伯伯连忙点头:"是大志啊,你小时候我还抱过你,那时候你长得挺可爱的……"说完这话,老头不往下继续了,或许是瞧见现在田大志猥琐的模样,发现这客套话再往下说,就有点太虚伪了。

田大志便连忙露出天真可爱的笑容。别的小眼睛男人笑起来,眼睛是成了门缝,说明人家眼睛小是小,但长,是细长眼。田大志一笑,眼睛就成了个小黑点,说明他这眼睛是真小。

田大志便开始介绍这老头了:"这是胡一汉,以前市精神病院的院长,国宝级别的精神科医师。现在退休了,儿子女儿都在我们油田上班,他就返聘回了我们油田人民医院,管这精神科。"

胡一汉也不谦虚,摸着胡子说:"也不算什么宝吧,就是打从我手里过的精神病人,没有一万,也有八千。"

这一番对话,让刘剑觉得有点尴尬,整得好像自己和白禾就是为对方这八千到一万的数字来凑人头似的。但来都来了,也得聊聊。于是,他领着白禾,在精神科医生胡一汉面前坐下。然后,他就说了昨晚的事,只是尽量说得比较委婉,毕竟对于当事人白禾来说,二次伤害,很可能就来自于对事件的复盘。

别看胡一汉模样看着不专业,这情商智商倒是还过得去。刘剑说半截留半截,老头竟然点了点头,一副一切都了然的神情。接着,他便望向白禾,柔声说话。开始的时候,他只是拉家常,问白禾吃饭了没,几年级了。

白禾紧紧贴着刘剑,小声回答。慢慢地,她那僵硬的身体,就微微放松了点。对胡一汉的问话的回答,也从开始的一个字两个字,变成了完整的句子。就这样一问一答,拉了大概十几分钟家常后,胡一汉就问白禾:"能不能让两个哥哥出去,我们单独聊会天?"

白禾连忙摇头,可摇了摇头后,却又望向刘剑。刘剑明白,小姑娘是在问他。如果按照白禾的本意,自然是不愿意的。但此刻的自己,在对方心里面,就是主心骨。所以,她在任何问题上,都会以刘剑的决定,充当自己的决定的。

刘剑说:"和胡爷爷聊一会吧,我就站在门口。"

白禾咬嘴唇,半晌,终于点头。

她在胡一汉的诊室里待了有大半个小时,到胡一汉喊他们再进去时,已经快十二点了。因为没挂号,所以没有病历,胡一汉拿了张问诊单,在上面写了密密麻麻的字,再递给刘剑,说:"没大问题,小问题也只有一个。多陪着女娃娃说说话,她年纪还小,应该能顺利度过这个阶段的。"

刘剑看那问诊单,上面歪歪扭扭画着的都是蝌蚪字,便说:"医生,你写的都是啥啊?什么大问题,又是什么小问题,你直接说啊!"

胡一汉又开始摸他的白色山羊胡子,像是一个高深莫测的神棍一般。摸了一会,才开始说结论:"这女娃娃,典型的儿童创伤后应激障碍。具体表现:会出现梦魇,反复再扮演创伤性事件;面对相关提示,会情绪激动;接着,她会有明显的回避症状,表现为分离性焦虑、黏人,不愿意离开父母……"

说到这,旁边站着的田大志就插嘴了:"她父母早不在了。"

胡一汉点头:"那就是不愿意离开家人。"

刘剑说:"家人也……"他没往下继续,但胡一汉应该听明白了,他愣了一下,继续道:"女娃娃的自我世界里,会快速形成一个最为亲密的人。这个最为亲密的人的形成,以及对这个最为亲密的人的依赖,便是她自我防御机制的一种处理。如若没有这么一个人,那……那她的精神世界,就很容易崩溃。"

刘剑接话了:"你说的崩溃,指的是?"

胡一汉看了一眼白禾,白禾却并没有看他,而是仰着头,望向刘剑。屋子里的人们说的话,她似乎都听不到,她的世界里,只有刘剑。接着,胡一汉注意到,白禾的小手是抬起的,紧紧地捏着刘剑的衣角。

胡一汉心里有了些答案。他从医几十年,对于精神疾病案例,见过了太多太多,每一桩背后,都有着诸多故事。人世间总是有着种种关系被撕裂,或生离,或死别。所以,他见多了后,会有所麻木。此时此刻,他隐隐窥探到,面前这位尚年幼的病患背后,又是一个让人心碎的故事。但他不去打听,也不去深究。他从医多年,早就学会不去刨根问底了,因为追问的结果,总是让自己本就感性的思维又多了很多医生不应该有着的情绪泛滥。

他再次捋他的胡须,也再次耸肩:"我说的崩溃,就是精神分裂症。也就是……也就是你们所说的精神病。"

田大志张大了嘴:"她会变成精神病?"

胡一汉摇头:"目前看起来,不会。因为我们的身体是一个非常奇怪的存在,有强大的自我保护机制。只要这个自我保护机制启动了,就会保证身心不会受到进一步的损伤。"

田大志说:"胡伯伯,你说具体点吧,这些我们听不懂。"

"女娃娃的内心世界，应该已经快速出现了一个保护者。这个保护者……"胡一汉看了看刘剑，继续道，"这个保护者，会对于她的整个人生，都起到 个很关键的作用。另外，她好像也有某些行于表的后遗症出现。对了，她在出事之后，有没有出现木僵状态。"

"什么是木僵？"刘剑问。

胡一汉解释道："就是发呆，好像外界的一切对她都没有刺激，她也不会因为害怕、恐惧、欣喜等出现表情与动作。"

刘剑想了一下，昨晚他刚在屠宰车间家属院四楼发现白禾时，她的一切表现，不正是如此吗？于是，刘剑点头："有。"

胡一汉点头："那反倒是好，避免了女娃娃的精神世界受到进一步的伤害。目前看来，她或许有应激相关障碍遗留，这是因为前额叶、杏仁核和海马体的神经出现异常……"

田大志又说话了："胡伯伯，又听不懂了。"

胡一汉耸肩："她色盲了……女娃娃现在是个色盲了。"

刘剑瞪眼："你是说，她看不到颜色了？"此刻的他，一下就想起了那红色的糖果纸，被白禾反复说是灰色的。

胡一汉点头："是的，她的世界目前是没有颜色的。她所看到的一切，都是灰色的。"他指了指窗外，继续道："蓝天、白云、太阳，在她眼里，现在都是没有颜色的，都是灰色的，都是苍茫一片。"

胡一汉顿了顿:"她所见的一切,都在苍茫之下。"

刘剑领着白禾走出油田人民医院时,是中午十二点半。胡一汉说要先回家吃饭,当然,也许是老头想要消化掉一些什么,害怕白禾背后的故事,被他知晓得太多,会对他的情绪有影响。田大志要领刘剑他们去医院食堂吃饭,被刘剑拒绝了。他心情沉重,牵着白禾走去了对面一个面馆。他祖籍是东北,好面食,现在迁到了中原,地方上也都是吃面条,一日三餐都吃面,对于他来说,没有什么问题。白禾也不吱声,跟着刘剑。刘剑问她吃面好不好,白禾点头。

吃完面,又回医院,上五楼,等回家吃饭了的胡一汉回来,下午还要做几项检查。诊室的门关了,进不去。于是,刘剑便领着白禾上了旁边的天台。天台并没有栏杆,只有一条一米宽的排水沟,将天台与楼外隔离。刘剑领着白禾,跨过排水沟坐到了天台边上。他们的双腿垂下,下方有几十米高。刘剑不畏高,所以从没把坐在这种天台边上当回事。没想到的是,小小的白禾,也跟着他坐下,双腿也悬空那样坐着。只不过,她的小手依旧捏着刘剑的衣角,身子也挨着刘剑。

刘剑望向远方。那个年代的楼都不高,五楼的天台可以眺望很远。这天天气也很好,有蓝天,有白云,还有红色的太阳,都是之前胡一汉所描绘的有着色彩的画面。只不过,这些颜色,对于白禾来说,都已经不存在了。

刘剑问:"白禾,你真看不到颜色了吗?"

白禾说:"看不到。"

刘剑又问:"你不害怕吗?"

白禾说:"不害怕,坐在哥哥旁边就不害怕。"

刘剑说:"但我不是你真正的哥哥啊!"

白禾说:"你是我真正的哥哥。"

刘剑说:"对了,我爸爸说,你有个真正的哥哥,不过不在油田里,他在南陆市里。"

白禾说:"他不是我真正的哥哥。我姐姐说了,他不是油田里的孩子,是个地方小孩。再说,他不愿意来油田,他不愿意和我们在一起,所以,他不是我哥哥,你才是。"

刘剑笑了:"好吧,那我做你的哥哥就是了。"顿了顿,刘剑又问:"你和你亲哥哥没有来往的吗?"

白禾说:"他偶尔会来看我们,但他怕他妈妈骂……"白禾低头了,好像在想什么心事。半晌,她说:"他会给我们送好吃的,比如糖果。"

刘剑心念一动,连忙追问:"你亲哥哥叫什么?"

白禾说:"他叫贺清明。"

刘剑脑子里嗡的一声响,一干疑问,瞬间有了答案。贺清明为什么会对油田熟悉?因为他经常要来油田看他两个同父异母的妹妹。案发的昨晚,他走向油田的屠宰车间家属院,裤兜里装着一包参加某人的喜酒得到的糖果,想要给他的妹妹们吃。可是,他到屠宰车间楼下时,看到的却是妹妹白璐的头颅。接着,他抬头,看到了楼上那望向自己的白禾。那一瞬间的他脑子里一定都是凶手的事,所以,他并没有冲上去搂住在当时最需要人保护的小小的白禾,而是看到有人到了白禾身旁后,默默离开了现场,并在油田里为后续抓捕杀人犯顾长江出了力。最终，当杀人犯落网后，他也并没有挺身而出，直面白禾，甚至连将糖果亲手交给白禾的勇气都没有。

刘剑心里五味杂陈。他抬起手，搂住了白禾。这时，白禾那小小的肩膀又开始微微抖动了，且又开始抽泣了。接着，她说：“哥哥，我被送去过孤儿院。”

刘剑一愣：“你不是一直和你姐姐在一起吗？”

"姐姐也去了……姐姐……"白禾终于哭出声了，"呜呜，姐姐也去了，只不过，姐姐跟孤儿院的人说我们能够照顾好自己。"

刘剑不明就里：“什么时候？”

白禾说：“爸爸妈妈走了的时候。只不过那时候，我还小，我才五岁，姐姐十三岁。我已经不太记得那时候的事了，姐姐记得，姐姐不告诉我而已。”

"那就是五年前，你爸爸妈妈因为车祸离世的时候喽？"刘剑问道。

白禾说：“是。”

刘剑不说话了，他鸟瞰世界，所见是这个他出生成长的封闭着的世界。这个世界叫南陆油田，油田里一共有六万人，这些人中的老者最初来自五湖四海，最终在这里开枝散叶。而这些枝叶，包括刘剑自己，也包括死去了的白璐与此刻坐在他身旁的白禾。也就是说，他们都有着一个同样的烙印，谓之油田人。刘剑一度以为，这油田里，是一方桃源般的所在。因为是国有大企业，油田产油炼油，为国家做出着巨大贡献，也产生着巨大效益。所以，油田人在那个年代算是衣食无忧。小到肥皂脸盆，大到住房家电，油田都时不时派发。包括刘剑在内的油田子弟们，天生就有了高人一等的优越感，以为世界就是这样的，没有太多忧虑。但未曾想到的是，同样是油田的孩子——白禾和那看起来与众人无二的漂亮姑娘白璐，她们所经历的过往，却悲惨得令人不敢想象。

胡一汉没多久就回来了。与上午不同的是，吃饱了再晃过来的老爷子的胡须上，挂了一粒饭。刘剑便有伸手帮他把那饭粒给拿掉的冲动，但转念一想，老头有个习惯性动作，是捋自己的胡须。等他自个抬手捋的时候，应该就会察觉的。

未曾想到，这下午的胡一汉，较上午敬业不少。扯着白禾又说了不少话，还拿出个小本子，上面有些奇奇怪怪的选择题，要白禾勾选。白禾也听话，按部就班做了。折腾到三点多钟，老头还是没有抬手捋胡须，扭头对刘剑说："都还好，女娃娃一切正常。我本来还想要她去一趟市区里的精神病院照个片子，目前看来，没这个必要。"

至此，在这精神科的检查，就算告一段落。刘剑要领着白禾走，都到楼梯口了，胡一汉追了上来，问刘剑："身上带电话本了吧？"

那年代还没手机，每个人身上都有一个电话号码本，上面密密麻麻记着身边人的电话。刘剑自然也不例外，掏出小本本。胡一汉拿笔在上面写上几下，然后递给刘剑。刘剑一看，上面的字还是歪歪扭扭，看不出写了个啥，后面几个数字倒是还能够分辨出来。

胡一汉说:"这是我家里和诊室的电话,有什么问题,你就打电话过来。"

刘剑说:"你不是都说了没问题吗?"

胡一汉说:"女娃娃还小,怕有突发情况。"

刘剑点头,牵着白禾就往楼下走。走出几步,他扭头回来。胡一汉以为刘剑是要说些感谢的话,连忙说:"不用谢,这都是我作为一个医生应该做的,看着这女娃娃,搁谁都会心生不忍的。"

刘剑点头,说:"胡医生,你胡子上挂了一粒饭。"

他们没有直接回家,而是去了派出所。实际上派出所就在刘剑他家外,没几步路。白禾到了那派出所门口时,抓着刘剑,手心里都是汗。刘剑便对她说:"没事,我们去找下我爸,跟他说一声。"

白禾不答话,抓着刘剑的手往回拉,不肯迈步。刘剑又说:"坏人已经送走了,不在这里面了。"

白禾还是不动。刘剑想了想,最终挤出笑来:"放心吧!我答应了你的,不让人送你去孤儿院。我们现在就进去,我去跟我爸说,我们收养你。"

白禾抬头看着刘剑,咬嘴唇,似乎是在琢磨。末了,她说:"哥哥,你说的都会是真的,对不对?"

刘剑说:"都会是真的。"

白禾这才跟他往前走进派出所。他们径直往刘长春的办公室去了。刘长春坐在里面和几个同事正说话抽烟喝茶,见刘剑进来了,刘长春就问:"体检都合格吧?"

刘剑把那一袋子体检报告递给他爸,说:"都好,就是在精神科那,查出个色盲。"

坐在旁边的马民警就说:"色盲没什么,我姁就是色盲,过红绿灯也能正常分辨两种灯的不同。"

刘长春点头,对旁边的一个女民警挥手,女民警姓宋,刘剑叫她宋姨。宋姨便过来牵白禾。白禾不乐意,还是紧紧抓着刘剑的手。宋姨说:"来,让刘剑哥哥回去休息,阿姨带你去更好玩的地方。"

白禾说:"我不去,我和刘剑哥哥在一块就可以了。"

女民警说:"可刘剑哥哥忙了一宿,也累了啊。来,白禾,乖。"

白禾不说话了,摇头,然后往刘剑身后站,紧紧贴着刘剑的腿。刘剑便说:"没事,我不要休息,我带着她就是了。"末了,他又对他爸刘长春说:"爸,白禾没亲人了,我们收养她吧?"

刘长春愣了一下,然后劈头盖脸骂道:"你小子疯了。"说完便站起来,伸手来扯白禾。白禾慌了,眼泪就出来了,说:"哥哥,他们要欺负我。"

刘剑便蹲下来,将她的手递给刘长春,并正色说:"白禾,哥哥答应你的话,就一定会做到。只不过呢……"他是警察家的儿子,对于一些司法程序还是有些了解,所以继续道:"不过领养你,也需要程序。所以,你先跟着他们……对了,这是我爸,不是坏人,是警察。"

白禾说:"我知道,这伯伯不是坏人。可是,他要送我去孤儿院。"

刘长春心肠也软了,说话声也小了,敷衍孩子,说:"今天不送,今天伯伯要带你去市局一趟。你姐姐走了,还有一些事要处理。"

白禾就又哭出声了:"我要我姐姐,伯伯,你能把我姐姐带回来吗?"

在场的每一个人,心都被撕开了,没人吱声了。白禾又继续:"可是,我姐姐没了……白禾看到了,白禾知道,姐姐没了,白禾没有人要了。"

刘剑忙说:"哥哥在啊。"

白禾说:"嗯,白禾还有哥哥。"

刘剑说:"你先跟伯伯一起,哥哥我会去办手续,伯伯如果不收养你,哥哥收养你。哥哥满十八岁了,有权利了。"

"你有个屁。"刘长春小声骂了句。他一探手,将白禾抱了起来,就好像昨晚他一直做的那样,像搂着一个婴儿般,搂住了这个十岁的小姑娘。他柔声道:"白禾,听话,现在呢,你跟伯伯,还有这位警察阿姨,一起去一趟市局。在那里,我们还有一些事情要办。等一切结束了,再带你回来找哥哥,好吗?"

白禾不回答,扭头看刘剑,刘剑说:"哥哥答应了你的。"

白禾这才点头,说:"白禾听哥哥的话。"

刘剑伸手,摸了下白禾的脸,继而转身,往外走。他抬步,一步、两步、三步……这平日里轻松的脚步,在今天却变得好像有点不一样了,沉重了很多。于是,他在暗想,或许,这就是自己从一个少年朝着男人的过渡吧。自己终于有了宽厚的肩膀,自然就必须有肩负的责任。

他回到家,可心里又还是有点放不下,不由自主地坐到了窗户边上,盯着派出所看。过了一会,他便看到他爸刘长春抱着白禾,以及女警宋姨出了派出所,上了所里那台边三轮,往油田外去了。也就是这同一时间,马路前头,两个熟悉的人影,一胖一瘦,也出现了——是张执跨和毛熊。刘剑回头看了下墙上的石英钟,四点多了。这俩家伙晃过来,是要开始行使他们护厂队的职责,拉着刘剑准备出去进行今晚的巡逻了。

刘剑心念一动,开门往外迎了上去,直接对他俩说:"嘿,我们今天不去巡逻,你俩跟我去一趟市里。"

张执跨问:"去干吗?"

刘剑说:"我们去找小混蛋贺清明。"

毛熊说:"市里面那么大,去哪里找啊?"

刘剑说:"去桌球街,小混蛋是混桌球街那一块的。"

毛熊没脑子,属于刘剑可以直接操纵的工具人,点头:"好,那现在就去。"

张执跨便抬手,他手腕上戴了一块新的银色的手表:"嗯,四点半,油田的班车还有。"实际上油田往市里面的免费班车,一直到晚上八点都有。张执跨抬手,是要给刘剑看自己手腕上这一块手表。刘剑心里有事,没搭理他,领头就往班车的站台方向走去。

最近的站台,就在春兰小卖部门口。这一会是饭点,没人往外面跑,所以站台没人。三人等了十几分钟,班车就来了。车是油田里运输公司自己的车，免费来往南陆市，方便油田职工。只不过，班车出了油田就只有一站——南陆市百货大楼。百货大楼位于市中心，市政府、电影院、文化宫、新华书店等都在周围，属于那个年代的商业中心。而他们仨要去的桌球街，也在那附近的电影公司后面。

到百货大楼站，三人下车。张执跨又抬手腕看表，汇报时间。刘剑依旧没搭理，反倒是毛熊吱声了："执跨，你今天戴了个表，变身小闹钟了。"

张执跨说："你才小闹钟呢！"说完，他又把表晃了晃，说："这个时间段我们去桌球街，也找不到人。不如先吃饭吧！"

张执跨以一米六五的个头，一百斤不到的体重，能够混在油田孩子王刘剑身边，也并不是没原因的。之前也说了，他爸是油田领导，所以这家伙不缺零花钱，且大方，吆喝人吃点喝点，都是他花钱。刘剑和毛熊也习惯了。

刘剑一琢磨，觉得张执跨说得也对。那桌球街白天冷清，到了晚上，一干地方小孩、社会小伙才会跑出来，才方便他们仨打听。于是，便由着张执跨带队，去了一个馆子。张执跨轻车熟路吆喝点菜。旁边桌坐了两个长得不错的姑娘在吃面喝豆奶，张执跨惦记着炫富，便又在时不时地抬手看表。

吃完饭，也还只到六点半。三个半大小伙又进去百货大楼里转了一个多小时，出来看到天色终于暗了，才往桌球街去。

在那个年代，每一个城市里，都有着这么一个叫作桌球街的地方。尽管只是普通的街道，但两边都搭了雨布，雨布下是若干个桌球台。人们从旁边人家的屋里牵出电线，挂上灯泡，照亮每一张桌球台。而也就是这一张张桌球台与照亮桌球台的灯泡，构造出了20世纪90年代城市中的繁华夜色。

三人到桌球街时，人还不多。于是，他们任找了个台子，玩了几把。到天色更晚了点，桌球街上人就多了起来。刘剑把球杆放下，坐到旁边，和人搭话，然后就开始问人认不认识小混蛋。

问了两三个人，都说不认识。其中有一个其实是认识贺清明的，但他瞅着刘剑三人眼生，所以故意说不认识。这家伙面不改色，叼着烟，往外走。到刘剑等人看不到的位置，便撒腿跑，转弯进了电影公司的院里。院里正有四五个小伙站那在抽烟说话。这家伙冲为首的人说："大圣，你家的桌球台那，有人在打听混蛋哥。"

这叫大圣的，全名盛小军，大高个，留着那年代最流行的中分头。他和小混蛋是打小一起穿着开裆裤玩泥巴的主，到长成小伙了，就不说穿开裆裤玩泥巴的事了，改口说是可以换命的兄弟。于是，此刻的大圣就皱眉了："来打听小混蛋的？你认识他们吗？"

报信的小伙说："没见过。"

大圣便说："走，我们去会会这跑来桌球街找你们混蛋哥的人。"说完招手，领人往外走。

他们到那桌球摊时，轮到刘剑握着杆上桌打球，换了毛熊下来打听。毛熊大大咧咧地站街上，逮人就问，正迎上大圣几个。毛熊说："嘿，几位兄弟，你们认识小混蛋吗？"

大圣说："满大街的混蛋，谁知道你找哪个小混蛋啊？"

毛熊说："贺清明。"

大圣点头："你是谁？找他什么事？"

毛熊倒也诚实，说："我们是油田那边过来的，找他有点事。"

这大圣一听毛熊说是油田过来的，心里就有了个底。之前跟着贺清明跑去刘剑家外面闹事时，这大圣也是其中一个。此刻看对方是油田过来的，立马意识到对方是过来反扑的。他咧嘴狞笑："嘿，想不到你们油田子弟倒是越来越有种了，还追到了桌球街。"说完这话，他猛地一下将毛熊一推，嘴里喝道："你们就是刘剑带来的吧？"

不远处的刘剑就听到了声响，一瞅对方还动了手，连忙抄着球杆就过来了。他手里那条杆，杆尾位置绑了几圈胶布，是一根好杆，特好用。之前也说了，他们此刻玩的桌球摊，正好是大圣家开的，大圣认识这杆。一看刘剑抄着这根好杆当武器冲了过来，就急了，说："好家伙，还挑根最好的。"

刘剑一手扶毛熊，另一手将那杆尖冲着大圣等人胡乱挥舞，像是一个举着红缨枪的哪吒，嘴里喊："我就是刘剑，你们为啥动手打人？"

大圣说："你放下杆再说。"他这是怕刘剑弄折了自家的球杆。

那边的张执跨也抄了根球杆硬着头皮冲了过来，站到刘剑身边，嚷嚷道："你当我们傻啊？放下球杆挨揍吗？"

大圣说:"你们油田的人跑到我们桌球街来,要找小混蛋的麻烦,不就是来挨揍吗?"

刘剑明白过来,说:"我来是找他有事,有正经事。"

大圣问:"不是来打架的吗?"

刘剑说:"要打架也会和你们约地方,送上门挨打,你当我们脑子缺根筋啊?"

大圣一想也是,可又不放心,再问:"确定不是来找茬的?"

毛熊到这一会才反应过来,要往前冲,和大圣拼命。刘剑拉住他,说:"确定不是。"

大圣便点头,对吹胡子瞪眼的毛熊说:"我刚才没用力,你自己感觉得到。真要打你,我直接踹你小肚子了。"

毛熊说:"总之你是动手了。"

正说到这,从他们之前玩的桌球摊——也就是大圣家那桌球摊后面的平房里,走出个老太来,冲大圣喊:"小军,电话,贺清明打来的。"

大圣应了,往屋里跑。刘剑也跟了过去,站屋门口。毛熊被人推了,气鼓鼓的,站那瞪着眼。过了一会,那屋里就传来大圣的声音:"是刘剑吧?"

刘剑站门口应,说:"是。"

大圣说:"你进屋来接下电话,贺清明找你。"

刘剑往屋里走,嘴里嘀咕道:"他怎么知道我在。"

屋里朝他递话筒的大圣说:"我给他说的。"

刘剑应了,接电话。那头是贺清明的声音,挺着急的,在骂人:"刘剑,你他娘的连一个小孩都照顾不好。"

刘剑也火了，吼："贺清明你啥意思？他娘的没睡醒吧？"

旁边的大圣就跺脚："这是在我家里，你就不能讲点'五讲四美'啊？"

刘剑便压低声："贺清明，你有事说事，别犯浑。"

"我就是犯浑，要不怎么叫小混蛋。"贺清明在电话那头说，"刘剑，你现在马上来市福利院。"

站旁边的大圣正竖着耳朵听，连忙探头过来："要不要我们也过来？"

贺清明说："来，都来，把附近能召集起来的人都领过来。"

他说到了福利院，刘剑心里便有了个分寸，想着应该是白禾的事。但他还是追问道："去福利院干吗？"

贺清明说："干吗？她现在只认你，你给我马上死过来，陪我去把白禾抢出来。"

刘剑心头一热，说："好！"

他放下话筒，也没给大圣打招呼，便往外跑。门口的张执跨和毛熊望着他，他停下脚步想了下，然后说："打电话给田大志，让他把我们护厂队的人都给拉过来。"

张执跨问："拉来桌球街吗？"

"直接去福利院。"他扔下这一句就往桌球街外跑了。

从桌球街到福利院，有三五公里的路程。刘剑上高中时是田径队的，还打篮球，体能好，一路疯跑过去，气都不喘。还没到福利院门口，就听见马路边贺清明喊自己。他连忙过去，见贺清明穿着个铅灰色的文化衫，胸口印着"让世界充满爱"，站那鼓着大眼瞪自己。

刘剑也不恼，问："白禾在里面？"

贺清明说："多亏我正好看到，嘿，就是被你们油田派出所的人送进去的。"他气鼓鼓地，又继续道："白璐才走了多久啊？变成了孤儿的白禾，就被你们油田的人给扔这孤儿院。平日里说你们油田里的人多么团结、多么友爱，都是放屁。"他这里说的孤儿院，也就是福利院。福利院是官方名词，现今的福利院里住着孤寡老人和没有亲人的孩童。而在那个年代，住的却基本上是孤儿，所以被老百姓称为孤儿院。

刘剑说："你才放屁。我已经跟我爸说了，要领养白禾。"

"你爸不就是油田派出所的吗？不就是你们油田派出所的人把她送进去的吗？"贺清明还抬手用手指戳刘剑的胸脯，"你要领养白禾？你算老几，你一个小屁孩子，能领养谁呢？"

"那你呢？"刘剑生气了，回击他，"别以为我不知道，你是白禾的哥哥，是亲哥哥。你又管白禾了吗？保护了白璐吗？贺清明，你别在这装大尾巴狼了，真正有担当的男人，不是你这个尿样。"

刘剑的话，正好打在了贺清明的心坎上。他捏紧了拳头，狠狠地盯着刘剑，说："你……"盯了一会，他又扭头，不看刘剑，嘴里骂了句娘。末了，他问刘剑："我现在要领人冲进去抢白禾，你要不要跟我一起？"

"跟！"当时的刘剑也还只是个血气方刚的少年，想都没想就应允了下来。两人便没废话了,站福利院对面往里看。这福利院四面都有围墙,只有最前面有一张大铁门。铁门洞开着,两个保安在门口站着。昏暗的路灯下,这灰暗的建筑,像是一座巨大的牢笼,里面住满了没有了父母的可怜孩子们。

"等那边百货大楼关门了我们就行动。"贺清明用了"行动"这个词,让他们此刻的所为,有了港台录像带里那热血的味道。

刘剑明白他的意思,因为百货大楼里人多,到那百货大楼关门,这片闹市也会安静下来。虽然只是个进福利院救人的活,但也不能弄太大阵仗。于是,他点头,接着,就看见街道另一头,大圣领了十几个半大小伙,火急火燎往这边过来了。这模样,想要动静小,也不太可能了。刘剑心头一热,便连忙对贺清明说:"我们油田那边的人也会过来。"

贺清明点了下头,两个半大小伙心里都跟烧开水一样,沸腾起来,自我感觉是要干一件真正的大事。

所幸油田的兄弟也没给刘剑丢脸。百货大楼关门以前,也就是半小时后,那台金杯车就出现在了马路拐弯处。车开得很快,一看就知道是大志在显摆车技。金杯喷了一股黑烟,急停到了刘剑、贺清明及贺清明的那一帮兄弟身边。车门被拉开,是毛熊率先跳了出来,火急火燎往路边跑,然后蹲地上开始吐。这是晕车的反应。他身后,是一干护厂队的油田子弟,来了有差不多二十号人。站在贺清明身后的大圣就吐舌头:"你们也不嫌挤?"

张执跨自豪地扬着脸:"昨晚我们抓杀人犯的时候,里面还挤过快三十个人呢！"

他的声音被毛熊痛苦的呕吐声盖住。

大志也跳下车了，说："怎么样？快吧！"接着又问："要我们过来是干吗？"

刘剑指着马路对面："攻打福利院。"

一干人就傻眼了："攻打福利院？"

贺清明也点头了："是的，就是攻打福利院。"

说话间，对面福利院门口的保安瞅着这对面几十号人，觉得有些什么不对劲。其中一个老保安便开始拉扯铁门，铁门哗啦啦往里合拢。

刘剑说："不好，他们可能是要关门吧？"

贺清明说："我怎么知道呢？我又没进过这福利院。"

说话间，另一个保安钻进了旁边的传达室里，拿出一把锁，往铁门处走来。

"这是要锁门。"贺清明说，"福利院到晚上都会上锁。"

刘剑说："应该是。那……"他扭头看贺清明，发现贺清明也在看自己。

"上吧！"刘剑说。

贺清明点头："上！"

两人就撒腿朝那福利院里冲，压根就没有个事先布置好的计划。实际上，冲进去以后，要在哪里找白禾，他们也不知道。可那一会，眼巴巴看着铁门要被锁上，两人脑海里浮现的，都是那白禾害怕的模样。在刘剑耳边，还回荡起白禾哭着说不要去孤儿院的话语声……

比他们更加迷惘的，是大圣领着的一帮地方小伙及刚到的护厂队油田子弟们。他们冲也不是，站那也不是，互相又望望对方，觉得不能在敌对势力面前犯怂。于是，这三十几个半大孩子便跟在刘剑和贺清明身后，往马路对面的福利院里冲去。

福利院门口的保安就傻眼了。说是保安，其实就两个老头。老头们几十年的修为，见过抢钱的、劫色的，在电视里还看到过抢银行、抢运钞车、劫镖、劫法场的，可又有谁见过抢福利院的。俩老保安也不敢拦，连忙往旁边走。

刘剑和贺清明率先拉开了铁门，冲进了福利院里面。福利院是一栋四层高的小楼，还有个大院子，院子外是围墙。贺清明便开始吼："白禾，你在哪？"一边吼着，一边往那小楼的楼梯间里跑。

刘剑跟着贺清明，也往楼梯间里钻，他也学着贺清明，吼："白禾，我是刘剑，你在哪？"

后面三十几号人满脑子问号，可又不希望让人看出自己啥都不知道。于是，他们也跟着喊了起来："白禾，你在哪？白禾，你在哪？"

原本昏暗的福利院里，灯光鱼贯而亮。若干一无所知的可怜孩子被吓到，哇哇地哭了起来。门口那俩保安也缓过神来，追着他们问："干吗呢？你们这是干吗呢？"楼上也有工作人员下来，张开手臂，在楼梯口拦他们，说："你们哪个单位的？来做什么？"

刘剑和贺清明推开了工作人员，嘴里继续嚷嚷着，往楼上跑。工作人员想追他们，那些跟来的小伙们，虽然弄不明白自己是来干吗的,可也没闲着,连忙扯住了工作人员,让刘剑和贺清明上了楼。

到二楼,就听见楼上有人应,是白禾的声音。她也在大声喊:"哥哥,哥哥,我在这。"

刘剑和贺清明一对眼,迈开腿就往上跑,顺着声到了四楼。他俩冲出楼梯口,到走廊,转身,往里看。那走廊尽头,正是小小的白禾。她穿着一套灰色的短袖短裤,手里还拿着一个搪瓷碗。没穿鞋,光脚站那,冲他们叫唤:"哥哥,我在这……"紧接着,她就大声地哭了出来:"哥哥,白禾在这……白禾好害怕。"

刘剑和贺清明两人心头都是一热,朝白禾飞奔过去。白禾也朝他俩跑来,手里的搪瓷碗也不要了,掉地上发出清脆的声响。

近了,近了……刘剑弯腰,张开双臂。这一同时,贺清明也弯腰,张开双臂。

白禾毫不犹豫地扑到了刘剑怀里,她一张脸上都是泪,说:"哥哥,我知道你一定会来接我的,我就知道。"

刘剑也用力抱住白禾小小的身躯:"是,我一定会来的。"说完搂着她站起,一扭头,却看见身旁的贺清明好像被定在了原地。他双臂依旧张开,也依旧弯着腰。只不过,他的怀抱里空空如也。贺清明扭头了,看白禾,看刘剑。半晌,他努力挤出笑,站起。他尝试性地伸手,要抚摸他同父异母的亲妹妹白禾的脸蛋。可白禾却扭头,将脸埋到刘剑胸膛上,说:"你不是我哥哥,你不是一个好哥哥。"

贺清明咬住了嘴唇。他抬起的手静止在半空中,喉头在动，这是想要说出几句什么。但最终，他并没有说出任何话。这时，刘剑搂着白禾往楼梯方向走，贺清明那静止在半空中的手微微动了几下，好像是在抚摸那一个空间里，曾经有着的白禾的脸。

他苦笑了，转身，迈步跟在了刘剑身后。

福利院外，警笛声也由远而近地响起了。到刘剑和贺清明抵达一楼时，两台警车已经径直开进了福利院大院，车门打开，跳下来七八个穿着警服的民警，嘴里喊着："全部蹲到地上，不准动。"

面对这突如其来的一幕，油田子弟与地方小孩的不同一下就显现了出来。只见大圣领来的那十多个小伙，撒开腿就跑。福利院的围墙本来就不是用来防贼的，不高。这群地方小孩哗啦一声散开了，快步到围墙，一跳一搭手，腿用力一蹬，一翻，跑了。而油田子弟就明显没那么活泛，被警察这么一吼，全部乖乖地蹲了下来。末了，似乎还想要维持一点体面，一个个抬头对来人说："我们没干啥啊？为啥要我们蹲下？"

从楼上下来的刘剑和贺清明，自然没机会翻墙走人。再说，刘剑手里还搂着白禾。门口的保安这一会声音也大了，指着他俩说："这俩小子就是为首的。"

来的警察里就出来了个微胖的，居然是彭队，也就是前一晚在油田里见过刘剑等人的刑警队队长彭九风。他看到刘剑手里搂着那半大的白禾，心里就有了些分寸，示意同事们不要太过紧张。接着，他问福利院的人："打了你们的人没？"

福利院的人摇头："没。"

"偷东西……"彭队纠正道，"抢东西没？"

"也没有。"福利院的人想了想，抬手指白禾，"好像是要抢人，今天你们市局送过来的人。"

"哦。"彭队点头，然后走到刘剑跟前，板着脸，"你们干吗呢？大晚上召集这么多人来福利院，福利院的人在二十分钟前就发现不对劲了，给我们市局打了电话。如果不是我们出警及时，你们这是要上天吧？"

刘剑连忙说："彭叔叔，我们只是要带走白禾。"

彭队板着脸："别套近乎，叫彭队。咋了，还要我们亲自动手把孩子抢下来，然后把你给铐上？"

刘剑连忙把白禾放下来，说："是。那就麻烦彭叔叔……啊，不，麻烦彭队给我爸打个电话，我要跟他说一下领养白禾的事。"

"白禾是你爸亲自送过来的。"彭队皱眉道。

旁边的贺清明就插嘴了："她不是孤儿，为啥要送来孤儿院？"

彭队扭头。刘剑属于系统类的子弟，他自然不会真的上纲上线，对外人，他脸色就没那么好看了："你是贺清明吧？"

贺清明说："我就是。"

"外号小混蛋的那个？"

"是。"

"嗯！"彭队点头，然后唤身后的同事，"给铐上。"

贺清明就急了，说："为啥单要铐我？"

彭队说:"你一个跟着南霸天混的小流氓头子,不铐你铐谁?"他一挥手,接着发话:"油田里过来的都是护厂队的吧?自己排着队,去市局门口站着等通知。"说完,他一手搂起了白禾,然后又对刘剑说:"走,回局里再说。"

彭队领人在福利院又了解了一下情况,确定没有人民生命、财产受到威胁破坏后,就招呼同事收了队。

刘剑、贺清明、白禾跟着彭队上了车,往市局去了。不同的是,刘剑和白禾都坐在前面,贺清明被按在最后排蹲着,还上了手铐。刘剑想要帮贺清明说两句话,可贺清明冲他摇头,刘剑便没吱声,紧紧地抓着白禾的手。车后面,是那排成一长队往市局前行的油田护厂队队员们。并不整齐的队伍和每个人脸上挂着的嬉皮笑脸的坏笑,是他们在这狼狈场景下,努力维持着的小小体面。

车进了市局大院,三人被领进了一个空办公室里待着,来了个协警在那守着。协警也不知道他们三个都是犯了啥事,凶巴巴地喝令刘剑和贺清明靠墙站着,要白禾坐旁边的椅子上。可白禾没去坐,反倒是选择贴着刘剑靠墙站着。

这带回来了一二十号人,虽然没啥大事,但彭队在外面自然也要忙一会的。所以,把他们忇晾了有大半个小时。

然后,门外就传来一个女人的吵闹声:"是杀了人,还是放了火?没杀人没放火,扣着我儿子干吗?不去抓坏人,欺负老百姓欺负小孩,算什么本事?真有本事,你们去上个天给我看看啊?"

这声音由远而近,最后就到了这办公室门外。"砰砰砰",重重的捶门声响起,辅警站起,过去把门打开,门外是一个一米六出头的肥胖女人,凶巴巴的模样,也不多说话,抬手就把辅警推开,往屋里闯。看到墙边站着的贺清明,声音就史大了:"有多严重的事?还要戴手铐?你们给一个小孩子戴手铐,就不怕我去告你们吗?"

她身后,彭队就迈步出来了,皱着眉,对那辅警说:"放人,给开了手铐。"

胖女人说:"谁铐的就得谁来开,是不是你这个死胖子警察给铐的?"实际上,彭队也只是微胖,搁在这胖女人身旁站着,还显得身材挺好那种。

辅警连忙说:"就是我铐的,我来解。"

胖女人倒也不较真,急急忙忙上前,摸贺清明的脸:"明明,没事吧?大圣他们回去跟我说,警察乱抓人抓了你,我就连忙赶过来了。"

贺清明说:"妈,我没事。"

这胖女人就是贺清明的妈贺彩云,也就是白禾他爸的上一任老婆。贺彩云不是油田人,当年嫁入油田,算是嫁得不错。可她脾气不好,最终和白禾她爸离了婚,领着贺清明又回了南陆市里。南陆市虽然不小,但也不大,她贺彩云的泼辣,算是小有名气。这也是彭队他们不和贺彩云一般见识的原因,怕万一真弄得贺彩云急眼了,一会站公安局楼顶,嚷嚷要跳楼自杀,事能够闹得满城知晓。再说了,今晚上这事吧,也确实不是个事。只能说动静闹得大,扰民严重而已。

所以,反正都要放贺清明,这一会他妈贺彩云来了,也就放了吧,免得她闹。这贺彩云虽然泼辣,但也不是没脑子。见自己来到这公安局,一路过关斩将,没人敢出手和自己对骂；又见儿子也没事，且民警还乖乖放人，便没得寸进尺咄咄逼人了。她双手搂着比她高了大半个头的贺清明，左右看，还拨开贺清明头发，摸头上是否有包，这是在确定儿子有没有挨揍。有刘剑在旁边，贺清明遇上他妈妈显示爱意的举措，便有点尴尬，连忙挣脱，嘴上说："没事了，走吧！"

贺彩云说："没事就好，有事我和他们没完。"说完便扭头看了一眼刘剑，再去看躲在刘剑身后探出半个脑袋的白禾。也就是看到白禾的瞬间，她愣了一下，紧接着她皱眉了、瞪眼了，问贺清明："你去福利院就是为了她？"

贺清明不回话，扭头不看贺彩云。

贺彩云声音又变大了："她是那两个小畜生里的白禾？"

贺清明说："妈，你说话不要这么难听好不好，她姐死了，我们是她唯一的亲人了。"

"我呸！"贺彩云咆哮起来，"你要当她亲人，你就去当，我和她有哪门子亲？"她扭头开始瞪白禾，白禾连忙往刘剑身后缩。贺彩云骂道："跟那小狐狸精长得一模一样，活该成了孤儿。"

贺清明便也火了，大声道："妈，都什么时候了，你嘴上就不能积点德吗？"

"积德？那谁给我们积德？我那时候抱着你，被赶出油田时，谁又来可怜过我们。你那时候刚出生，那么一点点大。谁给我们积德？"贺彩云说得激动，竟不自觉哭了出来，声音也越发大了，甚至刺耳。

彭队便站门口说话了:"你们娘俩有什么事,回家去吵。这里是公安局,由不得你们撒野。"

贺彩云这会在生儿子的气,搁平时彭队这么一吼,相当于点燃爆竹引线,定要遭她一顿好骂的。可这一会她恼的是她亲生的儿子,多年前的凄凉往事又都上了心头,便哭着往外跑,嘴里说:"得,我自己去撒野,反正我一个孤寡老娘们,你们其他人都是沾亲带故,就我,连儿子都守不住。"

贺清明心里不忍,他看了刘剑一眼。刘剑对他点了下头,意思是这里有我,你走没事。贺清明又看白禾,白禾也睁大着眼睛看着他。贺清明喉头动了动,嘴也张开了,但最终还是沉默。他咬了咬牙,追着他妈往门外去,临到门口,突然扭头回来,对白禾说了句:"对不起。"说完,他的背影消失在众人视线里。

刘剑明显感觉到白禾抓着裤管的小手,捏得更紧了。白禾说:"他不是我哥哥,我哥哥是刘剑,刘剑才是我哥哥。"

刘剑低头,看她:"傻丫头,是你哥哥喊我去福利院救你的。"

他话音没落,从门外就传来他爸刘长春的声音:"救?你这是救人?"

刘剑回头,只见刘长春大步流星冲了进来,举起手里的公文包劈头盖脸就往刘剑脸上砸,嘴里骂道:"你小小年纪,知道什么是救人?知道什么是帮人?你除了添乱,还会什么?"

刘剑用手护着头,说:"那你就帮了人吗?你把白禾送到孤儿院，就是帮人吗？"

刘长春说："给你要怎么办？你懂法吗？你知道怎么领养吗？"

刘剑也急了，说："你不想领养白禾，我就领养。我已经满了十八岁了，是成年人了，我也有公民的权利了。"

"权利个鬼！"刘长春左右扭头，瞅见旁边的桌上有根警棍，他一欠身，拿起那根警棍，就要往刘剑头上打。旁边站着的彭队连忙一把抱住了刘长春，还冲那辅警喊："站着干吗？先把棍子拿走。"

警棍便被抢走了，刘长春抬腿，要踹刘剑。刘剑一手护着白禾，往后退。加上有彭队抱着，没踹着。刘长春更恼了，嘴里嚷嚷着："今儿个不把你打服气，我这个爹就干不下去了。"

这节骨眼上，门外突然有人在吱声："老刘，闹够了没？"

刘长春没反应过来，还要往前踹刘剑。门外那人的声音更低沉了："刘长春同志，立正。"

刘长春愣了下，然后啪地一个立正，站直了。那门外走进来一个中年男人，高大，平头，皮肤很黑，是南陆市公安局的副局长薛正。

薛局也没多话，进来瞪刘长春，接着又望向刘剑，问："这就是你儿子刘剑？"

刘长春说："是。"

薛局说："你们父子俩，跟我来办公室。"

白禾就急了，抱着刘剑的腿，拼命摇头，说："哥哥不去。"

薛局看白禾，还挤出笑："小妹妹，你在这等一会。伯伯答应你，一会就让你刘剑哥哥领你回家。"

白禾说："我不去孤儿院。"

薛局说："谁告诉你那叫孤儿院，那叫福利院，社会福利院。"

白禾说："白禾也不去社会福利院。"

薛局说："行，伯伯答应你，也不去社会福利院。"

这时，油田派出所的女警宋姨也进来了，蹲到白禾身边，说："宋姨陪你一会吧！"

白禾看看薛局，又看看刘剑，最终点头，松了抱着刘剑大腿的手。

刘长春父子就跟着薛局上了楼，去到了他的办公室。薛局关上门，神色才略微舒展，对刘长春说："你说说你，老干部了，在大庭广众下耍横，像啥样？"

刘长春分辩道："老薛，我那一会不是生气吗？恨铁不成钢啊！"

"哪里不成钢了？"薛局看着站旁边的刘剑说，"我看这孩子就挺不错，彭队都给我说了，这案子从案发到结案，基本上都没让你们派出所的人操什么心，你儿子全程搞定了。"

见人夸自己儿子，刘长春心里自然是欢喜，语气也柔和了点，说："小兔崽子倒是出了点力。"

薛局又说："彭队还跟我说了，你这儿子今年的文化课上掉链子，没考上。所以呢，我刚才给警校的老张打了个电话，把你家刘剑的情况说了下。他呢……咳咳……"薛局故意咳嗽，不往下说话。

刘长春便笑了，忙问："他说了啥？"

薛局也笑："他说……他说今天天气很好，明天应该也会好。"

刘长春说："老薛，你就别逗我了，张校长是不是答应了你什么？"

薛局看了一眼刘剑，说："他说让我们出个表彰，再提交个情况报告过去，然后他给特事特办，把你家刘剑放进今年的新生名单里去。"

刘长春哈哈大笑，说："老薛，你说，要怎么感谢你？"

薛局说："请我喝顿大酒就是了。"

"成！"刘长春大声应道。

没想到的是，站在旁边一直没吭声的刘剑，反倒说："爸，我不去。"

薛局和刘长春两人脸上的笑都一下静止了，扭头看他。

刘长春说："你小子疯了？你打小的理想不就是当警察吗？现在你薛伯伯给你安排上了去警校，你怎么改念头了？"

刘剑咬了咬嘴唇，然后对薛局鞠躬敬了个礼："薛伯伯，我是想当警察。可……可……"他又看了下他爸刘长春，鼓起勇气说："可我答应了白禾……嗯，就是昨晚那案子里死者的妹妹。我答应了她会收养她，会保护她、照顾她。"

"你小子是不是疯了？"刘长春骂道。

"不。"刘剑正色道，"爸，打小你就跟我说，做一个男人，要信守承诺。你又说，要成为一个警察，得勇于担当。在你眼里，或许我还只是一个小孩子，但这么多年来，你说的话我都记在心里，也希望自己是一个勇于担当且能够信守承诺的人。可现在，我刚走进社会，当了这护厂队的队长，也遇到了真正需要自己去担当的事，说出了自己想要信守的承诺。可你却要我放弃这份担当，抛下自己的承诺，去追求更好的人生……"

刘剑咬了下嘴唇："爸，我觉得，这也不是你想要我去成就的模样吧？"

刘长春愣住了，半晌，他耸肩："哈，说得还像这么一回事呢！"

薛局微笑着："不错，像是我们警察家庭里出来的孩子。"他顿了顿，问刘剑："如果你要保护的这个小女孩，有人能帮你保护好，那你还去不去警校？"

刘剑说："那得看看是怎么个保护法，如果是把她送去孤儿院……哦，不，福利院的话，那肯定不行。"

薛局说："老刘，你自己给你儿子好好解释下吧。"

刘长春点头，声音也没有之前那么生硬了。他说："刘剑，我国的《中华人民共和国收养法》明确规定，收养人必须有抚养教育被收养人的能力。这点，你还达不到，所以，你无法成为收养人。那么，既然你这臭小子跟我说了要收养白禾，我自己也反复考虑了，便做出决定，收养白禾。可是呢，这个法律里还有一条，就是无配偶的男性或者女性收养孩子，收养人和被收养人的年龄必须相差四十周岁以上。白禾今年十岁，你爸我今年四十九岁，正好少了一岁。所以，理论上来说，我是不具备收养她的权利的。不过呢……"刘长春看了薛局一眼，继续说："不过呢，白禾的十岁是实岁，我的这四十九也是实岁，也就是说算年头，我是大她四十年，勉强能够合格。所以，我已经和相关单位的同事在协商处理。"

"那……"刘剑问，"那你们今天为什么要把她送去福利院呢？"

"办领养手续不要时间吗？"薛局说道。

刘剑终于笑了："爸，你是真要领养白禾？"

刘长春说："你以为我乐意吗？养大了你这白眼狼，又要重新养一个。"他也咧嘴笑了，说："还别说，你妈走的时候，你小子也快十岁了。"

薛局干咳了一声，刘剑忙望向他。薛局正色道："老刘，顾长江的事，你也跟孩子先说一下吧！"

刘长春摇头，说："还早吧！以后找机会再说。"

薛局说："不早了，你家儿子不小了。顾长江的那个儿子，应该也就是判个三两年，放出来那会，你家刘剑应该也正好从警校回来。到时候，那小子如果真想要伤害白禾，你家刘剑还得盯着呢。"

刘剑听得迷糊了，连忙问："谁要伤害白禾？我怎么不明白。"

刘长春就叹气，问薛局："那我跟这臭小子简单说说？"

薛局说："不涉及这次凶案的侦破细节，就没违反纪律。"

刘长春点头，然后正色道："刘剑，你记不记得油田里有一个关于红衣女人的传说？"

刘剑说："我知道啊，就是说一穿红衣的女人自杀，在干打垒咽的气。之后干打垒区域就闹鬼，说是红衣女鬼没事就在那里晃悠。"

"就是这事，不过……"刘长春顿了顿，"不过一切，并不是这么简单……"

五年前，炼油厂那边有一个叫蒋翠兰的女人，长得一般，但个子高大丰满。只要是男人，看着她就咽口水。炼油厂供销科有个经理，叫白近广。白近广是个老供销，那年代里，在国营企业里做供销的，都有钱。这白近广也不例外。况且走过南闯过北的男人心野、好色。他盯上了蒋翠兰。

可两人都是有家室有孩子的人，再说，白近广个子矮，蒋翠兰压根就不乐意搭理他。当然，具体两人之间发生过一些什么，也都没法考证。总之到最后，白近广对蒋翠兰怀恨在心，在炼油厂里给蒋翠兰使坏，穿小鞋，还散布谣言，说蒋翠兰作风有问题，要炼油厂领导开除她。

炼油厂领导就找蒋翠兰谈话，蒋翠兰的分辩，被领导认为是狡辩。接着，蒋翠兰的丈夫，在运输公司开油罐车的顾长江也听说了这些风言风语。顾长江经常要跑长途，时常不在家。对于媳妇偷汉子这种谣言，他比别人更为警觉，在家里就打了蒋翠兰。打完后的第二天，顾长江便开长途，去了甘肃。蒋翠兰的父母是大庆过来的最早那批油田人，开发这南陆油田时，在一次油井事故里双双牺牲。所以，蒋翠兰是英雄的后代，什么时候受过这种委屈呢？她在家里想不开，就把当时已经十二岁的儿子顾文支开，然后喝了农药。喝了药后，顾文回来发现了，喊邻居救人，拉出去还没到医院就咽了气。因为死的位置就在干打垒，死的时候穿着的是红色衣服，所以就有了红衣女人传说的雏形。

　　按理说，这故事就这样完了。可半年后的一个傍晚，炼油厂供销科的白近广和他二婚的媳妇在油田图书馆后面一条没啥人烟的马路上被车撞了。撞他俩的车是台油罐车，油罐车当时开得很快，没刹住，撞了人后，还在两人身上碾了过去，把人给轧了个稀巴烂。肇事司机当时下车看了下，撒腿就跑了。油田派出所的刘长春领人过去一看，再一核对车牌，确定了司机就是运输公司的顾长江。到他家里去抓人，家里只有一个十二岁的小男孩，也就是顾长江的儿子顾文。顾文说："我妈刚死，你们就要来抓我爸，那我以后怎么办？"

　　刘长春等民警自然没管他，又去运输公司。运输公司的车队长一听说这事，说都怪我，给顾长江派了个急活。这家伙刚死了媳妇，情绪不稳定，加上这活又急，所以才出事。正排查到这，派出所里就有消息过来，说顾长江投案自首了。

　　刘长春等人赶回去，连夜审了顾长江。出了人命的严重交通事故，肇事司机当时慌张逃逸的情况其实也多见。实际上如果顾长江不跑，还有可能只是个缓刑。所以最终，顾长江被判了个五年的有期徒刑，投了监狱。到这案子尘埃落定后，派出所又听说了一些风言风语，说这顾长江撞死白近广夫妇，是有预谋的。因为顾长江的媳妇蒋翠兰自杀，白近广脱不了干系。人们还说，白近广夫妇被撞死那一晚，有人看到顾长江提着个袋子往干打垒那边去了，袋子里往外渗着血，像是装了新鲜的血肉。刘长春听了，便去找当时到现场的法医问询。法医也说："那尸体轧得稀烂，收集起来时候，发现确实少了点啥。"

刘长春便问："是少了什么部位？"

法医说："脑袋压碎了，或许溅开时弹出去了一两块，最后没找到。"

刘长春又回到炼油厂那边排查走访，没想到，打听回来的，都是一些张家媳妇李家汉的家长里短琐碎事。再加上运输公司那边也说了，当时确实是派了个急活给顾长江。所以啊，刘长春就没再深挖了，风言风语怎么能都当了真呢？

到今年年初，顾长江出狱。几个月后的一个深夜，也就是前一天晚上，这男人又寻到了白近广的女儿白璐家，将刚参加工作不久的白璐残忍杀害，还带走了白璐的头颅。到刘剑他们一干护厂队的孩子跑去干打垒把顾长江的儿子顾文逮回来后，顾长江就归案了。他后来交代，他是因为发现儿子被抓了，才跑回来自首的。自首那一会，突然发现派出所里有个小女孩，长得跟死去的白璐很像。他之前打听到白近广有女儿，只是没深究是一个女儿还是两个女儿。到那一会瞅见后，就崩溃了。因为这顾长江极其偏执，媳妇因为白近广自杀后，他就寻思着要杀了白近广全家。最初，轧死白近广夫妇后，他被判了五年。刑满释放后，心里念着的就是还要杀白近广的女儿。而且，他也交代了为什么要带走白璐的头颅。因为之前轧死白近广夫妇后,他也捡了头颅的碎片,拿去干打垒祭拜他媳妇及媳妇的父母。

这次被抓,顾长江肯定是个死刑。他本觉得死就死吧,已经了了心愿,杀了白近广他们全家。可看到白禾的那一刹那,他就急眼了。这也就是他在派出所外拼命喊话,告诉他儿子顾文,白家还有人的原因。这顾文,和刘剑年龄差不多。妈妈自杀,爸爸被判刑后,就没人管。十二三岁的小孩子,经历了一场人伦悲剧后,变得自闭。他一个人跑去干打垒里住着,怕和人打交道。到他爸回来后,父子俩也没回他们在运输公司的住处了,还是在干打垒里待着。这也是贺清明说在干打垒见过他们的原因。顾文知道他爸杀人的事,所以这次父子俩被抓,他算是包庇罪,也要被处理。送他俩到市局和后来从市局前往看守所的路上,顾长江只要逮着机会,就冲顾文在的方向喊话,说:"白家还有一个小女孩!顾文!白家还有一个小女孩!"

自闭的顾文听了面无表情,窝在警车的后排睡觉。

也就是这种面无表情的模样,令彭队、刘长春这些老侦查员意识到,这是个真能杀人的主。所以,此刻薛局担心,两三年后,顾文刑满释放,会不会真的跑回油田,杀白家最后的独苗——白禾。

刘长春一口气把这事的前前后后,都跟刘剑说了。当然,因为这案子还在预审,顾长江杀白璐的案件细节,他只字未提。

刘剑听了后,眉头也皱起来了。他回想了一下昨晚见过的那个顾文，觉得那小子确实挺阴郁的，和他们这一帮爱说爱笑爱闹腾的油田子弟完全不一样。不过呢，一切也只是刘长春、薛局等人的担忧而已，且还都在两年之后，算是过虑了。于是乎，这初经世事的刘剑便安慰他爸和薛局："没什么吧？昨晚我可以把这小子给逮上，两年多后我毕业从警后，自然也能够让刑满释放后的他，老老实实做人。"

薛局大笑："好！毕竟是警察世家出来的孩子，说出的话，都有着我们侦查员的范。"

1994年7月，发生在南陆油田的"7·13"命案告破。案犯顾长江在同年11月被一审判处死刑，次年2月执行了枪毙。他儿子犯包庇罪，犯罪时年龄不到十八岁，所以依法从轻，判处有期徒刑两年九个月，送省第一监狱，也就是石山劳改农场服刑。

8月，油田派出所所长刘长春因为破获"7·13"命案，被市局表彰。协助侦破该案的刘剑，被省警校特招。同时，刘长春领养白禾的流程，在8月也一并走完，白禾住进了刘长春家那个里屋。她的新床，是刘剑领着护厂队的小伙伴们，一起敲敲打打做好的。护厂队的那一帮半大孩子也都对白禾拍了胸脯，说以后咱都是你的大哥哥。

白禾说："我只有一个哥哥，就是刘剑。"

另外，白禾的新床床头还有一个很漂亮的新书桌。刘剑告诉白禾，这书桌是张执跨送给她的，实际上，这书桌是活跃在桌球街一带的社会青年贺清明送来的。

刘剑去省警校报到前，去桌球街找过贺清明一次，没找到人。不过，遇上了大圣，大圣告诉刘剑，说贺清明因为打架斗殴，被逮了，拘留十天，要月尾最后一天才能出来。刘剑正好也是月尾最后一天出发，便以为见不到了。可那天早上，贺清明居然来了油田，待在刘剑家对面吹口哨。三长两短，是他们约定的暗号。

刘剑跑出去，和贺清明说了些话，也都是没什么中心思想的胡聊。贺清明从裤兜里拿出了一支钢笔，看着很高级的那种，说送给刘剑当礼物。

刘剑问："这哪里来的？"

贺清明说："反正不是偷的也不是抢的。"

刘剑说："我以后可是要做警察的，你别弄个赃物送给我。"

贺清明说："脏你妹，这也是别人送给我的。"

刘剑哈哈大笑："你妹……你妹在屋里睡觉，现在也是我妹。"

贺清明也笑了。

刘剑又说："你还是让你妈给你找个工作上班吧。"

"不可能了，我被行政拘留过三次了，没单位收我了。"贺清明耸肩，顿了顿说，"再说我也不乐意去上班，自由自在多好。"

"得！关我屁事。"刘剑抬手看了下手表，手表是张执跨送的，他送的那会还弄出很忧伤的表情，"对了，给你说的那个顾文的事，你真得留个心。"

贺清明说："留着心呢。反正只要他出来了回了南陆市，我就会第一时间锁定这小子的。"

"嗯！希望他出来后，会好好做人。如若他之后还想要为非作歹，我就……"他挥舞了一下拳头，"我就亲手再抓他一次。"

贺清明哈哈大笑。

贺清明：社会小孩与油田子弟

1.离开油田的人

20世纪70年代初，是南陆市麻纺厂的鼎盛时期，职工一万五千多人，女性居多。

当时，解放后第一波生育高峰里出生的孩子们都到了婚配年龄，于是乎，未婚女性众多的麻纺厂大门口，每天跟赶集似的黑压压站了一票小伙。厂里的老支书爱开玩笑，他就说了："我们要在厂门口弄个售票处，一分钱一张的票，买了票才可以站我们厂门口。估计啊，一个月下来能赚上好几百。"

每天下班的电铃一响，外面这群小伙就都伸长了脖子。几分钟后，工厂姑娘们往外走。她们穿着灰色或蓝色的衣裤，脚上是黑色的布鞋。她们互相挽着手，说笑着，并偷偷往厂门口站着的那些小伙里瞄。

终于看到了自己等的姑娘走出门的小伙，此刻便挥舞着手臂，喊对方的名字。被他喊的姑娘，脸会通红。她身旁的小姐妹们会大声笑，用力推她。而小姐妹心里，满满的都是羡慕。

　　一双小人儿站到一起了，看着对方傻笑，眼里的人儿是世界上最美的。尽管，她们身处一个物质极其贫乏的年代。她们在爱人面前会不时做出某些奇怪的动作，不过是在刻意不让对方看到自己衣裤上缝补的痕迹。她们的手掌心都是汗，因为她们没有从小说、电影里学会如何与异性相处。世界，在那时并不是多元的。天空、树木、花草有各自的颜色。而那时候的人们，无法鲜艳，都是同样的颜色，灰蒙蒙的。于是，穿着没有颜色衣裤的一对对小人儿，在那个时代里奇怪地存在着。

　　当路过某个饮食店时，她们闻到香味，会不自觉朝里望。紧接着，她们会连忙将目光收拢回来，并偷偷咽下口水。看到身旁有人穿着红色格子连衣裙时，她们会在那匆匆一瞥中牢牢记住裙子的模样，然后在家里将红色的被面披在身上，像是套上了华服。她们对着镜子旋转，是一个不属于那个时代的公主。

　　是的，每个年轻人，都有着属于她们的不同的花季。只不过，有些人的花季太短，有些人的花季很长。花季太短的花儿会如此安慰自己——我为他开了，就是生命有过了绽放。

　　所以，贺彩云为白近广绽放过。

　　白近广是油田团支部书记，贺彩云是麻纺厂团支部干事。他俩是在市里开团委会议认识的。然后，每每到周五下班，白近广就踩着单车从油田往麻纺厂赶。油田在南陆市最南边，麻纺厂在最北边。所以，麻纺厂下班铃声响起时，白近广赶不到。

不过，十九岁的贺彩云，会站在厂门口等。她和其他姑娘一样，穿着灰色的上衣与蓝色的长裤。或者，蓝色的上衣和灰色的长裤。她有一条红色的丝巾，到周五她都会戴上。这样，在白近广看到她的时候，就会被她因为这条丝巾而越发美丽的模样，撩得心动。尽管，这条丝巾原本不红，是用了她们三车间的同事教她的办法，在清水里滴上几滴红墨水泡一宿后才染上的，且还会褪色。

这是只有她们三车间的姑娘们才知道的秘密。

两情相悦，并不是说开头美好，就能将幸福一直演绎下去。他俩认识三个多月，白近广就给贺彩云说油田又要分房。白近广各方面都符合标准，可就是因为单身，所以这次没名额。接着，白近广就用他的"二八"单车，载着下班后站在厂门口等了自己很久的贺彩云，从南陆市的最北头踩到了最南头，进了油田。

所以贺彩云第一次进油田，居然是在夜里。夜里的油田，街道上都亮着路灯。油田里的人们会坐在路边说话、下棋、打扑克。油田里的班车不时穿过，接送着上夜班的职工们。贺彩云有种错觉，仿佛来到了苏联电影里的新社会。

到了一个新建的家属院外，白近广就将车停了下来。他指着黑暗中一栋有着四层的楼房告诉贺彩云："喏，这次分的房就是在这。"

他们站着的位置有昏暗的路灯，但那家属院里没灯。人们站在明亮位置是看不清黑暗中的种种的，不比黑暗中的恶魔能够窥探清楚光明中的一切。所以，贺彩云看不清那黑暗中的小楼真实的模样，自然无法洞悉到她未来究竟会经历如何的蹉跎悲凉。她爹妈生了六个孩子，她是老三，且只是个丫头，无足轻重。就算到她参加工作了，每天也还是要回到那六十多平方米的家，跟她的五个兄弟姐妹及父母住在一个房间里。人与人之间，就是几块塑料布隔开，作为一个女孩想要的隐私自然是无从谈起。

于是，她在望向白近广所指的位置时，小心脏不自觉地跳快了。她明白，身边这长得并不是多么出众的小伙，是在给她勾画一个新的世界。在这个新世界里，自己将住在眼前这个四层小楼的某个房间里。她会有属于自己的床和属于自己的柜子，会有属于自己的枕头、自己喜欢的颜色的被套和床单。

也是这个夜晚，白近广的手伸进了贺彩云的衣服。他呼吸急促，粗糙的手掌太过匆忙，令贺彩云觉得很不适应。于是，贺彩云想要挣脱，想要推开。可紧接着，黑暗中那栋四层的小楼在闪光，在变得清晰。她看到，某个风和日丽的星期天，自己在小楼前的院子里晒床单、被套和被子……

那一切，令贺彩云以为未来是美好的。只不过，她也只看到了美好，无法看到一年多后，在一个风雨交加的夜晚，她搂着刚出生一个多月的儿子，哭泣着从这栋被油田人称为"屠宰车间家属院"的楼中冲出的画面。

从一个小姑娘到为人妻、为人母，又最终离婚，贺彩云只用了两年。她把别人要用半生做的事，急急忙忙做完了。到1974年的那个夏天，她独自一个人抱着儿子去上户口时，派出所办理户籍的老警察问她："娃儿的爹也姓贺吗？"

贺彩云说:"他没爹,他爹死了。"

老警察又说:"爹死了也总得跟他爹的姓吧!"

贺彩云说:"畜生死了,谁会去留意畜生姓啥呢?"

老警察没追究了,说:"随你。那,你给你这男娃取的啥名字呢?"

贺彩云说:"叫贺清明,清明节的清明。"

老警察点头:"娃是在清明节出生的吧?"

贺彩云没吱声。

她离开油田的那一晚,是清明节。

贺清明小时候算是个听话的好孩子,没有继承他妈泼辣的性格。到三年级时,他们班上一群孩子知道了他是单亲家庭,便讥笑他。毕竟在那个年代人们的认知里,可以接受丧偶,但不能接受离婚。

最开始贺清明倒也没啥,毕竟打小他妈就跟他说他爹是个没良心的王八蛋。谁知道那些半大小孩胡乱叫唤,最后不知道是谁带头说了个那个年代独有的名词,说贺清明的妈妈是个"破鞋"。要知道,在母亲带独子这种单亲家庭里,独子对于捍卫母亲尊严的欲望会格外强烈。于是,当时才十岁的贺清明就举着削尖的铅笔对对方恶狠狠地说:"你再胡说我就扎瞎你的眼睛。"

当时一大群孩子围着,被威胁的孩子只能逞强,说:"我就要说你妈是'破鞋',怎么样?'破鞋',你妈是'破鞋'!"

贺清明就扑过去扎对方眼睛,当场扎得鲜血直流,吓坏了全班的小孩。到老师过来，将受伤的孩子送去医务室，一检查，没扎中，差那么一点点。班主任就回来训斥贺清明，说："多亏没扎中，否则人家眼睛被你扎瞎了，你就闯了大祸。"

贺清明听了没吱声，被班主任罚站在教室最后一排。班主任一个不留神，贺清明偷偷溜出了教室。老师以为他也知道闯祸了，害怕，跑出去躲了起来。谁知道过了十几分钟，另一位老师跑回来说："不好了，你们班那个扎人眼睛的小孩去了医务室，把那受伤的孩子又给扎了。"

发狂一般的贺清明被学校老师给捆了，还派了人通知他家长。贺彩云赶去学校时，受伤的孩子的父母已经到了，在教导处对着背靠墙站着的贺清明训话。见到贺彩云，班主任就连忙说："贺清明用笔尖扎了人家两次，都是照着人家眼睛扎过去的。第一次是没扎中，第二次多亏医务室里的老师及时制止。你看，人家受伤的同学出了多少血……"

贺彩云连看都没看班主任一眼，她问儿子："明明，他们打你没有？"

贺清明说："没有。"

贺彩云说："没有就好。"接着她扭头过来，对着教导处里的老师和对方家长冷笑，道："不管我儿子做了啥，我都支持他。有什么后果，他承担不起的，我来承担。"

她身后的贺清明说："妈，我就是要扎瞎李文明的眼睛。"

贺彩云说："好，你没扎瞎，我来扎。"

李文明的家长就说了："你这个女同志，怎么不讲理呢?"

贺彩云说:"我就是不讲理,怎么着?"她又瞪了角落里坐在椅子上的受害者一眼,再一字一顿道:"等着吧,我家明明明天再扎你眼睛。"

那小孩哇的一声哭了起来。

对方家长又说:"这位女同志,你这样就不好了。我们也没说要你赔偿什么的,就是想要和你一起教育一下你家儿子。现在倒好,你怎么跟着你家儿子一起来威胁我们了呢?"

贺彩云冷笑一声:"这样吧,你们转学吧!否则……否则……"她耸了下肩,继续说:"随便吧。"

对方家长说:"你这样不是有点混蛋了吗?"

贺彩云说:"嗯,我家就是这样。如果说混蛋才不会受欺负,那我就是混蛋,我儿子就是小混蛋。"

最终,对方孩子转学了。学校里从老师到学生,没有人敢再招惹贺清明。他也因此得了个外号,叫小混蛋。别人被唤作小混蛋会不高兴,贺清明则不同,他觉得叫小混蛋挺不错。最起码,犯浑了,不用给人解释自己犯浑的原因。

也是因为失败婚姻的经历,贺彩云性子变得越发泼辣。再说了,她一个女人带个孩子,不泼辣又能怎么办呢?于是,麻纺厂效益不好后,她这种刺头,就被分到了效益差的车间。贺彩云一生气,在厂里面大闹了一场,办了个厂内待业,也就是当时说的"两不找"。当然,这"两不找"搁在几年后有了学名,叫停薪留职,也就是下岗。所以,贺彩云算是最早一批从国企里面下岗的人。

她之所以这样做，也不是没有考虑。她从油田出来后，居委会给他们孤儿寡母弄了个房产公司的小房子。这小房子位置好，在电影公司旁边。小青年出来玩，都是在这一块转。那几年开始鼓励搞个体经营，所以就有人买了台球桌摆在家门口，租给小青年玩，两毛一局，五毛钱三局。贺彩云看人家摆一两个台球桌，一天能赚十几块，远比自己上班挣得多，便也起了心。办好手续后，她就找人借了钱，买了两个台球桌摆在了家门口。又把她那退休闲着没事干的老爹给接了过来，坐门口守着收钱。第一个月下来一算账，居然赚了两三百块钱，相当于自己上班三个月的工资。关键是人还自由，不用看人眼色。

　　她儿子贺清明，上完初中也就不想再读书了。贺彩云本来想送他去读技校，学钳工。十五岁的贺清明说我学会了钳工后一个月赚一百块钱，还不如在家门口多摆一张台球桌呢！

　　贺彩云一想也是，便没坚持。于是，十五岁的贺清明就和他打小一块长大的好兄弟大圣，以及另外几个桌球街的小孩在街面上瞎混，也算是开始了混社会。接着，就认识了南霸天，被南霸天收了做所谓的徒弟，实际上就相当于小弟。跟着南霸天干了些混蛋事后，桌球街小混蛋的名号，便慢慢传开了。

　　也是因为年纪大了，从十岁开始，他对于自己那远在油田的亲爹，或多或少就有些好奇，但始终没见过。十四岁那年，听说亲爹死于车祸，也感到过失落，但绝没有悲伤之类的情绪。再接着，又听说了亲爹死了后，留下了两个女儿，一个叫白璐，一个叫白禾，且都成了孤儿，没人管。

男孩子，或多或少都有责任心。尽管在贺彩云嘴里，白近广那一家人都是恶魔。可贺清明明白，那两个没有了亲人的女孩，是和自己有着血缘的妹妹。于是，半大孩子的他偷偷去了南陆油田，打听白家的那一双小女孩。他找到了屠宰车间家属院，就是多年前他妈妈抱着他离开的那栋楼。他上到四楼，站在窗边朝里看。他看到一个四五岁的小女孩，背对着自己，穿着灰色的汗衫站在厨房门口哭。贺清明不知道她为什么哭，但那哭声让他听着有点难受。接着，他又看见了厨房里有一个瘦弱的、和自己年龄相仿的少女，正在用碗盛饭。她盛好饭，转身，冲哭着的小女孩笑。这笑容有点奇怪，不像是发自内心的快乐。接着，贺清明看到，少女脸上其实也有泪痕，只不过她在努力挤出笑而已。

贺清明不自觉往旁边站了站，怕屋里的人看到自己。少女捧着饭，蹲到小女孩身前。贺清明听不到她在说些什么。接着，小女孩止住了哭，跟着少女走到屋子中间的桌子前。她费劲爬上椅子，坐好。少女把那一碗饭摆在她面前，又往厨房里去了。很快，她端出一个小碟子。贺清明往那小碟子里看，里面并没有啥，只是一抹黑色而已。少女将这一抹黑色倒到米饭上，再用筷子搅拌米饭。

米饭有了一抹浅浅的酱油的颜色……

坐在饭桌前的那四五岁的小女孩笑了，她看着面前的酱油拌饭吞了吞口水，跃跃欲试。少女也笑了，只不过，她并没返回去端出属于自己的米饭，或者压根就没有属于她的米饭。她坐下，还是那样笑——脸上挂着泪痕的笑。她一边笑着,一边看着妹妹吃饭。

也是因为她们到了屋里,贺清明得以听到她俩对话的声音。少女对小女孩说:"白禾,姐姐不饿,姐姐一会吃你剩下的就可以了。"

小女孩正是当时还年幼的白禾,她看着姐姐,快乐地应了。然后,她拿起小勺子,舀饭,大口吃。可吃了几口后,她突然想起了什么似的,把勺子放下了。

少女是当时还在读书,放学回家后,初学做饭的白璐——也就是五年后终于毕业开始工作,就遭遇了不幸、身首异处的那个姑娘。白璐就问了:"白禾,你怎么不吃了?"

白禾说:"姐姐吃。"

白璐说:"姐姐不饿,白禾吃。"

白禾说:"白禾吃饱了,姐姐,你吃。"

白璐犹豫了一下,接过了碗。她吃得比白禾慢,每一口都要嚼上很久,似乎舍不得咽下。嚼着嚼着,贺清明清晰地看到,少女白璐双眼里有了慢慢往上翻涌的液体,如同潮汐涨起。最终,潮汐漫过堤坝,白璐泪流满面。

白禾说:"姐姐,我们永远在一起好不好?"

白璐说:"姐姐答应你,我们会永远在一起。"

世事无常,白璐的承诺太过脆弱……她的人生本也有花季,奈何尚未绽放,便会结束。只不过,当时的白璐又怎会知晓呢?

贺清明扭头了,不敢继续看,快步往走廊尽头走。他蹲到了楼梯间，双手抱头，将自己整个躯体包裹。十五岁的他第一次感受到一种痛彻心扉的难过情绪。他与屋里的女孩们素未谋面，但血脉是一种能够突破空间与时间限制的联系。

贺清明知道，自己避无可避了。

他跑下了楼，将兜里仅有的七毛钱全部用来买了吃食。他捧着吃食，转身奔跑。他跑进屠宰车间家属院，上楼，出楼道，上走廊，到白璐和白禾的家门口。他敲门，里面传来怯生生的回应："是谁？"

贺清明回答："是我。"

里面说："家里没大人，不认识的人我们不开门。"

"我不是你们不认识的人。"说完这话，贺清明又顿了顿，"我……我是你们的亲人。"

里面说："你骗人，我们没亲人，你快走开，我们是不会开门的，你再敲门我们就喊了。"

贺清明说："我……我真的是你们的亲人，我……我叫贺清明。"

里面没动静了。半晌，门被打开了，贺清明看到那脸上还挂着泪痕的十三岁的白璐，以及站在白璐身后探出身子在抬头看自己的五岁的白禾。

白璐说："你真的是贺清明吗？"

贺清明心里一喜，连忙点头。

白璐说："我知道你，你是我们的哥哥。"

贺清明也哭了，十五岁的他不知道要说什么，只能继续点头。

白璐说："你会保护我们吗？"

贺清明说："我会。"

这时，站在白璐身后的小小的白禾张嘴了，也怯生生地喊了句："哥哥。"

十五岁的社会小混混——桌球街小混蛋贺清明的心，化了一地。

之后，贺清明便经常来看他的两个妹妹。白璐与白禾俩丫头本没有依靠的世界里，多了这瘦高的哥哥存在，且这哥哥据说还人见人怕。所以，女孩子天性中对于安全感的强烈需求，得以重新被满足。可未曾想到的是，两年后的一晚，当贺清明抱着一个西瓜走进屠宰车间家属院402房门时，他身后，贺彩云凶神恶煞地尾随而来。

这是贺彩云在十几年后第一次回到油田并再次走近这座曾经承载着她美好青春的小楼。这一晚，她的撒泼放刁皆是极致，并把她词汇库里所有的恶毒词汇都放肆宣泄，用以辱骂白璐和白禾。实际上，她的尖锐怪叫，不只是要让面前两个女娃娃听到，而是想要所有油田人都能听到。只不过，她自己不自觉罢了。

是的，她潜意识里埋藏着一团未曾发泄过的怒火，对白家人的，对油田人的，甚至对这整个世界的。因为，屠宰车间家属院里生活的每一个人，都是她的幸福被剥夺的见证者，此刻，自然也需要承担她的放肆发泄。就算是在当日里和她要好的某位邻里大姐，多年来在她臆想中，也是摧毁她人生的始作俑者之一。

与之相比，眼前瑟瑟发抖的两个白家小姑娘无辜与否、可怜与否，对贺彩云而言，有何干系呢？

贺清明是个混蛋，他可以冒犯所有人，也不在乎所有人对他的好与不好。唯独，对他的妈妈贺彩云，他只会顺从。

自始至终，贺清明站在一旁，没有吱声。白璐看他，白禾看他……且那一刻的白璐需要他，那一刻的白禾需要他。可他别过脸，没有说话，只是努力将贺彩云搂出房间。最后，当他搀着妈妈离开时，身后是整个小楼里的人们站在门口对他俩背影的指指点点。

贺清明本不在乎别人对自己的指点，但注视着自己背影的人们中，有着白璐和小小的白禾。

贺清明不敢回头，一直到出了家属院门，走到了马路对面那面馆位置，他才扭头往楼上看了一眼。

夜色浓烈，人眼无法洞悉太远处的细节。但四楼的栏杆边，有个小小的身影。

是白禾……

她正对着这马路边的方向，眸子清澈，目光如炬。贺清明能察觉到白禾的目光是在死死盯着自己，但他无法洞悉到那一刻里，小小的她对自己这个哥哥，究竟是如何定义。

总能用时间来弥补吧……他这么想着。

从此，贺清明是一个只有在深夜才敢来到油田的黑衣人。

这些，便是过往。到我们故事说道着的1994年夏天，屠宰车间家属院命案来得那么突然。这年里的贺清明已经是个大小伙了。可终究也只是初入世，他又如何能将常人一生都不可能遇到的事安排得有序呢？

到最后，白禾被好人家收养，似乎，已是最好的结局。

贺彩云自然也听说了白璐被人杀的事，她面无表情，旁人无法知晓这人间惨剧在她心里是如何看法。只不过，她小声嘀咕了一句："为啥那杀人犯进家门杀白璐的时候，她妹妹没有被发现呢？难不成，那小丫头看到亲姐姐被杀的一刻，还能够躲在什么地方一点声都不发出来吗？"

贺清明的心为之一颤。

2.杀人犯郭连环

时光如梭，白驹过隙。不觉，白禾到了刘长春家，也待了一年了。这一年里，贺清明时不时去学校看她。可每每，他也只能站在马路对面，伸长脖子。好多次，他与十一岁的白禾目光交会了。不过，白禾那目光里，看到他，如同看到个陌生人。

贺清明宁愿白禾的目光里有对自己的恨，可惜的是，就是这种愿望，他也无法收获。有一次，一条野狗在马路边匆匆而过。穿着白色裙子的白禾看贺清明一眼，又看那野狗一眼，目光如出一辙。

贺清明那所谓的师父南霸天就不一样，他那双铜铃般的大眼，看谁都像是喜欢。

南霸天这名号挺霸道，实际上，他本人是个话痨，每日里喜欢和身边的人喋喋不休说个不停。据说以前他刚入社会加入菜刀队时，就是个话痨，后来他们菜刀队的头头耿单车——就是修单车的老耿的儿子耿建军给他说，话多显得人窝囊没杀气。所以那天以后，南霸天就只是给熟悉的人说话，搁在不熟悉的人身边就憋着不说话，显得有杀气。到菜刀队一干人等在1983年"严打"里全部被枪毙后，这唯一一个人世间晃悠的菜刀队队员南霸天，在南陆市社会人背后的说法中，就是这么个评论——天哥没架子！那么高的社会地位了，和身边小伙还超多话，完全不像是一个喜欢没事就甩脸子的社会大哥。

也是因为话多，这些年里，南霸天经常要为自己说出的话去买单。到90年代开始，他便自我检讨了，并进行了自我修正——话多可以，但都只能说半截，余下半截让人去猜。这样，也能为自己之后说话不算话，留个伏笔。

所以，他要贺清明去接猛子哥时，话儿也说得含糊。

他说："小混蛋，知道刘猛吗？"

贺清明说："不知道。"

"那猛子哥呢？"

贺清明说："也不知道。"

南霸天便将手里的烟头朝着窗外弹了出去："嗨，你们这些出来混的年轻人，也太不厚道了。一代前浪拍后浪，但也不能拍了就没人家啥事了吧？"

站在旁边的大圣就说："哥，应该是后浪拍前浪。"

南霸天白大圣一眼："那我刚才的话你听懂意思没呢？"

大圣说："懂。"

南霸天说："不就可以了。"他又问贺清明："你们真不知道刘猛吗？"

贺清明摇头："真不知道。"

"呵呵。"南霸天笑道,"这小子活该,混到最后连一个名号都没留下来。谁让他干了那种破事呢?丢人玩意。"

贺清明就问:"这刘猛干过啥破事?"

南霸天说话得留半截,所以他提到的刘猛干过的破事,到这,就是句号。接下来,就岔开,说刘猛的生平:"刘猛呢,是我打小一起长大的一个兄弟,比小混蛋你这家伙还要浑。1983年'严打'时他因为干了个破事被抓,犯事时没满十八岁,所以没被枪毙,判了个十五年。这些年份里,他减了点刑,到明天就出狱了。所以,你领着大圣去石山劳改农场门口接他一下,领他去买一身新衣服,再请他吃顿饭。"

大圣就连忙说话了:"没问题啊,这么好的好事,还可以去石山玩一圈,求之不得。"

南霸天便掏出几张十块的钞票来,递给贺清明。贺清明接了,说:"哥,你为啥自己不去?"他与南霸天的关系说是叫师徒,其实平日里还是以兄弟相称。

"我现在是什么身份呢?去接不合适。再说了,我咋知道刘猛改造好了没?万一出来又是个刺头,到处闯祸,我还得跑去擦屁股。我给你们几个小王八蛋擦屁股,是老子想充大尾巴狼,自己活该。最起码,你们还会喊我一声哥。给他小子,暂时就没必要。那话怎么说来着,以观后效……呵呵!"南霸天歪着嘴笑,"看他表现。"

见贺清明和大圣一副没听懂的神情,南霸天就耸肩。话说到这,也该收了,不能继续说下去。毕竟啊,这人与人在这世上处,很复杂的一个过程。尤其是男人,对于社交的理解,搁在心理学上都是一个挺深奥的板块。现在的他们自然无法体会南霸天对多年前好兄弟甩锅的意图。不过，南霸天放下话来，他俩自然要去照做。

到第二天，贺清明就领着大圣坐早上最早的一班车去省城。省汽车站下车，到石山监狱的班车少，比较方便的就是坐蹦蹦车。这蹦蹦车其实就是那种拉货的大三轮摩托，给后面的车斗上安上两排座椅，扯上帆布遮雨遮阳，就当了运人的车。那年代的路没现在平，大三轮在路上驶过总会磕磕碰碰。坐在后面车斗上的人就跟炒锅里的青豆一样，一路蹦。这，就是人们管这拉客的大三轮叫作蹦蹦车的原因。

他俩找的这台蹦蹦车的司机是个急性子。他俩上车坐下，就看司机在看表。表是一个电子表，塑料表带那种。他看看表，又看看汽车站里出来的人，吼上几句："石山劳改队，马上发车，马上发车。"

接着又看表，又吼："不等了，不等了，石山劳改队，马上发车。"

贺清明就问他："你是故意这么喊话，好让人都快点上你的车吗？"

急性子司机说："我做这生意是两头来钱。今天劳改队有释放，我早点过去，可以拉一波刑满释放人员回这省汽车站。所以，我是真急，急着过去。"

说完，他又看表，继续吼。

他这么一通吼，还真有两个人快步走来。他们一老一中，老的留着白胡子，像是神棍似的。谈好价钱，中年人先上车，伸手扶老神棍上车，说："是马上走吧？"

急性子司机看他一眼："你是石山的管教干部吧？姓唐

还是姓何来着，我拉过你。"

中年人点头，说："我姓唐。"

司机就笑了："得，拉唐十部回去，我就不等了。"说完便踩了几下脚蹬子，把三轮车发动，往汽车站外面驶去。

这唐干部就掏出烟来，递给白胡子老头。老头摆手，说："我不抽烟的。"

唐干部点头，又摸口袋，摸了一气，许是没带火。他便问贺清明和大圣："小兄弟，身上有火吗？"

贺清明掏出火柴，给他把烟点上，大伙就算是在这蹦蹦车的车厢里认识了。贺清明对那老头说："听你说话，是南陆人吧？"

老头说："是啊，你们也是南陆过来的吧？"

贺清明点头。旁边那唐干部就插话了："这是你们南陆市的大人物，大宝贝啊。"

大圣就问："啥意思呢？"

老头自个笑了，说："别听他瞎说，我就一医生，过来他们劳改农场搞个鉴定而已。"

"啥鉴定啊？"贺清明问。

唐干部好像是要故意岔开话题，探头过来再次插话："你们不认识他正常，但一定听说过他。他就是你们南陆市精神病院以前的老院长胡一汉。"

大圣挠头："还是不知道。"

胡一汉哈哈大笑。

是的，他正是南陆市精神病院退休后，返聘在油田人民医院里管着那精神科的胡医生，也就是之前给遭遇上大变故后的白禾看过病的白胡子老头胡一汉。

贺清明就问唐干部:"你们劳改队接一个管精神病的人来干吗?难不成是你们农场里也有很多疯子。"

大圣笑:"应该是有不少,关久了憋疯的。"

胡一汉捋了捋下巴的白色胡须,说:"这不是搞关爱劳改释放人员吗?放出来的人要融入社会,只是没有缺胳膊少腿也不行,精神上也得关爱,所以才请我来给一个释放人员搞鉴定。"

唐干部便说:"那倒也不是说咱有多关爱他,只不过是农场的医务室觉得啊,这人还是得请专业的精神科大夫给看看。万一还是危险,那放回你们南陆市,不就是个定时炸弹嘛。"

贺清明就忙问:"是要鉴定个啥人啊?也是今天要放的吗?不会是刘猛吧?"

"刘猛?刘猛是谁?不是,而是一个……"唐干部瘪了瘪嘴,"聊聊别的吧?你们两小伙,是去农场探亲呢,还是接人啊?"

贺清明说:"我们是接人。"

唐干部点头:"哦。"说完扯了扯胡一汉的衣角,胡一汉会意,也不再说话了,闭上眼睛养神。

贺清明心里就纳了闷:一个刑满释放人员,还要从南陆市邀请一个精神病院的医生过来给搞个鉴定,且还是很厉害的名医。如若是个纯粹的疯子,要鉴定个啥呢?那,既然是要邀请专业人员来鉴定,就一定是一个表面上看起来没什么问题了,但,农场里的狱警们又总觉得有些什么不对的家伙吧？

又或者，是真的如这胡医生说的一样，搞关怀关爱？也不对啊，如果是搞关爱，那今天他和大圣要接的这刘猛岂不是也得被这胡医生给关爱一下才对啊？听唐干部这语气，好像这份关爱，没刘猛什么事。

贺清明也只是他自己心里面如此这般想了想，终没当回事。见对方两个人不说话了，他便也和大圣一样，眯着眼睛养神。

蹦蹦车跌跌撞撞开了有一个多小时，抵达目的地时是十点出头。唐干部领着胡一汉进了大铁门，贺清明和大圣就对司机说："一会接了人，我们再坐你的车回去。"

司机就说："成，不过你们接的人得是上午出来。如果不是上午这一批，我也没法等你们。"

贺清明和大圣应着，靠着他的蹦蹦车抽烟。

石山劳改农场，就是省第一监狱。但凡和"第一"两个字能挂上钩的监狱，都挺大，关的也都是重刑犯，十年以上的才给送过来。当然，监狱里服刑的犯人是都要工作的，你也不可能让刑期很长的重刑犯从事一些看管没那么严格的、需要处理外事的活。所以呢，紧挨着省城的南陆市的一些刑期短的犯人，也会送一点来这石山劳改农场，从事一些需要和外面有联络的工作，诸如监狱招待所啊、运送货物垃圾等。而我们这故事里，另一位要用浓墨书写的人物——此时也满了十八岁的顾文，就是被送到了这石山劳改农场，当一名余刑犯。

余刑犯，就是刑期剩余几个月临近刑满释放的犯人。因为相比较一般犯人，他们的工作区域不只是在监狱以内，所以，他们又叫自由犯。当然，不是每一个临释放的都可以当余刑犯。监狱会选择一些没有逃跑风险，且履历也相对来说比较干净的犯人当余刑犯。顾文呢，因为被判刑时候没满十八岁，在看守所等二审时才满的。所以没送少管所，而是送到了石山劳改农场。监狱干部一看他的资料，包庇罪，包庇的人是亲爹，便算是情有可原。再加上又是个半大小孩，所以在面试了一次后，顾文就被送了余刑犯监区，在监狱招待所和接待处服刑。

这天又有一批刑满人员释放，顾文就被派了过来做帮手，具体工作是整理释放人员的行李，说白了就是翻一下有没有违禁品。这是个比较扯淡的活，形式主义而已。劳改农场里有什么违禁品能够被人收藏呢？更别说还要偷偷摸摸带出监狱。再说了，劳改农场又不像看守所，不用害怕串供什么的。劳改人员有啥事直接可以给外面的人写信，不用等着有人出去给夹带个纸条之类的。所以，顾文今天算讨了个便宜活，可以混一天。

只不过呢，顾文这小孩之所以可以得到管教干部派的轻松工作，和他本人的很多好习惯有关。十八岁的他，个子不高，长着一张人畜无害的娃娃脸，且话少。每日里你安排他做点啥，他照做，做完后呢，回到监区，他就睡觉，不像其他犯人就算再忙也要弄一点业余生活，打个扑克或者说个话。所以，管教干部挺喜欢用他的，放心。

今天的释放人员有三十九人，分两批。上午放一批，下午再放一批。顾文被送到接待中心那一间小房子时，是上午十点整。三十九个奇形怪状的包裹就搁在那，等着他来拆开翻阅。之前也说了，这是一个闲活，走个形式而已，实际上翻不出啥。所以，管教干部也没来，由着顾文翻一下，有什么情况及时汇报就可以了。

顾文挺喜欢干这个活的，感觉像是在挖掘宝藏，因为你并不知道自己会翻出一些什么奇奇怪怪的东西来。当然，有些包裹很简单，就一个布袋，里面也空荡荡的。这是那些比较洒脱的刑满释放人员，破地方的东西，也不稀罕了。他们在监狱里的被褥、衣服甚至都给了狱友，这一个布袋里的东西，出了监狱门或许也直接扔垃圾堆了。可有些家里条件本来就差，且性子本来就节俭的人，东西就会比较多，监狱里发的囚服穿旧了，他们也会收拾着想要拿回家后当抹布或者扎拖把用。

今天要检查的这些包裹，大部分都是卷了一大堆破烂的那种，也就是说今天离开这个鬼地方的人，都是些穷苦且会过日子的主。虽说石山监狱关重刑犯，里面杀人、强奸、抢劫的刑事犯罪分子多，但当时那年代，物资贫乏，不能说你是个穷凶极恶的恶人，就还得兼顾着是一个不稀罕生计的单身汉。所以顾文一边翻那些破烂，一边在胡思乱想：自己一年多后释放时，这个……嗯，那个……嗯，还有这，要不要带上呢？

翻到最后，剩一个很旧的军绿色布袋了，就是七八十年代称为军书包的玩意，搁在当时可是稀罕货。顾文提过来，很轻，或许，这布袋的主人，是一个家里条件挺好的家伙。

因为除了这布袋及布袋里晃着的一些零碎物件,没有其他的了。

里面有一个小本子,一支英雄牌钢笔。本子上写满了字,顾文翻了翻,尽是抄的流行歌歌词。只不过那字就不好恭维了,跟鸡脚一般。这时,本子里有一张照片掉了出来。顾文连忙弯腰捡起,是一个姑娘站在照相馆的那种背景前拍的黑白照片。姑娘扎着马尾,穿着白色衬衣黑色长裤,表情挺不自然,手势更不自然,单手抬起假装在扯背景图片里那伸出来的柳条。说明啊,这姑娘很少拍照,才会拍出个这么拘谨的模样。

要知道监狱是一个雄激素比较躁动的地方,一张大姑娘的照片,可是宝贝。十八岁的顾文虽然没有那些老男人的猥琐心理,但瞅见好看姑娘的相片,也还是没忍住多看了几眼。也是因为多看这几眼,他发现照片里的姑娘,似乎有些眼熟。到仔细一瞅,心跳就加速了起来。因为……因为相片里这人,顾文认识。不单是认识,还和她有着渊源,有着错综复杂的渊源。

照片里的姑娘是白璐——就是被顾文他爸顾长江在一年多前杀死并割下了脑袋的那个白璐。而在白璐被顾长江杀死之前,顾文与白家一对小姐妹之间,有着一些秘密,是无人知晓的。而这些秘密,在白璐被杀的那个夜晚,在那栋屠宰车间家属院小楼里,更是演变得格外狰狞。到一切看似有了各自应该有的结局后,这秘密又被收纳入了顾文心底,以及……顾文不能确定这一切是否也被收纳入了小小的白禾的心里。在他被刑警队的人审讯过程中,没有人提到过与这秘密相关的一切，那也就是说，幼小的白禾并没有对任何人说起过这一切。甚至，顾文有时候还在想，或许是那一晚的一切太过可怕，令幼小的白禾对关乎那晚的一些记忆，都完全消失。

不自觉地，顾文握着相片的手开始颤动起来。但紧接着，他又意识到，照片里这姑娘不可能是白璐。因为照片里的白璐看着有二十出头了，现实世界里的白璐，根本就没有活到二十岁。又或者，是这张照片里白璐显年纪大吗？但，相片里的白璐的发型，是现实世界里的她没有留过的。至于为什么顾文可以这么肯定，皆因为那几年里，他与白家两个小女孩之间……

他连忙把手里的照片放下了。思想至此，心肝处多了只手掌，将脏器狠狠拧住。手掌开始用力，是思念的情绪来到。心肝的痛感清晰且透彻。顾文不知所措……

他看了看这军书包上贴着的主人的名字——郭连环。

郭连环……怎么这名字好像也有点印象呢？

只是长得有点像吧，顾文如此这般琢磨着，将照片放入小本子，再塞进这个叫作郭连环的犯人的军书包里。至此，三十九个刑满释放人员的行李就算全部检查完毕了。顾文搓搓手，寻思管教干部没过来，自己可以静静待在这小屋里偷会懒。正想着，门就被打开了，一个管教干部探头进来喊："都没问题吧？"

顾文说："没问题。"

干部说："有问题我把你脑袋拧下来。"说完就自个笑，似乎觉得这话说得挺幽默。

顾文说:"是!"

干部说:"上午释放三十八个人。你把他们的东西都放上推车,推过去。只留下……只留下那个叫,叫啥来着……郭连环,对,就留下郭连环的东西不用拿,他是下午再释放。"

顾文就有点迷糊了,今天一共放三十九个人,上午给放三十八个,还非得要留下一个下午再放,难不成这个叫郭连环的家伙,和其他人有什么不一样?

这话他不会问出口。他很听话地应着,把释放人员的行李往推车上搬,再往释放处运。到了释放处,他将行李一件一件地码到墙角,然后很自觉地蹲到旁边。

过了一会,那些今天要重获自由的刑满人员就出来了。他们今天不用穿统一的囚服,换上了自己的衣服,咧嘴乐呵呵地排着队,然后在管教干部这签字领东西。干部喊一个人名字,顾文就找出对应的犯人的行李,给递过去。到一干人等都领完东西,管教干部又招呼他们排好队,开始往外走。这时,管教干部会和往日一样,和他们说上几句:"回去了好好做人,不要再回来看我了。"

那些刑满人员也会说:"放心,绝对不会回来看你的。"

大伙就一起笑。

搁平日,顾文忙到这,就应该收监。可今天监狱招待所那边搞大扫除,有一车垃圾要运出去。到那垃圾车开出门了,招待所里又整出一推车破烂来。管教干部瞅着顾文在,就要他推着这车垃圾往外走,倒上监狱铁门外候着的那一台垃圾车上。

于是，顾文就推着垃圾往外走。走着走着，他突然想起个事：这郭连环，自己确实是听说过的。而且，是听白璐提起过。因为白璐的妈妈，也就是被顾文的爹顾长江开车撞死的白近广的媳妇，名字叫郭连芳。而这郭连芳有个哥哥，好像就是叫郭连环。只不过白璐也说了，她们没见过她们这个大舅，因为她们这个大舅据说很坏。至于如何坏，她们父母就没给她们提过。紧接着，他也意识到，那张照片里的女孩，可能压根就不是白璐，而是白璐的妈妈——郭连芳。

想到这，顾文愣了下。这时，他也走到了监狱铁门口。领着他出来的管教干部给门口的武警说话的时候，顾文很无意朝着铁门外瞟了一眼。紧接着，他看到了正站在铁门外伸长脖子喊"谁是刘猛"的贺清明。

一切，似乎都像是布置好的一般。顾文不知道贺清明是否还认得自己，但顾文是肯定认得贺清明的。因为所有人并不知晓的是，沉默寡言的他，其实与白璐及白禾有着交情。所以，他很早就知道贺清明这个人，也看过他的相片。到干打垒那一晚，他第一时间就认出了贺清明，只不过，在当时，已经因为白璐的死而完全崩溃了的他，并没有流露出任何神情出来罢了。

但，此时⋯⋯

要不要告诉贺清明，有个叫作郭连环的人，今天也要释放呢？并且，这个郭连环应该就是白禾的亲大舅。之所以可以如此肯定，因为郭连环身上，有着一张模样和白璐一模一样的女孩的相片。

这时，管教干部在门卫处签好名，铁门被打开一条缝，顾文推车往外走。刑满释放人员走的通道不在铁门这里，而是旁边的一个通道。所以，顾文并不需要和他们走在一起。他犹豫了一下，选择了低着头，不想让贺清明看到自己。他咬着嘴唇，费力将推车上的垃圾拉上垃圾车，倒好，再下车。这时，他看见贺清明和他身边的人，已经接到了他们要接的释放人员，并一起朝这边走来。顾文把头压得更低了，不敢让贺清明看到自己。可这一同时，他又在犹豫着，要不要将郭连环的事，给贺清明说一下。

最终，顾文咬了咬牙，推车往回走。他故意经过贺清明身边，在与贺清明擦肩而过的瞬间，在贺清明耳边小声嘀咕了一句："郭连环下午释放。"

说完这句，他快步往前走去。身后，是贺清明在喊话："啥？这人对我说啥？"

旁边的管教干部并没有留意顾文的小声嘀咕，但听到了贺清明的喊话。管教干部就冲贺清明嚷嚷："接到了人就赶紧走，别在这嘀咕。"

至于贺清明接下来是如何神情与行为，顾文并不知晓了。因为，他说完那句话后，似乎也舒了口气，快步走进了监狱的大铁门。那铁门合拢的声音，在他身后哗啦啦响起。

到走出了一二十步之后，他终于没忍住，扭头往身后望了一眼。

他看到，铁门外的贺清明也正望向着自己。并且到这一对视，贺清明本平静的表情也突然变了，应该是认出了顾文，否则眼神中不会像是要喷出火一般。顾文的心一颤，连忙将头扭了回来。他那很少有波澜的内心深处，终于有了波纹开始往外延伸。他隐隐觉得——自己的人生轨迹，与铁门外的贺清明，或许还会有着交织。

他莫名慌张起来……

铁门外的贺清明自然不知道这穿着囚服的顾文，到底是在唱一出什么大戏。在他嘀咕出那么莫名其妙的一句话后，贺清明就冲着他嚷嚷了。可接着被管教干部骂了一句后，刚接到的刘猛就连忙冲他说："别瞎闹了，多一事不如少一事。"

可贺清明没走，站在那盯着对自己说话的背影看。看了一会，也没个印象。接着，他就想自己在这石山劳改农场里难道还有什么相识的人不成？

顾文……

这个名字一下就蹦了出来。

这时，已经走进了铁门的那犯人扭头了，居然还真是顾文。

对于贺清明来说，这顾家父子算是仇人，因为顾文他爸杀死了贺清明的亲爹和妹妹。那亲爹死了也就算了，用贺彩云的话说就是报应。但白璐……贺清明每每想到白璐那一颗被扔在马路上的头颅，心里就无比难受。自然，在确定了对方是顾文后，他恨不得冲过去咬上对方几口。

这时，刚接到的那刘猛，就上前搭上了贺清明的肩，往监狱大门对面的那一排小店走。刘猛长得和他这名字并不符合，只是个一米六出头的小个子，且模样也有点猥琐，小眼睛小鼻子小嘴。兴许是在这石山里扛石头十几年的缘故,身上有肉,且非常结实。所以他这么一用力,就把贺清明给带走了,嘴里还在说:"小兄弟,和这些劳改犯有什么好计较的呢?他们瞅着我们释放人员眼红,冷不丁骂上几句,算是发泄一下。"

贺清明自然不会对人说出那顾文到底对自己说了句什么,实际上,他当时也没意识到顾文那没头没脑的一句嘀咕是什么意思。听到刘猛这么一说,贺清明觉得也是,顾文记恨自己很正常,毕竟是自己帮忙把他给抓进来的。至于顾文嘀咕的那一句话,贺清明倒是听清楚了,但没头没脑的,或许真是用某种自己不懂的方言骂人也说不定。所以,他也不计较了,随着刘猛和大圣往马路对面走。

那个开蹦蹦车的司机就连忙冲他们仨招手,说:"在这呢!给你留了三个位。"

大圣应着:"好。"说完便招呼刘猛过去。可刘猛却摇头,说:"不着急,我们下午走。"

大圣就问:"下午走?哥,你是对这地方有了感情吧?"

刘猛说:"你才对这破地有感情呢!你是叫啥来着?"

大圣说:"你看你这记性,我外号大圣,他外号小混蛋。"

"哦。"刘猛点头,"大圣老弟,哥我还要等一个人,也是我们南陆市的狠人。并且,他也是今儿个出来。可临到眼跟前了,又有管教干部把他单独给叫走了,说他要下午才能放。"

大圣就看贺清明,说:"猛哥说的这狠人,不会就是上午我们遇到的精神病大夫要给看看的家伙吧?"

贺清明脑子里还都是顾文的事,便只是应付式地点了下头。大圣见他没啥反应,便又问刘猛:"那人有多狠啊?为啥我们天哥都没提过。天哥只让我们接你,没让我们接别人。"

刘猛咧嘴笑:"那是因为南霸天那家伙当年压根就没机会和这大人物打交道。嘿嘿,你们听说过油田铁牛吗?"

大圣笑:"这外号叫铁牛的多了去了,早两年百纺公司还有个人外号也叫铁牛,混出了名气。为了区分开来,他的外号叫百纺铁牛。"

"你们没听说过也正常,毕竟那时候你们还吃鼻涕呢!"刘猛故意卖了个关子,干咳了几声,"油田铁牛,正儿八经会杀人的主。动刀就是捅人,捅死了三个。"

"捅死三个人都没被枪毙吗?"大圣又问。

刘猛说:"本来是要被枪毙的,可他家先人积了德,上面两代人好像是为油田做过什么贡献,都算的是牺牲,属烈士后代,且有自首行为。所以,油田有领导专门递了话到中院,给他留了一条命。"

站在旁边本来没吱声的贺清明,此刻似乎想起了什么。他探头过来:"猛哥,你说的这人,是不是还有一个妹妹啊?"

刘猛说:"是有啊,我和他在这农场里一起待了十几年,看过一次他那妹妹的相片。嘿嘿,他妹妹长得还挺俊的。"

贺清明吸了一口气:"猛哥,他是不是姓郭,他妹妹是不是叫郭连芳?"

刘猛说:"他妹妹是不是叫郭连芳我不知道,不过他的名字……嘿嘿,他就是油田铁牛郭连环。"

贺清明倒吸了一口冷气,之前那顾文在自己耳边小声说的话语,正是"郭连环下午释放"。他再次朝着身后的铁门望了一眼,并没能看到顾文。但之前刘剑专程给自己说过,这顾文的父亲顾长江被抓了后,扯着嗓子喊话要顾文杀白家全家。而白家全家,只剩下了白禾一个人。如果今天下午从石山劳改农场里走出来的这个叫郭连环的家伙,真的是白禾的大舅。那么,白家岂不是就不止白禾一个人了吗?那么,顾文在自己耳边嘀咕那话的意思,是不是就是在挑衅自己,意思是等他出来,还要把这叫作郭连环的给一起收拾掉?

是的,贺清明将顾文的传话,解读成了对方对自己的挑衅。他瞪着铁门里面的世界,暗暗咬牙。

开蹦蹦车的司机就恼了:"怎么了?你们不走了吗?我刚刚有客人收也都没收,特意给你们留好的位。"

刘猛冲他说:"不走了,我们下午走。"

司机皱眉:"那不行,说好了的。不走也成,赔我五块钱。"

刘猛一听,咧嘴笑了。他往前走出几步,到司机跟前,抬起手,拍了拍司机的脸:"这兄弟,你是不知道这石山劳改农场里关的都是些什么人吧?"

司机一愣,紧接着跳下车,把刘猛一推,说:"嘿,你一个臭劳改犯还要学人耍狠不成?"

刘猛也不恼，嘴角还是挂着笑，说："我哪敢啊？"边说边朝着这台蹦蹦车的车把手那位置看，然后问他身边的贺清明："那上面插着的钥匙就是开这破车的吧？"

贺清明应了声："是。"

刘猛说："两小兄弟帮我把这龟儿子给搂住亲几口。嘿，别动手伤了人家，好市民是不能打架的。"他一边说一边把他跟前的司机往旁边一推。

贺清明和大圣本也不是省油的灯，刚才这司机下车骂骂咧咧时，他俩就开始挽袖子了。到刘猛这么一吩咐，两人也咧嘴笑，说："好嘞！"说完两人就上前把司机给搂住了。

"干吗？你们要干吗？"司机挣扎着。

刘猛跨步上前，把他车上插着的钥匙给拔了下来，然后朝着马路上那台正在往外行驶的垃圾车上一扔。垃圾车正在加速，排气口里黑烟一喷，径直开了出去。

贺清明和大圣哈哈大笑，一起松了手。那司机急了，挥舞着手大喊着追去。追了一两分钟后，看追不上，便停下来跺脚。到他再扭头过来，脸上写满愤怒，还捏着拳头。贺清明和大圣见状，也瞪眼捏拳头往前。可刘猛却拦住他们，并朝着身后的监狱大门喊道："报告干部，有人要在石山监狱门口打人了。"

实际上他们刚开始冲突的时候，就有武警留意了。到这司机握紧拳头往回跑的时候，已经有穿着警服的狱警往外走了。

"干吗呢？干吗呢？"狱警喊道。

那司机说："他们抢了我的车钥匙。"

刘猛说:"我们和他开玩笑而已。"

狱警说:"钥匙呢?"

刘猛说:"打闹时候弄丢了。"

司机说:"他们给我扔了。"

狱警又问:"扔了你不会自己去捡回来吗?"

司机说:"扔到刚开走的车上了。"

狱警说:"那他们现在手里有没有拿你的钥匙?"

司机愣了下,点头,说:"没拿。"

狱警说:"好!那你们不要打架。谁动手打架,我们就逮谁。"

刘猛大声应道:"好嘞,不打架。打赢坐牢,打输住院。"

坐在那台蹦蹦车上的几个刚释放的人就往车下跳,说:"这不是刘猛吗?嗨,你什么人不好得罪,得罪了他,会有好果子吃吗?"说完,那几个人朝着旁边等着接客的其他蹦蹦车走去。

司机站在那不知所措了。刘猛又笑,冲他说:"嘿,还有什么脾气的话,可以继续耍出来。你猛哥我多的是办法治你。"说完这话,他对身旁的贺清明和大圣挥手:"走,我们去对面吃面去。"

贺清明和大圣也算出了口气,舒坦了,快步跟上了刘猛。

三人就进了对面的面馆,点了面,点了几个小菜。刘猛还要了酒,三个人美滋滋地喝上了。这刘猛吧,虽然算是贺清明和大圣的上一辈混混,但也没有一些老混混的架子,很快就跟贺清明他们称兄道弟。他问了问南陆市现在谁最风光。贺清明他们也照实回答了，说城南就南霸天，城北就大剑和小剑。郊区吧，还有个学过武术，外号叫作铁匠的农村人，领着一帮农村户口的社会人，也时不时上市里耍耍横。刘猛听了就激动开了，问得更细了。贺清明和大圣作为年轻混混中的代表，对这社会形势自然是了如指掌，答得也颇仔细。就这样问啊答的，说了有大半个小时，这刘猛突然叹了口气："唉，算了，算了，不听了。"他又抬手拍自己脑袋，继续道："出事的时候我还和你们一般大，二十不到。现在三十好几了，也不能老是想着社会上的事了。"

贺清明便说："天哥也是要我们叮嘱你，改造好了，回去好好做人。"

"我哪轮到他说。"刘猛叹了口气，道，"嗨，可能也轮得到他说了。"

至此，刘猛就不问社会上的事了，改口开始问询市里的变化。就这样一聊啊，就聊了两三个小时。这面馆里的老板娘中途过来问："几位吃好了没啊？"

她说这话，实际上是撵人走。只不过这老板娘算是会做生意的，话说得讲究，且还赔着笑脸。这刘猛便也冲人家笑："吃是吃好了，不过还要霸着你的位置等人。要不……"他从自己那背着的布包里摸出一叠有零有整的钞票来，看了看，说："要不你再给我们切点卤菜，加点酒吧。毕竟，你这是做生意啊，咱不能总霸着你的位。"

老板娘笑了，说："好，我就去给你们上菜上酒。再说了，大哥你们多坐一会，不点吃的喝的，也没啥。"

到老板娘转身走了，大圣就说："猛哥，咱也吃得差不多了，没必要加菜了吧？"

刘猛说："人家对咱客气，咱也不能耽误人家做生意。"

贺清明看在眼里，对刘猛这人，印象算是送了个好评。他也接话道："天哥给了我们钱，这顿饭菜敞开吃，不用猛哥你结账。"

刘猛摇头："一码归一码，回去了市里，今晚你们请我吃顿好的。这大老远，你们来这鬼地方，就得是我请你们。反正……"他又咧嘴笑着说："反正我今天也领了工资，做了十几年苦力的工资。"说完，他哈哈大笑，笑着笑着，眼眶里分明有了眼泪。他抬手，抹了下眼睛，扭头朝着石山劳改农场的大门看了一眼："老子这次回南陆市，一定会混出个人样。"

贺清明和大圣看着这老男人流眼泪，觉得有点尴尬。

就这样一来二去，到了三点出头。那对面铁门旁的小门又开了。刘猛一直在盯着，这一会自然是第一时间发现。他忙站起来跑饭店门口去，然后冲马路对面招手："嘿，铁牛，这！在这！"

贺清明和大圣也往那边看，就瞅见一个皮肤黝黑、身材高大的光头大汉，挎着个与他身形很不搭配的军书包，大步往外走。他也看到了冲他招手的刘猛，微微点了下头，然后快步过来。刘猛招呼他进店，给他也叫了个面，然后就开始介绍，说："这就是我刚才给你们说过的油田铁牛郭连环。"

大圣忙喊了声:"连环哥。"贺清明却没吱声,因为要论起来,郭连环和自己应该还算是亲戚——他的外甥女和自己是同父异母的兄妹。

接着刘猛就介绍他俩,说这是我的俩小兄弟,小混蛋和大圣。郭连环听了也没多问话,就冲他俩点了下头,便开始大口吃面,还把桌上剩下的卤菜吃了个精光。最后,他端起桌上剩下的半瓶酒一口饮下,站了起来喊:"结账。"

刘猛说:"我已经结过了。"接着,他又问郭连环:"要不要再给你来点酒?"

郭连环说:"不了,先回家吧。"说完也不管旁人,抬脚就往外面走。

刘猛和贺清明、大圣便跟上。之前三人在一起的时候有说有笑,话还挺多的。到这不苟言笑的郭连环出来了后,反倒没人说话了。四个人找了个蹦蹦车,上车,回省汽车站,再坐车回南陆市。到班车上,刘猛又扯着大圣闲聊了一会。可这郭连环还是一声不吭,扭头冲着南陆市的方向看,不知道在想些什么。

到南陆汽车站已经快六点了。走出站,刘猛问:"南霸天安排我们上哪家馆子吃饭啊?"

贺清明正要应,可那郭连环却抢先吱声了:"你们去吧,我还有点事。"顿了顿,他望向贺清明:"小兄弟,你能领哥去一趟火葬场吗?"

刘猛问:"去火葬场干吗?"

郭连环说:"回家第一件事难道不是应该看看亲人吗?"

刘猛点头，说："那你去吧。"

大圣问："为啥要去火葬场呢？"

刘猛说："他的亲人都在火葬场后面的山上埋着。"

郭连环苦笑了一下："还有个小辈活着呢，明天再去看她。"

贺清明的心往下一沉。尽管，他没有和白禾生活在一起，但他在这南陆市里最亲的两个人，一个是贺彩云，另一个自然就是白禾了。这看起来沉默寡言的郭连环，势必要进入到小小的白禾业已平静的世界里。如果，郭连环只是一个普通男人，心里挂念着外甥女，也无可非议。但……

贺清明有一点担心起来……石山劳改农场里关着的都是重刑犯，之前猛子哥也说了这郭连环是正儿八经杀过人的主。如果他当年杀人是有着某些缘由，抑或是一时冲动，到现在关了十几年出来，性子磨得好了也罢。但今天早上，那跟着他们一起坐蹦蹦车的精神科医生去石山监狱鉴定的危险人物，十有八九就是这郭连环了。那……一个令监狱的管教干部都心里没底的劳改释放人员，之后进入到白禾的世界，会给她带来什么呢？

此时的贺清明，二十出头。虽然年轻，却并不影响他那打小就养成的喜怒不形于色的性子。他不动声色，点了下头，说："铁牛哥，你要去的是城南火葬场，还是油田的火葬场？"

他知道答案，但他故意这般问询罢了。

郭连环说："去油田火葬场。"

四个人就分了两拨，大圣陪刘猛去吃顿好的，贺清明领着郭连环上公交车，去油田。从汽车站到油田，又是大半个小时的车程。一路上，郭连环依旧不吭声，盯着窗外。贺清明偷偷瞟他，留意了一会后，贺清明就想，这郭连环应该也没太大问题。毕竟一个刑满释放人员在隔了十几年后重回家乡，瞅着熟悉的一切后，眼眶里还有着闪烁的液体，那也不会是太冷血凶残的人吧。

他正这么想着，那郭连环抬手，把车窗给关上了，并嘀咕了一句："这城里的风，吹得人眼睛疼。"

到油田，七点出头。当时已深秋，天黑得早，可又还没到开路灯的点。于是，油田的街道上有点暗。郭连环下车，左右看了看，说："和当年也没啥变化。"说完便朝着前方走去。

贺清明忙跟上，问："哥，你自己熟路？"

郭连环说："我在这里出生，在这里长大，怎么会不熟悉呢？"

贺清明说："那你为什么要我跟你一起过来？"

郭连环停步，扭头："你是不是姓贺？"

贺清明点头。

郭连环："你妈是不是叫贺彩云？"

贺清明反问："你怎么知道的？"

郭连环说："你长得和你那死鬼老爹一模一样，很容易认出来。再说了，年纪上差不多，看到我的时候就露出个又傻又二的表情，十有八九的事。"

贺清明说："你的意思是，打你走出劳改队大门时，就认出了我是贺彩云的儿子?"

郭连环点头。

"那你为什么当时不吱声呢?"

郭连环嘴角往上扬了扬,这是贺清明在接到他几个小时后,第一次看到他笑。接着,郭连环说:"我心里面有一面镜子,什么事情其实我都一清二楚。只不过,我没兴趣让人知晓罢了。娃儿,你我也算是有点缘分,论辈分,你还得叫我一声大舅……"

贺清明把他这话给打断了:"我们家和你们家,怕是论不到一块。"

"也行。"郭连环收住笑,"白禾是你妹,也是我亲外甥女。现在,我要去看看你另一个妹妹的坟,你小子陪我去一趟,成还是不成?"

贺清明点了点头。

接着又是沉默。

两个大老爷们,在这路灯还没亮起的油田里大步往前。火葬场临着油田旁的霞背山,山上就是之前的油田坟场。从50年代的第一代油田人开始,就都是些思想进步的年轻人,那时候叫社会的主人翁。所以,国营油田很早就抛弃了旧风俗的土葬,用了火葬,没那么占地方。也因为如此,这几十年里南陆油田里死了的油田人,得以聚到一起,占了那霞背山的大半个山坡。每个人就一个小格子,加一块墓碑。这几年改革,火葬场也换了新的名字,叫南陆市油田殡仪馆。以前没门,现在修了个大铁门,旁边还有传达室。

郭连环看到这大铁门的时候愣了一下。贺清明以为他是没见过所以停步，但紧接着，就瞅见了铁门外停着的一台挂着警灯的边三轮摩托车。边三轮摩托车上，坐着一个穿白色警服的公安，正在抽烟，火星在夜色中发出微弱的光。这时，路灯亮了，是到了油田统一开路灯的时间点。殡仪馆门口的灯，也一并亮了。借着光，贺清明看清了那抽烟的公安，竟然是刘长春——刘剑的父亲，也就是白禾现在的养父刘长春。

郭连环自然也是看清楚了对方，但他并没停步，继续大步往前。刘长春见到他俩，下了边三轮摩托车。他应该没认出贺清明，目光始终在郭连环身上，并迎着他俩走了过来。到跟前，刘长春说："回了？"

郭连环说："这不是废话吗？你都在这候着了。"

刘长春点头，掏烟，递上来。郭连环接烟，还多拿了一根，递给身后的贺清明。

刘长春说："来看你爸妈吧？"

郭连环说："还看看连芳和她的大姑娘。"

刘长春说："我按照你信里面吩咐的，把他们都葬在一起。"

郭连环点头，没再吱声。

两人便并排一起往里面走。贺清明瞅着有点迷惑，但一琢磨，这刘长春和郭连环年岁相仿，又都是油田子弟，互相认识也正常，便也不多问，在后面默默跟上。

接着又是沉默，好像只要有这郭连环的地方，人们都变得不喜欢说话了似的。三人上坟山，到了郭家人的坟墓位置，一整排。刘长春就开始点烟，每次点三根，递给郭连环。郭连环举着烟,给前面两个应该是他父母的坟墓上香,还磕了头。后面三个坟,他就只是嘴唇动了几下,上了烟,没再磕头。至于他嘴唇动那几下,给地下的人说了什么话,自然没人知晓。

贺清明没有太过往前,而是站在一旁。因为天黑的缘故,他看不清楚墓碑上的字,自然也无法知晓哪一个坟墓里埋着的是他的亲爹白近广。就在这么暗自思想着的时候,他发现刘长春和郭连环上完五个坟后,又朝着后排的一个坟走去。

贺清明多看了几眼,暗想:按理说,郭连环死了的亲人,有父母,有妹妹和妹夫以及外甥女白璐,刚好五个,似乎也没有了第六个亲戚。那么,此刻他们又去上烟的坟墓里,埋着的是他们其他的故人吗?

没想到的是,郭连环和那刘长春去到后排压根就不是去上香,而是站那后排的墓碑前,一人点上了一支烟。两人依旧不说话,盯着那墓碑抽烟。到把手里的烟抽完,两人就往下走。贺清明暗暗记着了这几个墓碑的位置,毕竟他的亲爹就埋在这破地方不是。

回到了火葬场门口,刘长春终于开口:"要不要我送你回去?"

郭连环说:"不用,我走走。"

刘长春这才看了贺清明一眼,并冲他点了下头。贺清明意识到,对方其实早就认出了自己,只不过没点破而已。接着,刘长春跨上摩托车,说:"那我就回去了,家里孩子还在呢。"说完便踩那脚蹬子,要发动车。踩了几下,没踩着,单脚放了下来,又冲郭连环说:"我说的家里的孩子,是白禾。"

郭连环闷哼了一声"嗯",便扭头了。

刘长春讨了个没趣,再一脚下去,打上火了。这时,郭连环才说话,声音还不小:"长春!"

穿着警服的刘长春回过头来。

"谢谢你了。"郭连环说道。

刘长春耸肩:"哦,知道了。你明天记得来派出所登记上户口。"说完一拧离合,扬长而去。

郭连环站着没动,看刘长春背影消失而去。看不到了,他才扭头看贺清明。贺清明正要说话,没想到这郭连环叹了口气。

贺清明就候着,以为郭连环要说什么了。谁知道他压根没准备说啥,背着那破军书包,又往油田里面走。

贺清明便追上去,喊他:"哥……"一寻思又觉得不大对,可一个"叔"字,又始终喊不出口。毕竟在贺彩云从小给他灌输的世界观里,白近广的第二个妻子跟她家算是仇人。于是,他顿了顿,最后喊了声:"大叔。"

郭连环就笑了,这是他第二次笑。他说:"你就不要为难了,喊我铁牛吧。铁牛是我小名,油田里的人都只知道铁牛,知道郭连环这名字的还真不多。嗯,你小名叫小混蛋对吧?"

贺清明点头。

"那我也叫你小混蛋吧。并且……"郭连环收住笑,眼中闪过一丝光,"并且之后,你我的这层关系,也不要让社会上的人知道，就你我两个人私底下知道就成了。"

贺清明本想反驳一句"我家和你们没啥关系"，可这话到了嗓子眼，最后还是没吐出来。半晌，他喊了声："铁牛哥。"

铁牛郭连环应了："嗯。"

贺清明再开口问话："现在我们去哪？"

郭连环说："你去过屠宰场家属院没？"

贺清明说："去过。"

郭连环说："那就好。明天中午，你来屠宰场家属院找我，我住回那402。"

"我去找你干吗？"贺清明问。

郭连环说："我们去看看白禾。"

贺清明犹豫了一下，点头说："好。"

贺清明回到家已经快十一点了，贺彩云坐门口守着桌球台，一边在织毛衣。看到贺清明回来，就问："你这一天没日没夜地出去晃，晃出了一个什么名堂没？"

贺清明说："等我混上了市长，再给你一个惊喜。"

贺彩云就笑了："等到你当上市长，我怕是都死了十几年了。"

见贺彩云今天心情好，贺清明就随口问了句："妈，你那时候在油田，知道油田铁牛吗？"

贺彩云说："知道啊，有谁不知道这油田铁牛啊。"

听她这语气，贺清明心里就有点奇了怪。按理说，只要扯着和白家有关的人，贺彩云就会发火才对。可此刻她答这话时,好像并不知道铁牛是谁的哥哥一般。

贺清明就再次试探性地问了一句:"这油田铁牛叫什么名字啊?"

贺彩云说:"这我就不知道了,反正是油田里的一个恶霸,都怕他。"

这时,郭连环在那火葬场门口对贺清明叮嘱不要让外人知道他俩的关系的对话,再次浮上贺清明心头。他暗想:这郭连环当年可能也是如此,自己在社会上混着,并不让外人知晓自己的底细。实际上,这伎俩,南霸天也给他们一帮小兄弟说过。南霸天还说:"真龙都是云山雾水,让人不知道深浅。这样,仇家要按住你,也不知道你家在哪。"

南霸天如此说道,遗憾的是半个南陆市的人都知道城南的南霸天住在瓦子胡同最里面那个三层小楼里。

贺清明见他妈不知晓铁牛的底细,便不再遮遮掩掩了,继续问询:"妈,这铁牛做过些什么事啊,连你这么一个只在油田待了一年的人,也知道他的大名。"

贺彩云就笑了:"谁不知道他呢?整个油田人的军帽军书包,只要被他瞅见,基本上都要摘走把玩几下。谁冲他瞪眼,他就拿走。冲他乐,喊他一声铁牛哥,他就还给人。"

贺清明哭笑不得:"就这点能耐吗?"

"那倒也不止……嗨,我知道的也不是很多,反正他们当时有个团伙……嗯,也不叫团伙,那时候都是有个响当当的名号。叫啥来着?"贺彩云皱眉想了想,"好像是叫红星团,一共六个人。嘿,你记不记得去年逮你去公安局的人里,有个油田派出所的所长,姓刘的那个,当时也是红星团里的一员。"

"啥?"贺清明就瞪眼了,"油田派出所的刘长春还是混混中的一员?"

"那自然是他没进派出所上班之前的事。"贺彩云笑着说,"再说了,那时候不叫混混,是叫红卫兵。他们油田因为是国营大企业,受那年代的影响并不大。一帮还没分配工作的小伙聚在一起,搞了这么个红星团,口号是保卫油田。嘿嘿……一回想起来,那时候还挺好玩的。只不过呢,后来他们这红星团的人,都死了。"

"死了?"贺清明越听越讶异,"妈,你是在给我说书不成?一会又有个派出所所长,一会又全死了。再说了,你又怎么知道得这么细致呢?"

贺彩云说:"我为什么就不能知道得细致?还不是你那王八蛋爹,那死鬼玩意那时候跟我说的,还说是他们油田的大事件,叫什么'八二惨案'。当时我也刚嫁过去,对油田的事挺好奇。他说得一惊一乍,所以我才记得这么多。"

"那你知道多少就说多少,我想听听。"贺清明搬了条凳,坐到了贺彩云身旁。

贺彩云骂:"小兔崽子,只要听人说社会上打架斗殴的事就来劲。"贺彩云清了清嗓子,就开始说道:"我是1975年嫁过去的,到那年七月怀上了你。他们这'八二惨案',是我怀上你不久。好像是这红星团内讧,几个人吵架。吵着吵着,有人就动了手。然后就打起来了,死了俩。嗯,把人打死的就是你刚才问的那铁牛,用刀给捅死的。然后……然后这红星团就散伙了。"

到这里，贺彩云便又低头织毛衣了。贺清明瞪大眼："没了？"

贺彩云说："没了啊。"

贺清明问："就没个前因后果啥的？"

贺彩云说："有啊。那个刘什么……现在做所长的那个，抓了杀人的铁牛送劳改队，就没了啊。"

贺清明有点失望："这样看来，也不是个多大的事。"

3.白禾要杀的人

第二天一早，贺清明就叫上大圣，上南霸天那交差。他们用公用电话打南霸天的大哥大，南霸天说我在小琳姐家睡着。小琳姐是他的一个相好，比南霸天还要大了七八岁，不过身材挺丰满的那种。

贺清明和大圣就去往小琳姐家，在她家楼下喊："天哥！天哥！"

南霸天在楼上扯着嗓子应："等我一会，我内裤不知道扔哪去了，找到穿上就下来。"

旁边炸油条的妇女朝路边吐唾沫，骂："臭不要脸。"

大圣就冲人家嬉皮笑脸，说："你骂谁臭不要脸啊？"

妇女说："我骂这油条。"

贺清明说："那给我们一人来两根臭不要脸，再来两碗豆腐花。"

楼上的南霸天找这内裤就找了有快四十分钟，到九点半才一晃一晃从单元楼里走出来。那年代流行穿衬衣和西裤，衬衣扎在西裤里很容易抖出来，就显得不够齐整。所以那时候很多讲究人，就会把衬衣塞到内裤里扎着，这样衬衣就没那么容易被扯出来。于是，此刻衣冠楚楚的南霸天，白衬衣就明显是塞在了他花四十分钟找到的内裤里，且是条红内裤。因为红内裤提得比较高，以至于西裤和皮带没把它拦住。于是，一身笔挺的南陆市风云人物南霸天腰上的这一圈红色，就映射出了他骨子里存在着的是一个崇尚传统文化的魂，与时髦社会之间在进行着博弈。一圈红色往上，是鳄鱼头往下的山寨鳄鱼牌衬衣；往下，是那发亮的金利来扣皮带及笔挺的西裤，很有一种超现实主义的风格。

贺清明和大圣也懒得吱声，毕竟那年代满大街这种打扮，不算稀罕，便给他汇报，说这刘猛如何如何。南霸天象征性地问了几句，就岔开话，说："走，领你们去吃顿好的。"

贺清明说："我们等你的时候吃了油条。"

南霸天说："再吃一顿好的补一补。"

贺清明和大圣便跟着他去吃顿好的。绕了一圈，结果是在冷饮厂门市部对面吃牛鞭面。一人一大碗热腾腾的面端上来后，三人便边吃边说话。大圣就问："哥，你媳妇长那么好看，为啥你还要到处爬别的女人的床啊？"

南霸天是话痨，听人问他话，他有机会说道理，就忍不住乐，咧嘴笑，说："你一儿童，自然不明白。"然后他就开始酝酿，看模样是要说一番很有哲理的话，来教教大圣。憋了一气，他说："我儿子童童，前些天在市幼儿园抢别的小朋友的变形金刚玩，别人不肯，童童打了对方。老师就把这事给我媳妇说了,媳妇告诉了我。我就去问童童。我说:'爸给你买了五十块钱一个的变形金刚,你为啥还要去抢人家五毛钱一个的变形金刚玩呢?'你猜童童怎么回答的我。"

说到这,他停下来看着贺清明和大圣,这是在等人发问,他好继续说话。贺清明只好连忙问上一句:"怎么答的?"

南霸天大笑:"童童说,没玩过。"

贺清明和大圣都只是个二十岁小伙,自然听不明白,坐那接不上话。南霸天自顾自笑了一会,又说:"玩女人,也就和童童抢人家五毛钱一个的玩具一样。不是说家里有的五十块钱一个的变形金刚不好,只不过外面这五毛钱一个的变形金刚,咱没玩过。"

贺清明和大圣这才明白,跟着点了点头。

一件事聊了这么多,在南霸天看来,自然就得打住了。于是,他又说:"嘿,你们听说过KTV吗?"

当时是1995年,改革春风也吹了十几年。南陆市这种中部小城,或多或少也有风儿掠过,歌舞厅和溜冰场都成了个人承包制。早两年,市招待所还被人承包了一层楼出去,搞了个夜总会,也算是把各种时髦娱乐活动,都给弄齐全了。可这KTV,在当时还真没有。那夜总会里也有点歌自己上去唱的环节,但独立包厢的KTV,却还只是听说,没人弄。

贺清明说:"我知道,就是只给几个人放的卡拉OK呗。"

南霸天点头:"没错。前些天,有人介绍我认识了一个广东来的老板,叫赖总。这赖总说要在我们南陆市做点买卖。我过去陪他喝了点酒,赖总就说,他想要在南陆市开个KTV。可这家伙人生地不熟的,便想拉我入伙。我给说了,我没啥钱。他说不用我投钱,需要我出点人管着这KTV,就算是我投的股份。我这两天就在想,下面这么多徒子徒孙,就贺清明你小子做事我比较放心,大圣也是个做管理的人才。所以啊,我准备让你和大圣组织个部队,进这什么KTV里面负个责。"

大圣就笑了:"我懂个啥管理呢?哥你这不是瞎扯吗?"

南霸天说:"你俩家里都是摆桌球摊的。那广东佬说我们这南陆市娱乐行业有潜力,拿出来举例的就是说桌球街里很热闹。你俩,不就正是娱乐行业出身的吗?不让你俩去,让谁去呢?"

贺清明说:"我们也就在家帮忙守过桌球摊而已,也算是娱乐?"

南霸天笑着说:"那自然是算的,我说算,就算了。再说了,要你们去管着,和你们守桌球台有啥区别呢?谁闹事就弄谁,谁听话就冲谁乐。得!就这样定了。一会那赖总还约了我上酒店详细谈这事,你俩心里有个分寸就行了。"南霸天又顿了顿,压低嗓门补充道:"这事先不要对外声张,毕竟八字没有一撇。"

大圣小声嘀咕了一句:"照你这么说,不就是过去看场子吗?"

南霸天没回他这话,因为这事到这里,在他看来就已经说完了,再说下去,他怕自己又漏了些不该这么早跟给人说道的话语出来。他吸了口烟,将烟雾吐出,继续吃面。

贺清明便也不说这事了，他一转念，小声问道："天哥，你知道油田铁牛吗？"

南霸天说："就一杀人犯啊！知道这么个人，他被逮进去的时候，我还在玩泥巴呢。"

贺清明就奇了怪，说："那刘猛……猛子哥为啥和这铁牛很熟的样子？"

"我怎么知道呢？"南霸天抬起头来，"你为啥问这？"

贺清明说："没啥，就是昨天接刘猛，这油田铁牛也正好出来，一同回来的。"

"嗯。"南霸天点头，说，"这铁牛好像是个人物，比刘猛这种货要强。"

大圣插嘴："刘猛当时到底是犯了啥事啊？"

南霸天白了大圣一眼，接着又叹了口气："嗨，反正是个臭不要脸的下三滥玩意。"

大圣便越发好奇，追问："到底是啥？哥，你给说说呗。"

南霸天说："杀人。"说完站起来喊面馆老板："结账。"

结完账，南霸天就去市招待所找他说的那广东佬。大圣对贺清明说："我今天下午不陪你去百花舞厅玩了，我有点事。"

贺清明说："我下午也有点事。"

大圣问："啥事啊？"

贺清明那时候就嘴风紧，就算是对大圣也不会说太多，自然不会正面回答，反而是直接反问大圣："你又是去办什么事啊？"

大圣说："这猛子哥昨晚邀我陪他在街上逛了一圈，到处看了看，就说找了个赚点小钱的门道，要我今天过去找他，领着我弄点烟钱。"

"哦。"贺清明也没深究了，嘀咕了一句，"和人家始终只是刚认识，自己留个心眼。"

大圣笑着说："我知道的。"

两人便分开了。多年后，南陆市一霸贺清明说起自己与大圣这个发小，之所以分道扬镳的过往，起点也总会定在1995年的这个上午。

这贺清明上了公交，便往油田去。到了油田，还不到十一点，贺清明提前一站下了，寻思着在油田里转转。这一转，就转到了油田派出所附近，远远地，就瞅见个熟悉的身影，正在朝自己这边过来，居然是刘剑。

因为白禾的缘故，贺清明和刘剑勉强算是个亲戚，所以一直也都保持着联系。刘剑在警校会时不时给贺清明家打个电话聊几句有的没的。贺清明闲着无聊时，也会打电话到警校要他们去宿舍楼下喊情报专业的刘剑下来听电话。对了，这里还得提一下，刘剑去到省警校，本来想要学刑侦的。可刑侦是热门，学生多。然后，他就想要读治安，可有老师找他，给他说："你是个半路插进来的，没资格东挑西选。学校为了响应号召，今年新开了情报学专业，你——刘剑同学，就去这情报学专业吧。"

刘剑当时就傻了眼，说："搞情报的，不应该是军队吗？我又不是读军校，学情报学干吗呢？"

老师就给他说了："理论上来说，这情报专业毕业的学生，是要送隔壁有关单位的。可实际上，所有警校生……嗯，包括他们学刑侦的、读治安的，也包括你们情报的，最后殊途同归，毕业后全部是去派出所。所以，你就不要纠结这些了，算是支持学校的工作。"

老师说的有关单位，就是各地公安局隔壁楼的国安局。只不过大部分时候，系统内的人都不说"国安"这两个字，要用"有关单位"。

所以，刘剑就进了情报学专业。大课还是和刑侦、治安的在一起，多了几个奇怪的小课而已。到这年暑假，警犬训练基地那边过来几位警官，说愿意接收五个学警去实习两月。高年级的没人响应，就大一的新生思想单纯。比如刘剑，当时算是个有着远大理想的孩子，自然不会放弃这么一个了解警察队伍里特殊部门的好机会。所以呢，他这个暑假就没回南陆市。之前和贺清明通电话，他跟贺清明说了这事。这也是此刻贺清明在油田里遇到刘剑，挺意外的原因。

刘剑也看到了贺清明，连忙对他招手。两人当时也都只是二十左右的小伙，心里高兴，都朝着对方小跑过去。贺清明问他："你不是不回来的吗？"

刘剑说："放了两天假，回来看下我爸和白禾。"

贺清明说："白禾不是都已经开学了吗？"接着，他又问刘剑："你那实习学到了不少东西吧？"

刘剑说："别提了。我们几个学生还以为真是个学习机会，到过去了才知道，是基地里选了几条优质警犬配了种，生了二十几只小狗，可基地里人手有限，没人照看，就找了个冠冕堂皇的理由，去我们警校骗了几个学警过去，养了两个月小奶狗。"

贺清明就笑了："学警养奶狗，也不算埋汰人。"

刘剑说："身上都一股子狗味。嘿，要不你下午跟我去泡个澡堂子吧，我们也好说说话。"

贺清明说："我就一社会闲杂人等，被你一警校的学警扯着说说话，这是要发展我当卧底的节奏吧？"

他俩当时年岁都不大，扯起来又算是兄弟，互相间插科打诨也早已是常态。刘剑便也嬉皮笑脸，说："你又不是警察，不叫卧底，应该叫特情。"顿了顿，刘剑又补了句："也就是港片里说的那种线人。"

贺清明说："那我不干，没劲。"

刘剑便搭贺清明肩膀，说："走，请你去吃饭。"

贺清明到这一会才注意到刘剑手里拿着一个不锈钢饭盒，便猜到他这是要请自己去哪里吃饭。刘剑他家住派出所后面，派出所斜对面就是油田机关。他们家长期不做饭，到饭点就拿着饭盒去机关食堂对付。到家里多了白禾后，正常人家，就会说"不过是吃饭时多添一副碗筷"；搁刘剑家，就是说"不过是多一个饭盒"。然后白禾自己拿着饭盒去对面机关食堂吃饭，且还要时不时给她现在的爸——刘长春打饭。

贺清明对吃食堂没兴趣，说："我不吃，我今天上午吃了两顿早餐，撑死了。"

刘剑说："那我也不勉强你，我自己过去。再说了，我爸也过去了,看到你又要扯着我问东问西。"

贺清明点头:"我也还有点事,下午要去……"一转念,他压低声音,对刘剑说:"要不你一会去和你爸打听一下一个叫郭连环的人吧。"

"郭连环?干吗的?"

贺清明说:"是白禾的亲大舅,昨天刚刑满释放。"

刘剑一愣,说:"她家不是没亲戚了吗?"

贺清明说:"所以要你问问你家刘所长,你家刘所长应该就会给你说个透彻。"

刘剑说:"你小子把我当什么人了?我以后是要干警察的,哪有社会人找警察打听人底细的事?你小子是要把我拖入你们污浊的社会蜘蛛网里去吧?"

贺清明就笑,说:"这是和白禾有关的事,和白禾没关的事,我也不找你。"

刘剑说:"那你得答应陪我去澡堂泡澡,我才帮你去问。"

贺清明烦了:"你不是油田护厂队大哥吗?泡个澡堂还找不到跟班?"

刘剑笑着说:"嗨,我这不是想要发展你小混蛋贺清明,当我在社会上的卧底吗?"

贺清明也笑:"那我就在前面小卖部喝瓶汽水等你,你问了你家刘所长后,来给我汇报。"

刘剑装恼怒样:"你一个社会青年还敢在我们正义的学警面前指手画脚,怕是没死过吧?"

贺清明说:"少废话了,赶紧去问几句吧。回头我忙完了事,陪你去澡堂时,再给你说是个什么事。嘿,还要扯到顾文呢!"

刘剑瞪眼了:"顾文?得,那我不去了,你跟我说下到底是怎么回事?怎么又是白禾的大舅,又是顾文那劳改犯。"

贺清明犹豫了一会,一咬牙,就把昨天去石山劳改农场接人的事,给一五一十说了,包括去的路上遇到老医生,回来后跟郭连环去坟场遇到刘长春,以及刘长春和郭连环的对话。只不过,这贺清明不像南霸天话痨,他说事干净明朗,没废话。如果让南霸天说这么多事,可能要用上一上午的时间,而贺清明也就花了十分钟而已。

刘剑听着听着,眉头便也皱了起来。再加上贺清明叙述的过程中,把自己觉得蹊跷的几点,也都一一罗列了。这刘剑在学校里学了一通理论,正苦于没有用武之地。听完后,他就正色对贺清明说:"得,你在这候着,我进去套一下我爸的话。"说完又觉得自己这用词不太妥当,改口道:"我是去找我爸了解一下情况。"说完一扭头,拿着那不锈钢饭碗,就往油田机关里去了。

贺清明便去小卖部买汽水喝,还点了支烟,站那等。等了有二十分钟吧,就远远瞅见刘长春穿着警服,和另外几个派出所的人从里面往外走。贺清明连忙拐到旁边一个小过道里,免得被他们看到。等刘长春几个走了,贺清明再探头出来,就正好和刘剑对了个正眼。刘剑当时已经剪了个平头,浓眉大眼的模样已经有了几分执法人员的威严了,站贺清明跟前瞪大眼,说:"你小子贼眉鼠眼的样子,一看就不是个好人。"

贺清明说:"问得怎么样?你爸说了些啥?"

刘剑摇头:"他啥都没说,就回了句没听说过这人。"

"怎么可能?"贺清明皱眉,"或许他当你是个小屁孩,懒得和你说这么多。"

刘剑说:"信不信我现在就把你逮到我们所里去。"

"信。"贺清明说,"那现在我还是去找这郭连环,看看他去看白禾是个什么情况。如果真只是看看,倒也没啥。怕是……"他又想了想,道:"应该也没事,我看他不像是个坏人。"

刘剑再次摇头:"坏人怎么能这么轻而易举被你这么个社会人给看出来呢?得,我跟着你去。你和这郭连环搞什么名堂的时候,我通过……嗯,我通过我专业的刑侦脑,对这郭连环来一个技术研判。"

贺清明说:"你这是下午没事干吧?"

刘剑恼了,说:"我哪会没事干,我不是要去泡澡堂搓泥吗?"

贺清明笑:"嗯,多大个事。"

刘剑自己也笑:"这郭连环是杀人犯,又事关白禾,咱哥俩一起行事,也有个照应。再说……"他压低声音,继续道:"要打听这郭连环以前犯的到底是什么事,我还可以领你去找下耿老爷。"

"耿老爷是谁?"贺清明问。

刘剑说:"是我爸的师父,姓耿叫耿晶,大家都叫他耿老爷,油田派出所以前赫赫有名的神探。后来因为男女关系作风问题，被派去看水库了。"

"赫赫有名的神探？因为男女关系被派去看水库？"贺清明傻眼了，"这老英雄的过去，有点乱啊。"

刘剑笑了："确实，他有点故事。"

于是，贺清明就跟着刘剑去他家放了饭盒，然后一起往屠宰车间家属院走。一路上，两人又对整个事细细分析了一下。贺清明甚至还把他妈贺彩云说的那红星团的事也跟刘剑说了，刘剑说："红星团？连我都没听说过，不算个多大的名气。"

贺清明说："那时候你这小屁孩还没出生。"

到屠宰车间家属院附近时，已经一点了。隔老远，就瞅见家属院大门口蹲着个人，模样有点猥琐，在那抽烟。刘剑便冲他嚷嚷："执跨！"

那人正是刘剑的好兄弟张执跨。他看到刘剑，便也咧嘴笑了，连忙站起来，说："你怎么回来了？不是说不回的吗？"

"明晚就走，赶着开学前回来看看。"刘剑顿了顿，又问，"你蹲着干吗？"

正说到这，一个塑料袋从那家属楼上被扔了下来。落地后发出砰的一声响，玻璃渣四溅。紧接着，打从那四楼探出个脑袋来："给我捡起来。"

探出脑袋的是张执跨的爹——南陆油田组织部部长张正直，他使唤的人自然就是他儿子张执跨。张执跨急急忙忙上前，从那地上的玻璃渣里面，捡起了两条香烟，还都是好烟。刘剑和贺清明弄不清楚什么情况，往院里走，就闻见白酒味，应该是好酒，闻着挺香。再一瞅地上的碎渣，摔得稀碎的应该是两瓶酒。

刘剑就小声问："什么情况？搞烟酒轰炸啊？"

张执跨手里拿着那两条烟，说："我怎么知道呢？我爹神神秘秘说要来拜访他老大哥，然后就来了这。"接着，他又说："你们家白禾这房子退给了油田吗？怎么换了人住啊？我爸来找的人就住她家以前那屋。"

刘剑和贺清明对视了一眼，便继续问张执跨："你爸来见的老大哥，住402？"

"可不是吗？那屋是凶宅，想不到现在也有人敢住。"张执跨应着，一边把香烟盒子上的酒水往下甩。

正说到这，楼梯口那边，张执跨他爹张部长就下来了，气鼓鼓的，嘴里念叨着："不识抬举的东西，甩脸给谁看呢？"见院子里有刘剑，便对刘剑点了下头。

刘剑忙问："叔，这是谁惹你生气了呢？"

张部长改口，还咧嘴笑："没有谁。和一个老伙计聊了聊过往。"说完冲张执跨挥了下手。这张执跨虽然平日里人五人六的，可在他爹跟前就是个尿包。他冲刘剑耸了下肩，跟着他爹往外走去。

刘剑就说："看来，这郭连环以前的人缘还挺不错呢！油田领导都拎着香烟白酒来看他。"

贺清明点了点头。两人就往楼上走。到了402，贺清明敲门，里面的人扯着嗓子吼："滚，没打你已经算给你面子了……"

贺清明说："铁牛哥，是我。"

里面就有脚步声了，接着门被打开，是郭连环。他看了看贺清明，又看贺清明身后的刘剑。贺清明忙说："这是刘长春的儿子刘剑，算是白禾现在的亲哥。"

刘剑便喊："叔……"

郭连环说："叔什么叔？叫铁牛就是了。"

刘剑点头，想要再说些啥，可郭连环已经转身了，从身后的地上捡了个斗笠戴上。然后说："走，我们去看白禾。"

说完这话，他便关门往外走。贺清明领教过这人的不苟言笑，刘剑倒是愣了下。然后两人就跟着郭连环往外走。

有郭连环的地方，就总是有一种压迫感。尤其是这大个头还戴着个斗笠，奇奇怪怪的模样。三人出屠宰车间家属院，往油田小学去的路上，自然又是一路无话。到了油田小学，还没上课。因为是子弟学校，所以油田小学中午是有给孩子提供午餐的，免得油田职工中午还要伺候小冤家。这已经上了四年级的白禾，中午自然就在学校。只不过呢，学校的铁门中午是不打开的，免得孩子自己溜出去。那年代学校的保安叫校警，实际上也只是挂个这样的名字而已，本质依旧是保安。之所以要挂个警字，是因为那时候社会治安和现在没法比。刚走进社会的小混混，总还是想要跑回学校刷存在感。弄个所谓的校警在那站着，有震慑小混混的美好愿景。

这油田小学的校警叫陶龙，之前是炼油厂保卫科的。他媳妇在油田小学当老师，陶龙是那种黏媳妇没出息的货色，没事便跑学校，也跑机关，最终调来了学校，做了这所谓的校警。到当了校警，就后悔。之前吧，好说歹说也是个保卫科干部，维护一方安定的岗位。当了校警后，天天站学校铁门内外溜达，像是个看门的。在炼油厂保卫科，他每天还可以和其他保卫科干事聊天说话。到了油田小学，每天聊天说话的人就是学校传达室的李大爷。关键是，这李大爷是个结巴，说话吃力。他俩说个事吧，也不在一个频道里。陶龙想跟人聊聊社会动态和国际形势，李大爷张口闭口就是花红了柳叶绿了，是个文艺属性的老头，且还结巴，花红了都要红好久，属于口吃界的文艺范老头。末了，陶龙也就不指望和李大爷聊天了。没事他就站铁门外，扯着那些个跑到学校门口刷存在感的社会青年说话。毕竟油田和真正的社会又有区别，是一个封闭的熟人社会，来的社会青年，也都是油田内部的人。陶龙询个家长里短，问个"你爸是哪个部分的"之类的话，倒也没那么无聊。

这贺清明一行三人到了油田小学门口，正遇上陶龙吃完午饭，在门口溜达。见来了这么三个大个子，便提着胶皮棍过来了。郭连环走在最前面，板着脸。陶龙便也板着脸，问："来我们学校干吗的？"

郭连环一愣，看陶龙一眼。陶龙觉得郭连环看自己的眼神里，隐隐约约含着藐视，便瞪眼了："问你话呢？来我们学校干吗的？"

刘剑便连忙上前了，说："龙哥，是我。"

因为这校警也经常要去派出所开会，陶龙自然和这派出所所长的儿子认识，也知道他们家领养的女儿白禾家的事。见是刘剑，这陶龙就笑了，说："是你啊！"然后就指着郭连环,说:"这也是你朋友?"

刘剑正要点头,可那陶龙抬起来指向郭连环的手指,却已被郭连环给掰住了,且郭连环还用力往下一压。陶龙"哎哟"一声怪叫,身子迎合被掰的手往下一蹲。

"你小子干吗?"陶龙喊道。

郭连环歪着头:"还这样指我的话,信不信我打死你?"

刘剑连忙去抱郭连环,说:"叔……啊,铁牛哥,这龙哥挺照顾白禾的。"

郭连环"嗯"了一声,松了手。然后直愣愣地往学校里面走。陶龙吃个这样的亏,自然不会善罢甘休,从腰上取下胶皮棍,作势要扑上去,和郭连环打上一架。可还没等到他胶皮棍举起来,就被人从手里夺走了。他扭头一看,只见和刘剑一起来的另外那个高个小伙,冲自己瘪着嘴,说:"哥,你只是上个班而已。"

刘剑又说:"我铁牛哥脾气不好,龙哥别往心里去。"

这陶龙呢,此刻本也只是需要个台阶下。有刘剑这么一说,便也只能吃了这哑巴亏,说:"我这都是看着你刘剑的面子,要不以我的脾气……"

他后面的话生生咽了回去。因为已经走到了大铁门处的黝黑光头大个子郭连环扭了头过来,那眼神啊,谁看着都会心里发毛。刘剑见状,又连忙往前走,招呼瞪着大眼的郭连环:"得了,铁牛哥,我们去看白禾。"

郭连环便也没吱声了,跟刘剑往里走。

穿过操场,就到了白禾所在的四年级甲班门口,甲班在一楼，挨着厕所。那时候都是旱厕，啥叫旱厕呢，就是一排蹲坑，下面连着个巨大的蓄粪池。所幸那时候的旱厕构造都比较讲究，天花板又很高，蓄粪池还有专门放任气味散走的风口，自然没啥味。当然，粪车过来拉粪时就不好说了。

可冤不冤的，这个中午粪车就正好过来学校拉粪。粪车那抽粪管运作起来，声音惊天动地。那一池子本已沉静下来变得低调从容的污垢，被再次调动起来，气味放肆飘散。在那年代里的人们都习惯了旱厕，也见惯了如此场面，都只是微微皱眉，没人抱怨。

也是因为粪车在折腾，四年级甲班教室的门窗都关得严严实实的。刘剑等三人走到跟前，见里面一帮孩子在打闹玩耍。他们要找的白禾，这个学期正好坐在窗户边上。她没跟着其他孩子一起玩，自顾自趴在座位上。刘剑便敲窗户玻璃，白禾抬头，眼里似乎有泪水在打转转，可一见到刘剑，立马笑了。她抬手用袖子抹了一下眼睛，急急忙忙跑了出来。到走廊，看见贺清明也在，那笑容就收了点，冲贺清明点了下头，然后开口问刘剑："哥，你怎么回来了，不是说不回来的吗？"

刘剑说："临时决定回来的，明天就走，回学校。"

白禾这年已经十一岁了，较一年前那刚刚失去姐姐时的模样，要正常了不少。个子也较一年前高了，头发扎在脑后，隐隐约约间有了点当年白璐的模样。她那小巧精致的鼻头抖动了一下，问："哥，你身上怎么一股子狗味啊？"

刘剑咧嘴笑，说："没狗味才奇了怪呢。"说完就指着贺清明，"你亲哥也来了，打个招呼吧。"

白禾看了贺清明一眼，不吱声。刘剑又说："好歹喊一声吧。"

白禾还是不吱声。

贺清明便忙说："不打紧。"

刘剑便又指向郭连环："这个人你认识吗？"

郭连环挤出笑来，那笑容瞅着特别别扭："我走的时候，她还没出生，怎么会认得我呢？"

白禾却说："你不会就是我大舅吧？你为啥要戴个这么难看的斗笠啊？"

郭连环愣了下，连忙把头上那顶斗笠给摘了下来。接着他又抬手，似乎想要摸白禾的头。可那手伸出后又打住了，收回插到了自己裤兜里。他讪讪笑，说："是，我是你大舅。丫头，你怎么知道我的？"

白禾说："我姐给我说过你，她说如果我们的大舅在的话，就没人敢欺负我们。不过姐也说了，这话不是她说的，而是妈妈说的。妈妈说，我们的大舅，也就是妈妈的这个哥哥，是个顶天立地的男人，油田里的人都怕他。"

郭连环的笑静止了，他咬了咬下嘴唇："是，是，我在的话，没人敢欺负你们妈妈。"

白禾耸了耸肩："有什么用呢？该被人欺负的还是被欺负了啊，谁让你要去做劳改犯呢？"

刘剑在旁边便连忙说："白禾，你怎么跟大人说话的？"

白禾说："我没有说错话啊，他是个劳改犯啊。"

贺清明便也说："白禾，这样说话很伤人的。"

白禾歪着头："我有说错吗？贺清明，你也只是个社会上的混混。以后,你也十有八九要当劳改犯的。弄不好到那天,还是我哥哥亲手抓你。"

刘剑生气了,抓着白禾的胳膊甩了一下,说:"丫头,你知道自己在说啥吗?"

那郭连环在监狱里待了十几年,对如何处理各种关系已经生疏了。见刘剑凶白禾,便张嘴想要说点什么,可能是要维护白禾吧。但嘴巴张了几下,却说不出话来。

他,入狱时只是个半大小伙,出狱时已经年近半百。他知道,自己可能无法适应外面的环境,无法适应这个他曾经熟悉却又已经陌生了的社会。但他,想要尝试尝试。

最终,他咬了咬下嘴唇,没吱声。

白禾倒也不恼刘剑的训斥,噘着嘴,没反驳,反倒是仰着脸问刘剑:"哥,你待多久啊?"

刘剑说:"明天就要回学校。"

白禾说:"这么快?你不在油田,人家欺负我,我都没人说。"

刘剑说:"又有谁欺负你了?"

白禾说:"你来的时候,我正在哭呢,你没看见吗?"

郭连环这时算逮着说话的机会了:"丫头,谁欺负了你,你跟大舅说,大舅不走。"

白禾看郭连环一眼,说:"给你说有用吗?"

郭连环说:"有用的。"

白禾说:"那好吧,欺负我的人就是贾芳老师,你帮我杀了她好吗?"

刘剑又发火了,说:"白禾,你这都是在说些啥呢?"

这时,学校里的上课铃就响起了,白禾冲刘剑挤出笑,说:"哥,我和他说着玩呢,下午放学后你带我去吃烩面吧。"

刘剑只能点头。白禾就转身,要往教室里去,可跑出两步,又扭头回来,冲郭连环说:"嘿,你又不是没杀过人,多杀一个也没什么的啊?"

说完这话,她便跑进了教室。剩下门外这三个人都愣住了,不明白白禾这小脑袋里,到底都是在想些啥。半晌,刘剑说:"她……嗯,她还只有十一岁。"

贺清明也说:"是,白禾她……白禾她打小就比较……嗯,白禾其实……其实很听话的。"

郭连环还是在咬下嘴唇,咬了一气,都咬出了一个红圈。最后,他挤出笑来:"没事,毕竟,她只是个孩子而已。"顿了顿,他望向刘剑,问:"她要我杀的贾芳是谁?"

刘剑说:"叔,你问这干吗?"

郭连环可能也意识到自己有点过了,忙耸肩,说:"我只是问问……问问而已。"说完就往外走。

刘剑追上,问他:"晚上你要不要和我们一起去吃烩面?"

郭连环摇头:"我不去了。"说完这话,他脚步更快了,好像是要逃离这所学校一般。刘剑和贺清明只能快步跟上。到走出学校,又这般疯走了十几分钟后,郭连环停步了,他转身,望向刘剑和贺清明,眼睛居然红红的,像是要哭了一般。刘剑和贺清明也不明白这老男人是要唱哪出戏,站那看着他。

半晌，郭连环说："我杀人的时候，和你们年龄差不多。然后就一直在监狱。现在出来了，没有朋友，也没亲人，只有白禾了。可是呢，我自己也知道，我一无所有，不能给白禾任何东西，就算是今天来看她，我也只能两手空空。所以，接下来的日子，我想弄点钱，让自己也过得好一点……"说到这，他朝旁边的马路看了看，苦笑了一下说："我不知道我说的这些话，能不能让你们明白我现在想要表达的意思。或者，我本就说不清楚……嗯，我想过得好一点，才能给白禾多一点东西。"他再次顿住，继续看马路，看远处，看这个他所熟悉与陌生的油田。沉默了一会后，他耸肩："我走了，你们有啥事就来我家找我就是了。"

他转身，大步朝前走去。他重新戴上了那顶斗笠，重新恢复到与这个世界格格不入的模样。他驾驭着一个魁梧高大的身躯，在这个他一度熟悉，却又完全陌生了的世界，沉默向前。

4.第二起斩首者案

剩刘剑和贺清明，傻愣在原地了。两人你看着我，我看着你。刘剑说："他说的话，好像挺有哲理。"

贺清明说："有吗？我怎么感觉不到呢？"

刘剑说："你读书少的缘故啊。"

贺清明说："我就总觉得这老男人透着古怪，可又说不出是什么地方透着古怪。"

刘剑说："对了，你不是说接他的时候有个白胡子老医生去看过他吗？我怀疑那医生就是我们油田医院的，之前给白禾看过病的那个。"

贺清明问:"你和他熟不熟?"

刘剑一拍胸脯:"怎么不熟呢?走,我们去医院找他了解一下郭连环的情况。"

贺清明本就是个大闲人,下午也没啥事,便应允下来,两人又往油田人民医院去。到了医院,刘剑自然是要去找田大志。田大志不在,据说是开着救护车出去救人去了。刘剑便领着贺清明,往那医院顶楼去,就是胡一汉的精神科所在的那一层。

可到了那精神科,不见胡一汉,是一个年轻医生坐在那,二十多岁吧,穿着白大褂,正对着那摆在面前的镜子挤脸上的疙瘩。

刘剑就问:"胡医生在吗?"

年轻医生说:"在下就是。"

刘剑:"我问的是胡一汉医生。"

年轻医生把镜子移开,说:"那是家父。"

"哦。"刘剑点头,"你父亲什么时候来啊?"

年轻医生说:"家父今日不来。"

刘剑问:"你父亲今日不来,那我们去哪里找你父亲啊?"

年轻医生说:"在下胡小文,你二人有精神疾病,找我也可以。"

贺清明就恼了,说:"你才有精神病呢!我们来找你爸,你在这家父什么的咬文嚼字,别扭死了。"

年轻医生脸就红了,咬嘴唇,咬了有个快一分钟,然后说:"我……我……我哪有?人家只是……人家只是有点紧张,上了两天班了,就遇到你们这么两个上来的病人,也想……也想表现好一点。"

看他这模样,贺清明也就乐了,说:"原来是个刚毕业出来的新医生,那就不恼你了,你爸呢?"

刘剑在旁边坏笑:"他问的是你父亲。"

这叫胡小文的年轻医生连忙回答:"家父去市精神病院开会去了,你俩……你俩有什么事,真的可以直接跟我说,我是精神科专业,在学校里成绩很好的,应该能帮到你们。"

见他这话说得诚恳,又是个典型的书呆子模样,刘剑便也不打趣他了,说:"我们倒不是来看病的,而是来找老胡医生打听个事,他不在,就算了。"

胡小文说:"什么事,你说说,万一我知道呢?家父什么事都跟我说的。"

贺清明就问:"你爸昨天是不是去了一趟石山劳改农场?"

胡小文点头:"是,你们……"他看了刘剑身上的学警警服一眼,继续道:"你们是来问那郭连环的事吧?"

刘剑忙说:"就是。"

"家父有给我说起这人。不过呢,对这郭连环的诊断报告最终结果,还没这么快出来。这人吧,大问题没有,就是……"胡小文又顿了顿,"你们应该不知道XYY吧?"

刘剑是一个考警校时文化课都没过的家伙,贺清明又是一个九年制义务教育的漏网之鱼,听到"XYY"这个词,自然是干瞪眼。胡小文在他俩的表情上，收获到了些自信，继续道："也就是超雄综合征。"

见刘剑和贺清明依旧一脸蒙，胡小文便开始讲解了："我们人类啊，有23对染色体，其中一对就是性染色体。XX是女性，XY是男性。这XYY吧……"

刘剑打断了他："说人话，可以吗？"

胡小文一愣，接着瘪了瘪嘴："这郭连环有超雄综合征，具体体现为身材非常高大，脾气暴躁，易怒易激动，容易有攻击性行为，且智力水平比我们正常人略低一点点。"

刘剑和贺清明对视一眼，点头，说："像这么回事。"

贺清明便问："那这种人岂不是很危险？"

胡小文说："也还好吧，就是脾气暴而已。"

刘剑站旁边点头，说："看得出来，兴许就是智力低造成的。"

贺清明也点头。

胡小文还要再说话，被刘剑打断了。他留了自己学校的电话，然后扯着贺清明要走。胡小文反倒露出一个依依不舍的表情，毕竟如他自己所说，出来上班两三天了，没病人上来过。

三人就此别过。至于胡小文在之后的年月里与刘剑始终要好的事，皆是后话，在这20世纪90年代的这个夏天的下午，胡小文也还只是刚从医科院毕业不久的实习医生，刘剑也还只是没走出警校的学警而已。

刘剑急急忙忙扯着贺清明出来，还是惦记着上澡堂搓澡的事。两人就去了油田里的新民澡堂,泡了一下午,搓得红光满面出来。刘剑要去接白禾了,他答应了白禾吃烩面的。贺清明犹豫了一下,说:"我还是不去了。"然后掏出二十块钱给刘剑,说:"算我请你俩吃吧!"

刘剑打他手,说:"你一社会青年,还看不起我们警校穷学生?"

贺清明笑,把钱往地上一扔,转身就跑了。

这一天,就是1995年8月26号,第二起斩首者杀人案件的案发日。

8月26日晚11点20分,屠宰车间家属院对面的露天面馆并没有客人,面馆老板穿着拖鞋坐那抽烟。突然间,从黑暗中飞过来一个圆圆的球状物,不偏不倚掉进了那一锅摆在路边用来下面条的开水里。面馆老板给吓了一跳,就要朝着扔东西过来的方向破口大骂,可那一扭头瞬间,他脸色变了。紧接着,他朝着马路另一头出现的几个人影喊道:"是护厂队的人吗?是油田护厂队的人吗?"

马路另一头的人也应了:"是,有事吗?"

面馆老板说:"死人了,这里死人了。"

护厂队的小伙急急忙忙跑了过来,他们朝着面如死灰的面馆老板指着的方向望去。只见,那一大锅翻滚着的开水里有一个圆圆的人头,在跟着沸腾的开水不断翻滚。隐约中,眼鼻嘴都已经被烫成了白色,又被黑色的长长发丝缠绕着。

"8·26"命案,死者是油田人民小学教师贾芳。她的头颅,被凶手扔到了屠宰车间家属院对面的面摊上。而赤裸着的躯干，则在学校宿舍楼的房间里，静静地趴着。这起命案与一年前白璐案一起，被油田人认为是斩首者再次出现的佐证。

这个晚上，还发生了几件事。

在知晓了这起可怖的命案后，刘剑与贺清明第一时间通了电话，都吓了一大跳。因为那天白天，白禾随口说了句要郭连环杀了她的班主任贾芳。郭连环这家伙，给人的感觉，本来就是一个随时可以跑去杀人的角色。放下电话时，是十二点半，刘剑便急急忙忙去所里找他爸，要汇报白天的事。可没想到的是，走进派出所，就看见郭连环被铐在走廊的长椅上。

刘剑是在派出所里长大的，知道被铐在这位置的，都不是多大个事。喝醉了耍酒疯的、和人吵架撒泼收不住的，以及偷看人洗澡之流。反正，只要是派出所里的干部不屑处理的那号，都是在这铐一会，等他们冷静了后，训几句放走。

郭连环也看到了刘剑，低着头不吱声。刘剑就去问旁边的辅警老张，老张便说了，这郭连环吧，带着肥皂毛巾去油田澡堂搓澡。可现在的澡堂，都不兴自己带肥皂进去，要多花两毛五分钱领一包既可以洗头又可以抹身子的沐浴液。郭连环就不乐意了，搁澡堂里耍横，闹，还说要打死人家。这开澡堂的人自然不认识你这个一二十年前的大人物铁牛啊，就冲出来几个搓澡工，要打架。多亏旁边的人报了警。派出所的人过去的时候，这郭连环已经被五六个光着膀子的搓澡师傅按在地上，红着脸在吼叫。要知道搓澡师傅可是卖体力活的，手上的力道都是实实在在的，五六个人制服你一个大块头自然是不费劲的。然后呢，派出所的同志就把郭连环给领回来了，紧接着就出了屠宰车间那边杀人的事，大伙忙上了，自然没人搭理郭连环。

见郭连环没有杀人的时间，刘剑居然松了口气。然后又去打听那边杀人的事，可市局刑警队的人还没过来，派出所这边的职责只是封锁现场。所以，刘剑也没问出啥。转了一圈，就去给贺清明回了个电话，让他放心，不是郭连环犯了浑。

而这晚上还发生了的，就是贺清明这边的好兄弟大圣的事了。

刘剑给贺清明回电话，说："你放心，不是郭连环杀了人。郭连环因为深夜大闹澡堂子，这会在我们所里铐着呢！"

贺清明放了心，准备睡觉。可刚回房间，那电话又响了。他妈妈贺彩云在隔壁开始骂，说大半夜的电话响个不停，还让不让人睡觉。贺清明没搭理她，接电话，打电话来的是南霸天。

南霸天大半夜两点打电话过来，说有重要的事情，要贺清明叫上大圣，现在马上赶到市招待所来。

上午南霸天给贺清明说过的那个广东来的老板，正是住在市招待所。贺清明想，或许就是天哥说的那开什么KTV的事。他穿好衣裤出门，直接去街对面找大圣。大圣家也是摆桌球台的，且他家有个年纪大到不要睡觉的爷爷，所以，他家的桌球台都是开通宵。贺清明过去正要问话，却发现大圣的爸爸妈妈居然都在屋子外站着，且都紧皱眉头。

见到贺清明，大圣的妈妈就说："你今天没和大圣一起出去吗？"

贺清明说："没有。"接着，他又问："怎么了？"

大圣的妈妈眼睛就红了，说公安局打了电话通知他们，大圣因为盗窃被抓了。他骑着一台三轮车，车上载满了从南陆油田的马路上偷来的井盖，在出油田时，被油田的护厂队发现并抓获。据说他还有一个同伙，那家伙跑得快，消失在黑暗中。而被抓的大圣，跳过了油田派出所，被直接送到了市局。一个偷井盖的，搁在平时就教育批评一下，严重的也就来个治安管理处罚。大圣为什么被送了市局呢？这是因为当时重拳整治油田盗窃，针对挖国企墙脚行为的专案组已经成立，设在市局刑警队。这井盖虽然不是油田的财产，可案发地在油田，便也给送到了市局的这个专案组里来充数。

贺清明心里咯噔一下，因为那天中午，大圣是去找刘猛了，还说，刘猛要领着自己弄点零花钱花花。这样看来，这刚从劳改队出来的刘猛没闲着，直接领着大圣跑油田里撬井盖去了。

这事，贺清明不会吱声。他皱眉想了一会，对大圣父母说："那你们现在赶紧赶到市局去，有什么要帮忙的，你们随时跟我说。"

大圣那不用睡觉的爷爷说："你能帮啥忙？跟着一起被抓进去吗？"

贺清明便没说话了，一个人去了市招待所找南霸天。敲开南霸天说的那间房门，见南霸天和一个肥头大耳的老男人光着膀子坐在里面。茶几上摆着白酒和花生米、卤菜什么的，两人正举着酒杯对酌。贺清明鼻子灵，闻着这酒香菜香外，似乎还有着一股子便宜香水的味道，估摸着屋里这两个老男人，之前应该还干了些老男人爱干的坏事。

见贺清明进来，南霸天便给另外那个胖子介绍："这是我最得力的徒弟，小混蛋。"

贺清明便冲胖子点头："哥。"

胖子便是赖总，之后帮过贺清明很多忙的广东来的老板。

于是，那年年尾开业的青龙城KTV，看场子的领头人本应该是贺清明和大圣。因为大圣盗窃，被劳教一年。所以，这青龙城里管事的，就只有贺清明一个人。他拿着南霸天给他按月发的看场子费用，又招呼了几个平日里本也要好的社会青年，在这青龙城里当内保。这几个人，也就是之后这个以贺清明为核心的庞大黑恶团伙的骨干成员。

后来，又因为这帮年岁都不大的兄弟老是惹事。南霸天就把贺清明给训斥了一通，还说实在不行，我换个人来看这青龙城。要知道，在90年代初，贺清明领个小团伙在这南陆市里最热闹也最高档的KTV里看场子，可是一个真正又有面子又有票子的好事啊。贺清明自然不会轻易放手，于是，他就想到了郭连环——那油田里一度响当当的油田铁牛。

郭连环那时正愁没事干，再说吧，贺清明和铁牛正儿八经掰扯起来，还算是亲戚。加上贺清明对郭连环又很是客套，人前叫哥，人后又喊叔。这做叔的，便跟着贺清明来了青龙城，管理那一帮小伙。

这郭连环呢，二十出头就去了监狱，在监狱里待了一二十年。监狱里虽然是一个谁拳头大就认谁的地方,但你拳头大,也不可能真的天天打架,否则要被管教干部收拾。所以呢,这郭连环对付各种刺头,有着自己摸索出的一套刺头管理刺头的门道。贺清明把郭连环叫到青龙城,算是给他这一套管理人的本事,提供了一个专业对口的舞台。再加上郭连环在老一帮社会人心目中还算响当当的人物,块头又摆在那,顶个油亮的大秃瓢,杀气腾腾的模样。于是啊,青龙城的一方安定,被他们维护得足够妥当。

至于那发生在1995年8月26号晚上的命案,却始终没有告破。也是因为这砍下了油田小学语文老师贾芳人头,并抛到了屠宰车间家属院外的凶手一直没有被抓获,所以在油田人闲聊的素材里,这个砍人脑袋的凶手,就作为一个神秘的个体,开始存在。久而久之,这个或许就潜伏在油田人周围的杀人犯的故事,就成了油田这块独立区域的文化中的一部分。小孩子半夜吵闹、大姑娘深夜出门玩耍,甚至是上夜班的人走夜路,周遭人都会拿出这件事来吓唬人,就是因为这个看似消失、却又仿佛始终在油田人身边的恶魔。

油田人管这个恶魔叫作:斩首者。

顾文：说好的重新做人

1.早熟的男孩

以前，顾文觉得自己是个早熟的男孩。

他爸爸叫顾长江，就是后来灭了白近广一家三口的那位。当时，他是在油田运输公司开大车的，经常要跑长途，一走就是十天半个月。他妈妈叫蒋翠兰，炼油车间的。炼油厂活多，机器不多。所幸人多，所以排三班倒。蒋翠兰一个月有十天上白班，十天上晚班，还有十天要上通宵班。因此，家里经常只有顾文一个人。

顾文上小学时，得过一次"三好学生"奖状。有这殊荣，自然要德智体美劳全面发展。所以，顾文七岁就学会了煮饭。

那时候还没电饭锅，煮米饭的程序还挺复杂，先要淘米。淘米有讲究，双手要伸进去把米抓起来，然后在两个手掌中间搓一会。南陆人管这叫碾米，说如果有米虫，这样碾啊搓啊一会，米虫就被压碎成了沫沫，就算吃到了，也察觉不到。

淘好米，放水。具体放多少水，也有个标准。所以啊，那时候的人就把手放进去，当刻度尺比画。蒋翠兰教顾文的方法，是直接把手插进去，指尖挨着米，水到中指的第一个关节的那条线上。顾文学会了，也一度以为全国人民煮饭，放水都是用的这同一个标准。很多年后，他逃到南方，发现南方的人煮饭放水，不是这样比画的——他们是把整个手掌平放进去，掌心贴着米，水漫过手背。

那一会，顾文开始明白，从一个孩子到一个成人，你得知晓很多事并不是简单到只有一个衡量标准。你也不能因为一个标准是对的，就去否定其他标准的正确性。

所以，后来，顾文也渐渐想明白了，处理与他人的矛盾，不只有杀死对方这一个方法，还有其他办法。

1997年的春节比较晚，要到2月份中旬。不过呢，这对顾文反倒是好事。监狱在释放刑满人员时，会因为过年，而适当宽容一点。顾文减刑后，按照日子算，应该是要二月底才出狱的。司法局年前发了个文件，叫《关于酌情考虑让表现好的临近释放人员提前回家过年的几点建议》。石山监狱就开始整理名单，顾文的名字就给加了进去。

顾文是1号知道的，释放日期是3号。管教干部老马头就问他："要不要给你家里人打个电话，通知他们来接你啊？"

顾文对老马头笑，说："不用了。"

老马头说："我家如果出了你这么个年纪轻轻的劳改犯，也不会来接，让你自生自灭去。"他这是玩笑话，边说边笑,末了还补了一句:"我给你去查查你家人的电话,你自己不好意思跟他们说,我去说就是了。"

顾文说:"真不用麻烦您了。我家……我家已经……我家已经死绝了。"

老马头一愣,没再说话。

在顾文认为,整个世界,已经没有和他存在关联的人了。但,这并不代表他的这个世界以外,就不会有人记挂着他。实际上,距离他出狱时间的日益临近,外面有两个和他年岁相仿的年轻人,早就开始积极谋划一些事情了。

贺清明的建议是,要把顾文撵出南陆市。具体方法是揍他,满南陆市地寻他、再揍他。只要发现他出现,贺清明的那一大帮子好兄弟及响应了他小混蛋号召的社会人,就都会启动暴力手段,让顾文鼻青脸肿。而且,要让顾文清晰地明白一点,那就是:只要你在南陆市出现,就会挨揍。这样,他一个在南陆本就没有了亲人朋友的家伙,人生唯一的选择,就是背井离乡。

刘剑自然是不会同意贺清明的这扯淡建议的。已经回到南陆市,准备到市局刑警队实习的他,抬手就给了贺清明后脑勺一个巴掌。当然,这个巴掌打得不重,作用不是要打疼对方,而是起到教育作用。

要是换作别人,贺清明会恼,只有刘剑有这特权。

拍了贺清明一巴掌后,刘剑还要说:"看你这点手段,都是你们小流氓的那一套。你啊,迟早要落到我手里,给处理掉。我说小混蛋,你就不能想点好的办法吗?"

贺清明反驳:"那你说说,有啥好办法呢?"

刘剑就把拍了贺清明的后脑勺的那只手收回来，挠自己后脑勺，想了想，说："我们打击犯罪分子，关他们，不是为了惩罚他们，而是要改造与教育他们，让他们之后能够融入社会，重新做人，这才是我们执法人员想要看到的。"

贺清明笑："我又不是执法人员，你想看到的，关我什么事呢？"

刘剑又说："对了，你那好兄弟大圣，解除劳教后，被你收到了你们那娱乐场所里上班，不是就上得挺好的吗？这，就值得表扬和发扬。"

贺清明说："刘警官，您的意思不会是要我把这顾文也收到我们青龙城里上班吧？"

刘剑先是一愣，想了想，说："也不是不行啊，反正你那破地方藏污纳垢，也不差他一个顾文。"

贺清明说："我那怎么就藏污纳垢了？都是一些正经人家的好孩子，护佑着青龙城里一方平安。如果没有我们，那里面一天要干十仗，你们这些小警察会忙死。"

刘剑皱着眉在那继续合计："还别说，让顾文去了你那，也可以安排他住到你给那群社会青年租的那院子里。白天他在场子里，有你小子管着。晚上回到你们那碉堡里，铁牛给看着，里里外外都是我们自己人，全天候在咱的监控之中，就不怕他耍啥幺蛾子。"

贺清明寻思了一会，说："这么一想，确实也还可以。每个月我给他工资照发，再让小玲姐给他在场子里瞄个姑娘处上，过些日子，他也就真正融入了社会，不用咱操心了。"

刘剑插嘴："你觉得，这小子会不会真听他爹的话，要对白禾动手啊？"

贺清明说："我咋知道呢？我只是个混社会的，真要研究人，你去找胡小文，胡小文才懂研究人。"

刘剑说："到时候倒是真可以领着顾文和胡小文见一面，让胡小文给他把把脉。"

这胡小文和田大志是高中同学，田大志和刘剑是好兄弟，所以现在，胡小文和刘剑也走得挺近。当然，这都与当下我们要说的事儿，没太大干系。而我们的故事的第三块幕布，在1997年的2月3号，缓缓拉开。这一天，顾文刑满释放，离开监狱。而也是这一天，混南陆市城北的大剑和小剑，领着他那一帮兄弟们讨论后决定，要在市里面真正混出名声，先要拿下这市里最高档的娱乐场所——青龙城。

"打跑小混蛋，干翻南霸天。"是他们那天制定出来的口号。

接顾文的前一天，南霸天的岳母娘去云冈石窟旅游，爬到大石头上拍照没站稳摔了下来。南霸天媳妇大哭一场，非得要南霸天跟着她过去一趟。南霸天被吵得烦了，便答应了过去。他小舅子也有车，不用开上他那台桑塔纳。天哥就把车停在了青龙城，车钥匙给了贺清明。贺清明那些日子刚学会开车，手痒。于是，去石山劳改农场接顾文，就出动了专车载着刘剑，规格还挺高。

两人起了个大早，开着桑塔纳往石山去。一路上两人胡乱说话，都是关于对顾文这个人如何安排的话题。聊到最后,贺清明突然哈哈大笑。刘剑就问他:"笑啥?"

贺清明说:"弄不好接到人后,是个尿蛋。你我都白操心了。"

刘剑说:"应该不会,我们油田护厂队有个兄弟,和这顾文初中时候是同学,附中38班的。他说这家伙有点愣,就是眼神容易发直,做事容易走极端那种。"

贺清明说:"那看来确实要盯紧点。"接着他就皱眉了,问刘剑:"你刚才说顾文是在哪里上学来着?"

刘剑说:"油田附中啊。"

贺清明:"多少班?38班?"

刘剑说:"没错啊,就因为他班级编号,所以他的小名叫顾三八。"

贺清明将车停到了路边,扭头过来:"刘剑,白璐就是油田附中38班的。也就是说,白璐和顾文是同学,他俩认识。"

刘剑也一愣,半晌,他挤出一句:"也……也没啥吧,油田不大,认识……认识也都正常。"

顾文并不知道监狱外面的世界里,有两个人如此在意着他。前一晚,他在监房里收拾自己那些破烂,能带走的都被他塞进了布包里。同监房的狱霸孙小军就在那骂,说:"你小子就这点出息,都要回去了,重新做人了,还舍不得这晦气地方的晦气东西?"

顾文抬头,冲孙小军讪笑:"出去了,也都要用。"

孙小军说:"出去了,要你家人给你买新的就是了啊。"

顾文低头，不接话了。可偏偏孙小军这人较真，从床上跳下来，踹顾文："老子和你说话呢，你哑巴了？"

顾文说："军哥，我……我没有家人了。"

孙小军愣了一下，扭头，嘴里嘀咕了一句："也不早说，我咋知道呢？"

这一宿，顾文没睡。明天，走出石山监狱，然后，去哪呢？回油田吗？或者离开？他想过远走他乡，去一个没有人认识他的地方。可他那过往的二十年人生里，到过的最远的地方，就是这石山劳改农场。他爸顾长江是跑长途的，跑多了外地，倦。闲下来，就不想到处跑，只想待在家里，所以从来没领着顾文和他妈妈出过远门。于是呢，顾文认知的世界，就只是那方由油田里的事物所构建的世界。到后来，他妈妈死了，他爸爸进监狱的那几年，他也只是在油田里面待着，像是油田里的一条野狗，在一个固定的地方流浪。

那时候，他就想了，等自己大了点，成年了，就要去更远的地方流浪，不会局限于油田这屁大点地。可没想到的是，等他大了点，成年了，顾长江就回来了。而噩梦，也拉开了帷幕，到最后，白璐没了，他爸顾长江也没了。剩下他，也被收纳到了高墙以内，连自由都没了，还流哪门子浪呢？

每个人的人生，都有一条分界线。分界线这一头，是尚未入世的少年人，心智未开，格局尚无。然后到这么一天，也没有准备，自然也没有提前策划。你懵懵懂懂地抬脚、跨步，就过了这条线。然后，便是入世，荣辱也好，峥嵘也罢，少年不再。

这条线，对顾文来说，模棱两可，他也不知道自己究竟跨过了没有。少年与入世，模糊不清，没有概念。

就这样胡乱思想，浑浑噩噩一宿。到凌晨，便干脆不睡了，起来，双手抱膝，发呆。然后熬到吃早饭，还是啃窝窝头。之前也遇到过人要出去了，啃这最后一顿窝窝头时，都是在骂娘，说总算可以不用吃这些压根不是人吃的东西了。顾文当时听着，也会想，等自己要走那天，也要这样骂娘，像个真正的爷们一样。可未曾想到的是，这嚼蜡一般的玉米面疙瘩，在今天吃起来，居然特别香，还能嚼出甜味来。顾文就慌了，因为他突然意识到，吃完这一顿，自己就会离开农场了。一旦离开，他的下一顿吃食，会在哪里？又会是什么呢？对于一个没有家的人来说，一切都是未知。

所以说，顾文其实算是一个多愁善感的人。但凡这种阴郁的人，之后的人生都会有两种最终的模型：一种是把负能量憋着，窝囊过一辈子；另一种，是终于被阴郁左右，被心魔控制。

办完全部手续，是十点十五分，石山劳改农场外面的世界，下着稀稀拉拉的小雨。

顾文跟随着长长的队伍，走出劳改农场的那扇侧门。前方，是候着的人群，有老有少，有男有女，还有小孩子。他们大声喊着今天被释放了的家人的名字，被喊到名字的人也大声应着，加快步子往前，然后与爱着他们的人拥抱到一起。没被人喊到名字的人，也会伸长脖子，希望在那人群中看到来接自己的亲友。没寻到，难免嘀咕骂娘，瘪嘴失落。

唯独顾文，压根就没有抬头。他一只手提着个那鼓鼓囊囊的破布包袱，另一只手拿着一个铁桶和一个搪瓷脸盆。他背上背着一捆棉絮，是几个月前另一个狱友释放时留给他的，还挺厚实，是顾文全部家当里最贵重的宝贝。于是，他举起脸盆，尽量遮在背上的棉絮上，害怕它被雨水淋坏。可这雨，好像故意和他作对，冒冒失失地大了。

顾文加快步子，往前跑。一两百米后，就有可以躲雨的雨棚，那些来这石山接人的三轮车也都在那停着。也是因为跑得快了的缘故，手里的破布包袱没抓稳，掉到了地上，里面的旧衣物、杯子、牙刷这些破破烂烂的东西，撒了一地……

他停步了……

在雨中停步了……

他那举着脸盆的手，还是维持着为背上的棉絮遮雨的姿势。而那不争气没抓稳布袋的手，却已经往后，想要去挽救地上的宝贝。

所有监狱里都有一个传说——在你离开监狱的那天，不能回头，也不能转身。因为一旦回头，一旦转身，以后就终究会再次回到那个鬼地方。这，也是为什么管教干部在释放犯人时，都会吆喝上一句"别回头，赶紧走！"的话语。

于是，此刻的顾文，在雨中，站着，没动。他不知所措。往前还是转身，对于此刻的他来说，变成了一个关乎未来人生会不会再次坐牢的问题。最终，他选择缓缓扬起脸，看那天空。天空中密布着雨云，所见的世界，便都在苍茫之下。于是，雨水得以全数淋到了他的脸上，接着，雨水在双眼里积攒，漫过眼眶，顺着脸颊往下流淌。流啊流啊，路过了他的嘴角。顾文抿了抿，这雨水，为什么是咸味的呢？

他张大嘴，深吸了一口气。吸入口腔的，除了冷冷的空气，就是冷冷的雨水。他转身了，弯腰，去捡地上那些被泥泞裹挟了的衣物和日用品。而他的心，在持续往下坠落。周遭人望向他的眼光，犹如刺向他后背的针芒。他甚至能听到来自那些人的窃窃私语："这孩子转身了，扭头了。这孩子疯了，这孩子迟早还会回到这破地方的。"

回就回吧！顾文低着头，继续捡着地上散落的衣物和日用品。

我不在乎……他这般想着。

这时，两双皮鞋出现在他那低着的头的视线中。接着，其中的一个男人弯腰了，帮他捡起了一个沾上了泥泞的塑料水杯，并朝他递了过来。

顾文抬头。

将水杯递给自己的人穿着警服，头歪着，好像有点眼熟。而他身旁站着的男人，穿着一套与这寒冷天气很不搭的黑色西服，还系了领带，正是贺清明。那么，这穿着警服的男人，应该就是之前和贺清明一起将自己逮住的刘剑。

顾文有点慌，连忙接过水杯，又快速捡起其他东西，然后冲二人挤出笑来："谢谢，谢谢了。"他将杂物环抱，快速转身，往前面那雨棚跑去。因为，他实在厌恶自己在两个同龄人面前这狼狈到了极致的模样。可没想到的是，才冲出几步，胳膊就被人给一把抓住了。紧接着，手里的铁桶及脸盆，也被人接了过去。

"慌啥啊？又不是跑来找你算账。"说话的是贺清明。

"我们是来接你的。"刘剑冲顾文笑着，"你混蛋哥还亲自开了车呢。"说完，就扭着顾文的胳膊，往旁边停着的一台黑色小汽车走去。

"你们……"顾文不知所措。可也就是在这一抬头瞬间，他看到那群和自己一起释放的人，此刻居然也都在看着自己，且还是用着羡慕的眼光。因为与他相比，这些人都站在三轮车前，与三轮车司机讨价还价，无法体面。而黑色的汽车，正被大雨冲刷得发着微微亮光。

顾文愣了，最终他选择了顺从，由着贺清明接过自己手里的行李，往车尾厢里放，也由着刘剑将后车门打开，弯腰上了车。车里温温的，还有着一股子高级香烟的气味。顾文再去看车窗外的那些人，他们在雨里站着，有人撑着伞，有人淋着雨。

顾文突然之间觉得，自己还是要好好活着，活得和那些人不一样。就算以后真会再次回到这石山劳改农场来，也一定会是一个出人头地后的模样。

贺清明和刘剑也都上了车，贺清明发动汽车，猛踩了一脚油门。汽车朝前快速驶去，然后……

出石山监狱的那条破路正在修路，为了避开面前的一堆黄泥，贺清明猛打了一把方向盘。只听见哗啦一声，桑塔纳冲出了马路，头朝下栽进了旁边的农田里。

也是因为冬天，农田里并没有农作物，又下了雨，土松软，人和车都没啥事。再接着，就是刘剑的哈哈大笑声。大笑声后，是贺清明的叫骂："笑个屁啊，下去找人抬车。"说完这话，他自己也笑了。

坐在后排的顾文不知所措，见贺清明笑，见刘剑笑，且还都笑着扭过头来看自己。

半晌，顾文也笑了，哈哈大笑。

接下来一个多小时，三个人在雨里奔跑忙碌。贺清明从后备箱拿出了几包烟，三个人拿着烟，去递给身后那群人，还都挤出笑，唤人家来帮忙。可一帮刑满释放人员和来接他们的家人，也并不一定都是能干体力活的劳动力。最后，刘剑只能朝石山劳改农场跑。尽管他身上穿着警服，但肩膀上就一个扣，是新人，按理说也吆喝不到人帮忙。所幸他嘴巴还算甜，一通说道，农场里就喊了十几个没当班的武警小伙出来。到这时，雨也停了，跳到田埂里围着汽车的人，有三四十个。其中有武警，有狱警，还有今天刚走出监狱的释放人员，以及这些释放人员的亲友家属们。大家喊着口号，硬生生把这铁疙瘩给抬了起来，再推到了马路上。

这热火朝天的场面，把农场的腾政委也给吸引了过来。腾政委叫宣传干事拿来照相机，给大伙拍了照。第二天的《石山监狱报》头条就是这张照片，标题是"石山监狱释放人员融入社会，热心帮助群众"。那照片里，是一干人等站在南霸天的这台桑塔纳跟前，咧着嘴乐，热火朝天的模样。其中最前排站着的三人就是刘剑、贺清明，以及顾文。

忙活完，三人给大伙又递了一圈烟，一一道谢。这么一番折腾，三人似乎也没之前那般生疏了。到再上车，贺清明就扔了一包烟给顾文，说："妈的，一整条烟，就剩下这一包，你留着抽。"

顾文接了，心里居然有着一丝温暖。只不过又隐隐感觉，这温暖有点奇怪。他将烟盒开了，递了两根给前排的贺清明、刘剑。贺清明再次踩油门，这次没有出幺蛾子，汽车顺利往前驶去。刘剑掏出火柴，给大伙把烟点上。因为天气冷的缘故，窗没开。三根烟一起燃了后，整个车厢里就像是一个香火很旺的庙宇一般。打从外面往里看，车窗里被一团浓烟裹挟着。浓烟里，是刘剑、贺清明和顾文这三个二十岁左右的小伙。只不过，别看三人此刻聚拢在一起，但三人的未来，注定是大相径庭。

路上，刘剑便开始跟顾文说，让他不用回油田，直接跟着贺清明走，到他给内保队伍租的院子里去住下。然后呢，贺清明就开始介绍自己这个内保队是干吗的。他是这样说的："这个……哈，顾文啊，每个地方，都需要有秩序，对吧？这娱乐场所里，自然是更需要秩序，否则人喝大了各种闹事，大家还怎么娱乐呢？所以啊，就需要我们这群内保人员。"

顾文怯生生地问："那是不是就是做保安啊？"

贺清明听了不乐意了，说："谁让你做保安了，是内保。"

刘剑插话道："就是不用穿保安制服的保安。"

贺清明恼了，说："我不是说了不是保安吗？"

刘剑说："对，不是保安，保安要穿保安制服，内保不穿。"

贺清明哭笑不得，说："你可以不插话吗？"

刘剑嘬嘴，不说话了。

贺清明继续："住呢，就住在青龙城对面那巷子进去的一个院里，三层楼，我让你铁牛哥给你调了个房间出来。吃饭呢，也有阿姨做饭，只不过那群小兔崽子都不在那吃而已。青龙城每天中午就开始营业，下午生意不太好，咱可去可不去。"

刘剑又插话："你就直接给他说每天上几小时班，给多少钱就是了。"

贺清明嗯了一声："每天晚上七八点钟就晃过去，十一二点基本上就没啥事了。不过呢，青龙城是有晚晚场的，也就是通宵场。所以大半夜如果真有啥事，也还是得过去处理的。工资吧，先给你定两百八吧，过了试用期，就三百二。"

这顾文打小在油田长大，对社会上的种种，始终懵懂。这一会听得自然也还是一知半解。他继续抽着烟，有一搭没一搭地点头，脑海中对贺清明描绘的这一切，形成不了一种具体的概念。贺清明见他没吱声，就以为他都明白了，便说："大致呢，就是这么个情况。"

刘剑补上一句："顾文，你自己也不用操心啥的，有啥，我们都已经给你考虑好了。"

顾文"嗯"了一声，半晌，他小声问道："可……可你们俩，为什么要对我这么照顾？"

贺清明和刘剑来的路上，其实对顾文的各种顾虑都考虑到了，有着若干话术，用以打消顾文的担忧。可他俩压根就没有往这平常人在莫名其妙受到人关照后，第一时间会有的这个质疑上去想。因为在他们看来，顾文对他们的这一系列的安排,选择应允,是天经地义的事。

于是,短暂的沉默后,刘剑说:"我们……嗨,我是警察,你是我逮住送处理的第一个对象,对你重新做人这事负点责,也是应该的。"

这理由说得冠冕堂皇,顾文没出声。

又是短暂的沉默,贺清明也说话了:"顾文,是这样的。我是白禾的亲哥,你是知道的吧?而刘剑呢,白禾现在被他们家收养了,他也是白禾的亲哥。我说话直,也没必要遮着掩着对吧?我们……我们希望你小子这次出狱后,好好地生活着,不要像你爸一样,干些傻事。"

刘剑从副驾驶位置扭过身来:"是,就是这么个意思。"

顾文这才点头:"明白了。我……我想想。"

贺清明闷哼了一声:"顾文,我觉得吧,我们也得让你明白一点——这安排,不是你自己能决定的。你同意,还是不同意,最后也都得按着我们的意思去做,也就是说,我们不希望你出现在我们看不到的世界里,然后在那谋划一些见不得光的事。"

顾文连忙说:"我不会的。"

刘剑笑了,他在尝试打破这逐渐紧张的局面:"得了,也都别吵了。这样吧,顾文,你现在反正也无家可归,就依着咱的安排,先安顿下来。等你过些日子,有什么其他的打算再说。"

顾文没应。贺清明就在后视镜里看他。见他垂着头,贺清明看不清他表情,就越发恼火。他在旁人面前,是个情绪稳定、让人看不出喜怒的人。可和刘剑在一起,就总是蜕变成一个冲动的小孩。同样的，刘剑也是，在旁人面前是个懂事的大人，穿着警服，威风凛凛的模样。可只要和贺清明聚到一起，也变成了个没啥正经的小孩。

就在贺清明想要再次说狠话时，坐在后排的顾文抬头了。他挤出笑，尽管坐在前排的人不一定能看到他这个尝试讨好的笑。他说："两位哥，我……我只是怕麻烦到你们。只要你们乐意，我想，我想一定会在你们说的那青龙城里干好保安……哦，内保这个工作的，放心吧。"

贺清明说："这还差不多。"

刘剑也笑了："得！折腾了一上午，现在都快十二点了。顾文啊，我们是直接开回南陆市里面吃饭，还是路上找个地方先吃点。"

顾文说："直接回南陆吧。"

贺清明点了点头。

而就在他们开着车往南陆的这个中午，南陆市里的社会人们，并没有意识到一场腥风血雨即将来到。

2.攻打青龙城

南陆市是地级市，但市区的面积其实并不小。当时大刀阔斧的城市升级，还没启动，所以市区外围有着很大一块城乡接合部的存在。当时的户口本，有红本本和蓝本本的区别。蓝本本就是城市户口，像贺清明啊、刘剑啊这些人都是城市户口。可几公里以外，就属于农村，农村孩子是红色户口本。这些农村孩子中，也会产生裂变，裂变出一个新的群体，叫郊区小伙。这些郊区小伙，很多都是挨着市中心住。因为当时已经有个概念出来，叫作城乡接合部。所以他们并不认为自己是农村人，而是城乡接合部的人。多年以后，这些城乡接合部也都成了城区的一部分，一般就被称为新开发区。

这南陆市呢，也分几大块。油田作为南陆市最大的国有企业，是个独立的小社会，占据着整个城西。这两年油田里冒出个刺头来，叫付海军，时不时来市里面转转，也算有点名气。

城南是老城区，也是最有现代气息的区域。市政府大院、市百货大楼、人民医院、人民电影院等，都在这个区域。包括后来兴起的桌球一条街——也就是贺清明、大圣他们家的位置，以及青龙城、百花舞厅这些最热闹的娱乐场所，也都在城南。这城南的社会人挺多，名头最响亮的，以前是菜刀队，也就是"十三太保"。"十三太保"太横，所以，从1983年"严打"开始，每一次公检法重拳打击社会问题，"十三太保"里就总有人被揪出来给枪毙了。到90年代，"十三太保"里就只剩下一个南霸天没被枪毙，也就是小混蛋贺清明那所谓的师父。城南的社会人虽然多，但有老字号的南霸天给镇着，勉强维持着一种平衡。

市区以外，就是农村了。这些年，农村人到市里工作生活的人也挺多，自然也有农村的社会人。他们中间比较有名的就是铁匠。当时城南也有一个社会人叫铁匠，他家在市人民医院门口有个水果摊。所以一干社会人区分这两个铁匠，就在前面加个前缀,农村的铁匠叫大铁匠,家里有水果摊的叫水果铁匠。叫水果铁匠的这位,就不乐意自己的这个前缀,觉得加上这么个前缀,像个儿童,没了杀气。他自己给人介绍时,就说自己是小铁匠。所以,在南陆市的江湖里,说铁匠,一般都是指来自农村的那个大铁匠。说水果铁匠,说的就是市人民医院的那个小铁匠。

到这几年,还有一个群体,也逐渐崛起了,那就是之前说的城乡接合部里的郊区小伙。当时已经有各种小道消息说,城北这片郊区,要纳入市区,成为新城区。当然,后来真纳进来时,叫开发区。而这城北啊,就出了两个比较狠的刺头,是两兄弟,叫大剑、小剑。他俩身边聚着的,就是那一帮介乎于城市与乡村之间的郊区小孩。他们的名字虽然都被记载在红色户口本上,但他们自己觉得自己并不属于农村;相反,他们认为他们属于市区。那么,这个市区里就必须有他们的地位。而当时的市中心,就是南霸天待着的城南区。要在城南扬名立万,自然是要挑战南霸天的权威。而南霸天现在最为得意的营生,正是青龙城。帮南霸天打理青龙城的,也正是与大剑、小剑年纪相仿的小混蛋贺清明、大圣等人。

况且,大剑小剑兄弟还打听到了,南霸天本人,这些天不在南陆市。所以现在下手杀入城南,只需要把小混蛋等人打得跪地求饶就够了。因为小混蛋始终只是个刚出道的小伙。那些有名有号的大混混,没有南霸天亲自召唤,决计是不会出来干涉的。

这个中午,城北的二十几个小伙集结好,就出发了。

他们服装统一——当时最流行的工兵服，脚踏黑色的白底布鞋。大冬天的，为了这一整齐而强悍的造型，一干人等还得边走边哆嗦，时不时需要抬手抹一下鼻涕。他们的裤腰带上别着钢管、扁铁、小斧头等武器，用外套罩住。他们的心里，有着熊熊燃烧的火焰。对于未来，他们却迷惘，甚至不知道今天去干赢这一仗后，有什么好处，更没有接下来的盘算。但他们觉得他们必须走出这一步，热血这一场。因为只有这样，才能让他们真正摆脱红色户口本带给他们的卑微，从此赢得真正意义上的尊严。

走在最前面的大剑和小剑却不一样，他们心里还算敞亮。早几个月，他们认识了市房地产开发公司的古经理。古经理是一个挺大方的中年人，第一次见面就甩了两条烟给他们两兄弟。古经理说了，如果大剑和小剑可以在城南混出名头来，那以后，城南新开的娱乐场所，都可以交给他们看场。之所以这么说，是因为古经理有着他的小九九。他是房地产公司的经理，消息来得快。未来几年，这城市的升级改造铁定要开始了。而作为能够第一时间参与到旧城改建，以及新城区开发的体制内的地产人，手里有一群敢打敢杀的社会人，是极其有必要的。至于社会人所看重的名气，不就是出来混得足够早就具备了吗？在古经理手里，还有一个比南霸天更有分量的老混混。而这个老混混，外号猛子，也就是刚出狱一年的刘猛。

大剑和小剑自然是不明白古经理的长远考虑，在他们看来，打下青龙城，干翻小混蛋，就是他们一干城北小伙扬名立万的关键一步。

1997年2月3号,下午一点半。从青龙城对面的快活林饭店里,走出两个穿着工兵服、流里流气的小伙。他们叼着烟,晃晃悠悠到了青龙城门口。那年代逢过年,都喜欢放鞭炮。有一种个头比较大的鞭炮叫"啄木鸟",有火柴那么长一个。年轻小伙喜欢买一包拆开,放兜里,然后叼着烟,摸出一只"啄木鸟"来,用烟头的火星点上,拿在手里,看引线快速往下,再朝着空中猛地一扔,啪的一响,很是带劲。

而这两个穿着工兵服的小伙,就开始从裤兜里摸出了"啄木鸟"。他们打闹着,将点燃的"啄木鸟"朝着对方扔。这么一来二去,看似随意,实际上是故意朝着青龙城去了。最终,其中一个"啄木鸟"就扔到了青龙城大门口站着的迎宾小姑娘头上。"啄木鸟"啪的一声响,小姑娘"哎呀"一声,头上戴着的那红色的假花,居然被炸飞了。这小姑娘被吓得不轻,抱着头就蹲下来了。旁边那提着胶皮棍的俩保安就不乐意了,对着工兵服小伙喊:"你们干吗呢?"

工兵服小伙站住了,歪头看保安:"眼瞎啊?没看见吗?玩炮啊!"

搁其他地方干保安的,遇到这种情况也就到此为止了,毕竟只是打份工而已。可青龙城不一样,广东老板投资的,南霸天天哥罩着的产业。再说了,这里看场子的又是小混蛋贺清明和他那一帮如狼似虎的小兄弟。所以,这两个保安自然不会示弱,晃晃悠悠往前,还从腰上将胶皮棍取了下来,嘴里嘀咕着:"找打是吧?也不看看这是谁的地盘。"

他们倒是没说错,这两个工兵服小伙凑上来,就是为了找打而来的。他俩还是歪着头,迎着保安上去了:"嘿,套了这么一身狗皮,就当自己是个人物了不成。"

那两个保安倒也不含糊,举起胶皮棍,就把这两个小伙给抽了两棍。两个小伙没还手,指着保安喊:"你们等着。"这四个字喊得惊天动地,实际上就是要这满大街的人都听到,他们是挨了青龙城里的人的揍才走的。两个保安就得意了,也不追,在他们身后也喊得惊天动地:"来吧,来多少人,我们青龙城吃下你们多少人。"

结果,来了二十几个人,都是从对面那快活林饭店里钻出来的。

之后派出所的过来了解情况时,青龙城门口摆烟摊的张姐后来就说了:"好家伙,那群人就跟埋伏好了似的,呼啦一下从快活林里冲了出来,手里还都举着武器,一点都不含糊,冲过马路,撂倒了青龙城的保安,围着就是一顿踩。"末了,见惯了大场面的张姐也说了:"这打架啊,把人给打地上了,人都会缩成一团。所以,不管多少人那么用脚踩,其实都踩不出什么伤的。不信,你回家把棉被抱成一团,一通踩着试试。所以啊,我当时就看出这群人不是为了打这两个保安来的,他们啊,就是为了砸青龙城这招牌来的。"

所以说,张姐这样的明白人儿啊,都在世俗蛰伏,洞悉起事来,纯粹通透。这不,张姐当时一下就看出是啥情况了,忙要她那蹲在路边的儿子,去对面巷子里找小混蛋。她儿子忙抬手,把鼻涕一抹,就往马路对面跑,进巷子,到了贺清明租的那院子门口就喊:"小混蛋,你们店里出大事了。"

小混蛋这会不在，其他人在。铁牛郭连环从楼上探出头，问："出什么大事了？又有人买你妈的烟不给钱吗？"这烟摊的张姐离婚多年，也还算徐娘半老那种。什么锅配什么盆，所以中年老男人铁牛，对她有些关照，此刻便以为是她那烟摊有事。

"打起来了，你们还在这玩啊。"张姐儿子说，"都打到你们青龙城门口了，打的是你们青龙城的人。"他这说事的水平不如他妈妈，所以没让铁牛他们当回事。于是，为了让人感觉他说的大事是真正的大事，他就继续道："有人放炮炸了门口穿旗袍的姐姐，还有两个保安，这会应该要被打死了。"

他说的"炸了的"，就是被鞭炮炸掉了头花的迎宾。要被"打死的"，是缩在地上挨人踩的那俩。

铁牛说："不会吧，还真有不怕死的，来我们青龙城闹事。"说完就往楼下跑，嘴里吼着："小王八蛋们，都赶紧给我出来，店里出事了。"

当时一点多钟，这一帮看场的小伙，才过来两三个。因为贺清明组织的这七八个人，本也都是住在市区，没住在这院里。所以，与其说这院是宿舍，不如说是一个据点——给哥几个休息的地方。这一会到了的两位吧，此刻也正坐在二楼阳台上，架着桌子等人来了打扑克。听了楼下喊话，也都穿上外套站了起来，大步跟着铁牛往下跑。到了一楼，铁牛就问张姐那儿子："对方来了多少人？"

那儿子说："黑压压一片，应该有三四十……怕是有七八十，一两百吧！"

　　铁牛身后两人是孔六、王百胜，也都是高个大块头，和铁牛差不多。三人听了一愣，王百胜就说了："·两百人不去抢银行，跑来我们这打架。"

　　孔六说："会不会是什么单位聚餐走错地方了？"

　　铁牛皱着眉，一咬牙，说："管他呢，操家伙。"

　　说完三人就往院里那杂物间去，拿出三包条状的用棉布包裹着的玩意，随后打开院门。铁牛对张姐儿子说："一楼电话机旁边有通讯录，上面有你混蛋哥和其他哥的寻呼机号，你去给他们一个个呼过去，留言说出事了速回。"

　　那年代手机还没普及起来，也还不叫手机，叫大哥大。青龙城里就三人有，南霸天一个，那广东的老板赖总有一个，管小姐的英子姐有一个。其他人都只有BB机，学名叫寻呼机。这寻呼机，又分数字寻呼机和中文寻呼机。数字的，你呼过去，就显示个号码，对方看到了，回电话。中文机就高级很多，可以给传呼台的人留一句话。所以，中文机也贵了不少，一个够买两三个数字机，且还要按月交服务费。所以那年代混得好的，才有中文机。大家也喜欢叫这中文机为汉显。有汉显的，会故意把这汉显的屏幕挂在皮带的正前方，挨着皮带扣挂着，是身份的一种象征。

　　而有资格在这青龙城里看场的小伙，自然算是城南混得最好的一批，自然也都有挂在皮带前方的汉显。

　　说话间，铁牛和孔六、王百胜就都出了巷子。一看，对面青龙城门口，黑压压站一堆人。之前小孩说有七八十号人，把铁牛他们给吓了一大跳，到现场一看就二三十号人，反而还舒了一口气。但就这一眼,也让他们放缓了步子。因为对面那群人,手里都操着家伙,明显是有备而来的。为首的两个矮壮小伙,正揪着那两个保安往前,按到了青龙城大门口跪着。或许是青龙城门口那硕大的青龙雕像起到了作用,这群工兵服小伙没选择直接冲进去,反倒是在门口开始喊话。为首的就喊了:"你们青龙城的人给我听着,我们城北的人过来耍,居然被你们的人打了,这是当我们……当我们……"

他旁边那个看起来年纪小点的就接话:"当我们不够格。"说这话的是小剑。

不用问,率先喊话却没多少词汇量储备的,就是大剑。他继续道:"是……是当我们不够格吗?叫你们南霸天出来,我们来……来……来掰扯一下今天这事。"

小剑探头,在大剑耳边小声嘀咕了几句。大剑改口:"不用南霸天天哥出来了,就要小混蛋给我们滚出来。"

小混蛋并没有滚出来,铁牛倒是出来了。只听"轰"的一声巨响,在场的所有人都吓了一大跳。大伙一起扭头,朝着声音传来的方向望去,只见马路对面,三个大块头正朝这边走过来。为首的是个皮肤黝黑的光头汉子,手里举着一把黑油油的自制猎枪,猎枪枪口朝上,枪管往外冒着烟。

旁边就有人给大剑小剑说:"这是油田铁牛,跟小混蛋一起的。"

大剑小剑对视了一眼,一咬牙,便迎了上去。他俩能在城北小伙中立棍,自然也都是有胆识不怕事的。旁边那些吧,也不是说他们胆小,但很多没见过这种对上就直接开枪的架势，不由自主地往后退了一两步，看为首的那哥俩怎么处理。

大剑歪着头，直接走到了铁牛跟前："你就是铁牛哥吧？"

铁牛端起猎枪，撑到了大剑额头上："不是，我是铁牛爷爷。"

大剑说："铁牛爷爷，你不要真开枪啊，打死了我，你会被……被……"他旁边的小剑接话："会被法律严惩的。"

大剑便说："是啊，会被法律严惩的。"边说，边把头往前顶。

铁牛说："你既然知道我是铁牛爷爷，那应该也知道我手里死过人，不怕多你一个。"

大剑歪嘴笑："你真不怕被枪毙啊？"

铁牛说："你可以试试。"

大剑就挥手了："兄弟们，家伙都拿出来，我数到三，这铁牛爷爷还不把枪扔地上的话，就给我把他剁成肉酱。"

说完，他把头往前又伸了伸："来！开枪啊！"

"一！"他低吼道。

铁牛也咧嘴笑了，单手拿着枪，另一只手掏出一把铁砂，往枪膛里塞："嘿，爷爷成全你。"

就在这时，从旁边传来人喊话的声音："铁牛哥，等一下。"众人扭头，来的是大圣，气喘吁吁的，应该是收到信息后，一溜小跑过来的。他径直到了铁牛和大剑中间："都是熟人，南陆市又不大，低头不见抬头见。"一边说，一边抬手，抓住铁牛手里那把猎枪的枪管往上一推，那铁砂没进去，撒了一地。

大圣笑道："这是城北的大剑和小剑，我都认识，有什么事，大伙说清楚就可以了。"

铁牛虽然够狠，但也没有狠到和人干架就真要你死我活的程度。只不过呢，这种社会上打架的场面，很多时候就是看谁先唬住谁而已。大圣呢，虽然被劳教了一年，刚出来不久，但青龙城的人都知道，他是小混蛋的发小，也是南霸天看重的人。所以，他说出的话，也有点分量。再说了，对于铁牛来说，这自然是一个台阶，不至于真开枪伤人。话也说回来，如果大圣没有冒出来，铁牛架着下不来，也得真开枪。不过呢，不可能打大剑的脑袋，应该会打肩膀或者腿。

所以，当枪管被大圣举起的时候，铁牛是略微松了口气的。包括他身后的王百胜和孔六也松了口气。但是，也不知道是看花眼了还是怎样，铁牛瞥见大圣将自己手里的枪举高的瞬间，脸却不是朝着自己的，而是望向大剑身旁的小剑。并且，他好像还有着一个点头的动作。

小剑吼了句："老家伙找死。"他那之前放在后腰的手挥了出来，一把开了刃的斧头劈向铁牛。在铁牛身后的孔六反应快，也抬手了，将手里棉布包着的大砍刀迎上上去。斧头和砍刀接触，发出清脆的响声。响声后，是大剑说："干死他们仨。"

他们带来的城北小伙们躁动起来，挥舞着手里的家伙扑了过来。

"谁敢！"这节骨眼上，从铁牛、孔六和王百胜身后传来一声暴喝。一团黑乎乎的东西朝着大剑砸了过来。大剑连忙往后退，可他们身后是正激动着起着哄的那帮城北小伙，所以这一退步，并没有完全闪开。

"砰"的一声，一个用来砸水泥地的大铁锤，挨着大剑的脸往下，砸到了地上，还砸出了火星。大剑一身冷汗，因为铁锤是照着他脑袋来的，自己反应慢一点的话，估计这会脑浆子都溅了一地了。况且，铁锤并不是没有命中，那铁锤下面，大剑的右脚并没有完全缩回来，一只那年代流行的三节头皮鞋的鞋头，被砸得开了花，露出了白色的袜子。并且，袜子的破洞上又露出的大脚趾。大脚趾努力往回缩着，很明显，这是一枚有着强烈求生欲的脚趾。

"妈的，多亏鞋大。"大剑说道。

大铁锤并没消停，又被挥起了，再次照着大剑的脑袋砸了过去。大剑身后那群来自城北的弟兄们也缓过神来，有人伸手扯住了大剑，往后用力一拉。铁锤再次扑空，大剑也因为没站稳，一个屁墩坐到了地上。他这会才有空抬头，看清楚砸自己的人是谁——一个留着三七开分头，模样也还挺帅的一小伙。

"看啥？哥叫正义。"三七开分头自我介绍道。他把铁锤提起，扭头对铁牛说："哥，你说得没错，这玩意比猎枪都好用。猎枪打了一枪还要装铁砂，这个可以连续敲。难怪你当时能用这玩意打死几个人。"

铁牛说："你铁牛哥推荐的，怎么会有错呢？"

"看来他们说的都是真的，这青龙城里都是些杀人犯。"大剑一边嘀咕着，一边接过了旁边一小伙递过来的一只黑布包着的长条玩意。

他将那黑布一扯，里面露出的居然也是一把短柄大口猎枪。他一抬手，朝着他跟前的那个叫正义的小伙就扣动了扳机。"轰"的一声，正义被霰弹枪打中了，身体往后倒去。

"开打！"大剑再一次发号施令。

他身后那群兄弟又往上扑了。可没想到的是，这节骨眼上，又出状况了，一台黑色的汽车冲了过来，直接顶到了穿工兵服的人堆里，顶出去好几个。车停了，从副驾驶位置钻出个穿警服的，冲众人喊："全部住手。"他顿了顿，又说："我是警察。"

小剑瞟了他一眼："肩膀上一个扣，实习吧？"说这话时，他往前一步，走到了黑色汽车跟前。

"你们是来找我的吧？"驾驶室的车门也打开了，瘦高的贺清明钻了出来，"我是小混蛋。"众人一愣，没见过他的，都伸长脖子，没想到年轻人里名声最响亮的小混蛋，居然只是这么一副瘦瘦高高斯斯文文的模样。

"就是找你的……"小剑说。话还没落音，他就"哎呀"了一声。只见一把三角刮刀，已经捅进了他的小腹。但他并没有蹲下去，因为他的脖子已经被人扣住了。捅他的正是小混蛋贺清明，他把那满是血的三角刮刀拔出来后，又比划到了小剑的脖子上。

刘剑就急了："贺清明，你当我不存在吗？"

贺清明这会哪有空搭理他，他望向已经扑到跟前，但并没敢再动手的大剑，又看了一眼被霰弹猎枪打中了的正义。

"我们伤一个，你们伤一个。那接下来，是你们先死一个，还是我们先死一个？又或者，都多死几个？"贺清明盯着大剑的眼睛说道。

"你就是小混蛋？"大剑说，"我是大剑，你挟持的人是我弟弟小剑。你应该也听说过我们吧？城北的大剑小剑兄弟。"

贺清明摇头："没，没听说过。"末了，他又补充了一句："真没。"

大剑就有点恼了："我们今天就是来干翻你的。你有种的话，捅死我弟弟就是了，反正你也别想活着。"

贺清明说："是吗？真要我动手吗？"说话间，三角刮刀的刀尖已经扎进了一分左右，顺着刀尖，圆碌碌的血滴往外流淌。

大剑咬了咬牙："动手吧，我们人多。"

"我们人也不少。"大家的注意力都集中在这黑轿车周围，没人留意黑轿车开过来后，从城西方向，还来了一台救护车。此刻，说话的人，是救护车里跳出来的人，正是油田人民医院的田大志。他把救护车的侧门用力一拉，只见那小小的面包车车厢里，挤满了人，争先恐后往下跳。毛熊啊、张执跨都在，甚至在人民医院精神科上班的胡小文也在。最先跳下车的是毛熊，急急忙忙往旁边跑，然后蹲到路边开始吐——他晕车。在毛熊身后，大家鱼贯而出，十七个，加上田大志自己，整十八个人。街面上这一群小伙就都暗暗纳闷：这都怎么挤进去的啊？

这油田的人怎么会赶过来，就要说一下另一边发生着的事了……

城北有个长得俊的姑娘，嫁到了油田。这姑娘的弟弟，就是今天跟着大剑小剑来的人中间的一位。因为是个弟弟，想要在姐姐面前显示自己是个成熟的大人，所以之前就把这事告诉了他姐。他姐没当回事，毕竟油田是独立小社会，外面的事不关油田的事。但油田上班的姐夫这几天割痔疮，在油田人民医院躺着。两口子没事坐那说起这事，就被一个护士听到了，护士就说给田大志听了。田大志身在医院，心系江湖，跑去找了张执跨和毛熊，说："刘剑这王八蛋不是和小混蛋贺清明关系好吗？"

毛熊说："完了，他今天就是去找贺清明了，好像还说一会要去青龙城。"

田大志虽是医院编制，但遇到江湖事，就从没含糊过。他一挥手："不行，我们得过去。"他看了看毛熊，看了看张执跨，"我们得代表油田小伙，出去干点大事。"

于是，护厂队里十几个人都被召集起来了，胡小文不知道怎么也跟着起哄，一起过来了。大家钻进面包车，田大志驾车风驰电掣，后车厢里挂着的盐水瓶，一路上晃悠得很卖力。

这下好了，城北小伙的人数优势被压了下去。但贺清明心里却还是没有底，因为他比谁都清楚，这一帮看起来魁梧高大的油田小伙，真要打起来，派不上太多用场，站后排充人数倒还顶用。况且，他们来这，估计也是以为充充人数就可以了。

可城北这帮家伙，今天这是要来玩命的。

不远处，铁牛郭连环搂着一身是血的正义在对贺清明喊："还好，他这把喷子是短柄，正义没啥大事。"贺清明冲他点头，心宽了一点，手上倒是没敢松懈，刮刀还是死死扎在小剑的脖子上。小剑小腹上被扎了个窟窿，许是疼得厉害，又或许是害怕，身体在微微颤抖。贺清明感觉到了，便说："怎么？要死了？要死就吱声，要你的弟兄们抬着你去医院，别在哥这里闹腾了。"

小剑闷哼了一声，咬着牙没吱声。

大剑看在眼里，他俩是亲兄弟，说不担心是不可能的。但是到了这节骨眼上，身后又有二十几个人睁眼看着，一旦他选择往后退就是认怂，以后在街面上没法混。所以，他只能硬扛着，说："嘿，来了救兵，也好，免得说我们以多欺少。"

刘剑自然也知道他这群护厂队的弟兄几斤几两，倒也不是说他们多没出息，可相比较起城里的小伙来说，油田子弟从小像是温室里的花朵，不缺吃不缺喝，大部分还都是独生子女，父母的大宝贝。他们吹牛斗嘴倒是行，领出来打架，不行。这不，晕车的毛熊，这一会还在路边呕吐，呕的声音惊天动地。

刘剑便暗自琢磨，觉得这个时候吧，自己作为人民警察，自然要派上用场。他在警校学的是情报专业，小课也有谈判。可书本上教的谈判，搁在这一会，好像也派不上用场。再说了，教谈判的老警察当时也还说了，如果现场人多，谈判得用个喇叭，保证在场的人都能够清楚听到你的喊话。这一会没喇叭，现场情况也完全一团麻，只能硬着头皮上。

他一咬牙，跳上了车，站到了车顶："各位，各位，要不，听我说几句？"

贺清明这边的人自然会由着他说话，对面大剑那边的人，看到对方来了这么多人，也没太多主张，便也没人挤对他，抬头看他。又因为刘剑跳到了车顶，之前在石山农场外忙上忙下，沾满了泥巴点点的裤腿，也就在人前特别显眼。有城北的小伙就低声嘀咕道："这应该是个在农村上班的公安吧？"

刘剑抬手，指了指身上的警服："我，警察，虽然还是个小警察，也是警察，对吧？今天，让我撞上了你们这事，就得处理。处理打架闹事，是我的职责，大家理解下，所以各位没必要排斥我，我和大家年纪也都差不多，也知道大家的规矩。我来给个建议，大家衡量一下。"他看了看众人，没人吱声，便继续道："今天下午，就这样吧，散了吧，都有人受了伤，先得送去医院。至于梁子，不是不解决，我们换个时间换个地方换个方式，用社会人的规矩，办社会上的事，你看怎么样？"

他顿了顿："约个寨子，单挑得了。"

刘剑说的约寨子，就是约个地方打架。单挑，就是一对一打，这在当时倒是挺流行，两帮人对上了，现场没打起来，之后就很难打起来，因为扯来扯去都是熟人，都是朋友。所以呢，就会用单挑来解决纠纷，一边出一个人，打输了的，就算是这一边的人输了，就得认输道歉走人。

贺清明耸肩："你是我兄弟，你怎么说，我没所谓，看对面咯。"

大剑看了小剑一眼，犹豫了一下，点头："那，什么时候？"

贺清明说："随你。"

这一会，大圣也已经站到了他身边，歪着头冲大剑说："混蛋哥说随你们定，不过，也别定太早，我们要上班，看着我们青龙城，免得被小兔崽子惦记。"

大剑冷笑："那今晚十二点，体育场。我们输了，以后不踏进城南半步。你们输了，以后在这城南，看到我们的人，就绕开走。"

贺清明也笑了："没问题。"说完他把小剑往前一推："赶紧给老子滚。"

小剑单手捂着肚子，抢大剑手里的那把短柄猎枪："我要打死这小混蛋。"

大剑拦了他："走，晚上再来收拾他们。"

说完他招手让人搀着小剑，然后率先往外走。外围，围了不少看热闹的人，这其实也是双方都接受散伙的主要原因。果不其然，人群散开没多久，派出所的人就赶到了。还找了青龙城门口的张姐问话，张姐说："没啥，两帮大老爷们吵架，只吵不打，看热闹都看得没劲的那种。"

派出所的人就问了："我们怎么听人说还有人开了枪呢？"

张姐冲人喊："儿子！"

派出所的人愣了，说："你这怎么好好的就骂人呢？"

张姐说："谁骂你了，我喊我儿子。"

她儿子挂着鼻涕,从马路对面急急忙忙跑了过来。

张姐说:"给干部听个响。"

她儿子应了,从兜里掏出个大炮仗,往马路上一立,摸出火柴来就要点。

派出所的人忙摆手:"不用演示了,不用演示了。"

张姐笑了,扭头冲坐在她烟摊前下象棋的孔六和王百胜看了一眼,说:"大过年的,孩子们放个炮而已。"

派出所的也就笑了:"没事就好。嗯,大过年的。"

说完,两三个人跨上边三轮摩托,走了。

说回到当时,城北的人一走,铁牛郭连环就搂着正义大步走来,刘剑连忙给他开了后车门。铁牛搂着人往里钻,看到后排坐着一个皮肤白净大眼睛小嘴的寸头小伙。小伙怯生生的,见自己上车,连忙往最里面缩。

铁牛问:"你就是顾文吧?"

顾文点头。

铁牛说:"我是郭连环,郭连芳的哥,白璐的大舅,就是被你爸杀了的那个白璐的大舅。"

顾文将身体往里再缩了缩,留出位置让郭连环放一身是血的正义。他没敢吱声,避开郭连环的眼神,再次点头。

贺清明这会已经发动汽车了,冲围观的那群人按喇叭,要往医院去。他边开车,边冲铁牛说:"叔,这顾文的事,咱可是说好了的哦。"

铁牛闷哼了一声,然后又对顾文说:"是,说好了的。你小子听话,我们就不为难你。你不听话的话,那么……我就会打死你。"

说话间,车就开出了青龙城所处的那条街,往人民医院去了。

而这时,街角有一台灰色的桑塔纳里,坐着两人。

驾驶位上,是一个梳着大背头、戴近视眼镜的中年人,他扭头对副驾驶上那矮壮汉子说道:"就这样了?没戏了?猛子啊,你们社会人也不过如此啊!"

矮壮汉子正是去年刚出狱的刘猛,说话的这位,也正是市房地产开发公司的古经理。刘猛冲他咧嘴乐:"哪里没戏了?他们不是约好了晚上还要单挑出输赢吗?"

"那万一城北这帮小兔崽子打输了呢?"古经理问道。

刘猛咧嘴笑:"打输了就有打输了的玩法。我给你捋一捋,这今天看到的青龙城这帮人啊,为首的不就是小混蛋贺清明,以及油田的铁牛郭连环吗?我和他们都熟。"

古经理翻白眼:"熟有什么用?我现在是要你压制住他们,不是要你和他们称兄道弟。"

刘猛说:"熟自然有熟的用处,熟,就知道他们的底细,就知道用什么办法让他们低头。"

"哦。"古经理似懂非懂,"不是还有个小警察吗?"

刘猛:"小警察应该就是刘剑。嗯,假如我没记错的话,这刘剑的七寸,和贺清明、郭连环的七寸,在同一个人身上。嘿嘿……是个小丫头。古经理,你就不用操心了,晚上等我消息吧。"

古经理笑了:"难不成,你又有什么新的鬼点子?"

刘猛点头:"算是有吧。"

3.体育场枪杀案

因为是冬天,穿着厚实棉衣,再加上大剑用的是一把短喷子,所以,正义没有大碍。

什么是喷子呢?就是压根连子弹都没有,塞一把铁砂进去的自制猎枪。按理说,喷子也能要人命,可大剑这把,为了好看,也为了携带方便,所以做得小巧,杀伤力自然也很小。当然,就算是真枪,也要长枪才有杀伤力。电视里那种巴掌大的手枪,隔老远打死人,是戏。

实际上,袖珍手枪又被人称为老鼠枪,意思是杀伤力也就打死一只老鼠。

正义在急诊室取铁砂那会,贺清明就跑医院门口小店的公用电话,给南霸天打了电话。南霸天一听就炸了毛,说了一通大话,要弄死这个要弄死那个,愤怒得不行。到最后,才问目前是什么个情况。贺清明就说了,约了晚上单挑。南霸天说:"那今晚就只能赢不能输,让正义上,这小子不是在少林寺学过武术吗?"

贺清明说:"正义被大剑打了一喷子,在医院躺着呢。"

南霸天说:"那就让铁牛上。"顿了顿,南霸天继续道:"小混蛋,如果……我是说如果铁牛输了,那怎么办?"

贺清明说:"铁牛应该不会输吧,我瞅着城北那帮娃里,就没几个块头太大的,应该都不够铁牛打的。"

南霸天说:"万一呢?"

"输了……"贺清明想了想,"天哥,输了,这事也不能就这样完。毕竟,这是关乎我们饭碗的大事。"

南霸天在电话那头哈哈大笑:"看来,我还是没看走眼,你贺清明确实和别的小屁崽子不一样。没错,输了,就有输了的玩法。我现在安排人,给你送把枪过去。是真枪,不是那些玩具玩意。你把枪交给一个关系没那么铁,又想要在咱这里好好表现的家伙。如果输了,就让他……嗯,让他该干吗就干吗,你明白意思吗?"

贺清明不知道怎么接话了。

南霸天可能也感觉到了贺清明的担忧,他语气没之前那么急迫了,柔声道:"小混蛋,咱这号人,名声是靠打起来的,但地位就不一样了,地位,靠的是你的脑子。你必须比别人想得通透,想得周全。做事,必须比别人狠得下心来。干大事,就得有干大事的模样。"

贺清明咬咬牙:"哥,我知道了。"

南霸天的言下之意,贺清明怎么会不明白呢?万一输了,就指示一个愣头青直接开枪打人。那个年代里,政府虽已明令禁枪,但社会上确实还有不少枪,其中大部分都是自制的,杀伤力并不大。所以张口闭口开枪打人,并不意味着真能够要人命。再说了,能在社会上混的人,也没几个真的浑。砍人用刀背,在当时是一种不用说明的潜规则。包括之前大剑用喷子喷人,为啥不朝着人脸上打,而是喷人身体,其实也是知道这一喷子下去,不会有大事。同样,贺清明用三角刮刀扎小剑,那么多位置好扎,为啥就扎到了小肚子,因为刮刀不长，扎进小肚子，也就捅破了装屎的肠子，不会有多大个事。

但用真枪就不一样了，一枪下去，就算是打手脚，也是个大窟窿，流血都能流死人。再说，万一开枪的人手一抖，打中头或胸口，都是会一枪要人命的。所以，放下话筒的贺清明，深深吸了一口气。

他认可南霸天的建议，但并不代表他就真能够将之执行。男人的成长，是一个非常复杂且矛盾的过程。他必须做出很多选择，在做每一个选择时，都要不断告诉自己——需要理性，需要抛却懦弱、抛却主观。有些人做到了，他们或许就能收获到他们想要的一切。而有些人做不到，那他们就注定了碌碌无为。

贺清明不希望自己是一个碌碌无为的人，所以，他捏紧了拳头。

他觉得自己应该能做到。

枪送过来的时候，众人聚在青龙城对面的那院子里，讨论晚上干架的事。油田来的那些人也都还没走，站在院子外，叼着烟，一个个很激动的样子，好像这是他们在参与的战役。

院子里面，是贺清明和大圣等人。刘剑也在，皱着眉。他现在刚毕业，具体去哪实习都还没最终定下来，所以闲，遇上这事，就还是得管着。至于这一会大伙聚在一起讨论啥，无非就是说晚上，让谁上场去和城北的代表单挑的事。很快，就出了结果，正义在医院躺着，自然就是铁牛郭连环上。那孔六就说:"派个大叔上,城北的小兔崽子们会不会说咱以大欺小啊?"

铁牛就哈哈大笑:"老子命好的话,儿子都有他们那帮家伙一般大了,老子打儿子,有什么不行的。"

这时,贺清明的寻呼机响了,他心里有事,再加上刘剑又在,便往后退了两步,再摘下寻呼机,看上面的字:"天哥要我送东西,出来拿。"

贺清明心领神会,往外走。一抬脚,就看到顾文站在院子门口,手里还拿着桶和脸盆,背上还绑着他那破棉絮。见贺清明看到他,顾文讪笑,说:"哥,你们忙,我等你们忙完。"

贺清明心念一动,上前接顾文那些破烂,又唤孔六,把顾文的东西都拿屋里去。末了,他对顾文说:"来,跟我出去一趟。"

顾文应了,跟着贺清明往外走。刘剑就看到了,在他俩身后喊:"你们去哪?"

贺清明说:"出去拿点东西。"

刘剑追了出来,他可能察觉到有什么不对:"拿啥?"

贺清明说:"天哥的乡下亲戚给送的腊肉。"顿了顿,他又说:"快过年了,特意从乡下送上来的。"

刘剑便没疑心了,再加上院子外面,田大志、毛熊这一帮子人都在,见刘剑出来,也都迎了上来。贺清明就说:"你领着你的兄弟们先回去吧。"

刘剑说:"也行吧,晚点我再过来。"

贺清明又说:"你去拿两条烟,派给油田的兄弟们。"

刘剑笑，说："不需要。"

他身后的张执跨便插话了："咱拿你的烟，就不算人情了，算当了雇佣兵。"

贺清明也笑了："就你，还能当雇佣兵？"

说话间，贺清明领着顾文出了巷子，到街面上，贺清明左右看，并没看到熟悉的面孔。顾文就在他身后吱声了："哥，你要找的是那个乡下人吗？"他之前听贺清明应付刘剑时，说来的人是南霸天的乡下亲戚，自然就留意了农村人打扮的人。相反，贺清明觉得是天哥安排过来送枪的人，自然应该是个痞里痞气的社会人，两人关注的点就不一样。

于是，贺清明顺着顾文指的方向望过去，只见街角真有个头上扎着白毛巾的乡下人，冲自己这边看。见贺清明也看他，那乡下人就露出憨厚的笑，快步迎了上来。他年纪大概四十不到，挺结实的。到了贺清明跟前，他停步子了，说："完了，疏忽了。"

贺清明不明白，问他："是天哥要你过来的吗？"

乡下人点头："你是贺清明？"

"是。"贺清明说，然后伸手，"东西呢？"

乡下人说："你得证明一下你是贺清明才行。嗨，怪我，都没问下天哥，贺清明有什么特点就冒冒失失过来了。"

贺清明笑了笑，拿出寻呼机："你看，这是你给我发的留言吧？"

乡下人探头看了下，又说："万一你是冒充的呢？"

贺清明就有点恼，但对方是天哥安排的人，是自己人，也不好发火。只能说:"这种事我骗你干吗?"接着又掏口袋,赖总给他印过名片,平时也很少给人派,想不到今天还能用上。他拿出一张名片给对方:"喏,可以证明是我了吧?"

乡下人接过名片,讪笑:"毕竟是要拿真家伙给你,总得留个心啊,兄弟你别怪。"说完,就打后腰处摸出一个牛皮文件袋包着的东西,递了过来。贺清明去接,沉甸甸的。

乡下人说:"收好了,完事后,要给回天哥。"说完,他转身就要走。

贺清明忙问:"这位老哥,怎么称呼你啊?"

乡下人扭头:"你叫我彭师傅就可以了。"说完这话,他快步走了。

"彭师傅?"贺清明将这名字重复了一遍,好像听说过,有一点点印象。但这会,也没时间多去琢磨这事。他犹豫了一下,然后将牛皮袋包着的枪,递给了他身旁的顾文。

顾文问:"哥,这是啥?"

贺清明说:"里面是能杀人的东西。"

顾文一愣,笑着说:"哥,你开玩笑吧?"

贺清明摇头:"真是能杀人的东西。这个吧……"他又想了想,说:"顾文,我呢,是个混社会的。今天的事,你也应该看了个大概,也明白了个大概吧。"

顾文收住笑:"有点明白。"

贺清明说:"我下面那些兄弟,脾气都挺暴。这牛皮纸里包着的,是一把手枪,可以打死人。拿给他们,我不放心。搁在我自己身上,也容易出事。而你,是新面孔,没人认识你。东西放在你身上,相对来说比较放心。晚上,如果真有控制不住的局面,到时候这玩意就能派上大用场。"

顾文点头:"哥,我知道了。"说完,他把这牛皮纸包着的枪往棉衣里塞。

贺清明问:"你塞衣服里干吗?插后腰呗。"

顾文脸红了:"哥,我……我没有皮带,插腰上,那裤腰带挂不住。"

1997年2月3号下午,顾文有了属于他自己的第一条皮带,是贺清明买给他的。以前妈妈在世的时候,顾文还是个小孩,穿的都是松紧带的裤子。到他开始长个子时,妈妈喝农药死了,接着,他爸又进了监狱。于是,尚年幼的他辍学,成了一个流浪的小孩。其实,他并不是没有亲戚,只不过,他的亲戚并不在南陆油田,有在甘肃的,还有在东北的。因为当年的石油会战,油田人被各地调派,像是游牧的吉卜赛人一般。

当时就有亲戚说,要不这娃就来甘肃吧,我们当自己的娃儿养就是了。可顾文没去,他说他想等他爸爸顾长江回来。

所以,别的小孩穿上了有皮带的裤子的时候,并没有人关心顾文有没有。他成了一个油田里的小流浪汉,领着油田发给他们家的极少的补贴,过着饥一顿饱一顿的生活。居委会也不是很管他,因为当时也有人说顾长江不是交通肇事,而是故意杀人,只不过没有证明而已。人们都害怕杀人犯,自然害怕杀人犯的儿子。到后来,他们家的房子也被收回去了，顾文住进了干打垒。慢慢地，他也习惯了流浪的生活，翻翻垃圾站的垃圾，去油田的各个食堂外面捡点吃的，日子艰难，但也勉强能过。最关键的是，他有盼头，也有精神上的寄托。他的盼头是，顾长江会回来，回来后领着他重新过上好日子。而他精神上的寄托，是住在屠宰车间家属院楼上的那个叫白璐的女孩。

这是只有他和白璐，以及小小的白禾才知道的秘密。尽管，那几年里，他连一条皮带都没有。但，不只他没有，已经慢慢长成大姑娘的白璐，也没有皮带，腰上都只是一股绳子。他们，是油田里没人管的孩子。

所以，顾文穿上贺清明领他买的新裤子，系上新皮带时，心里其实非常激动。只不过，他于这人世间入手的第一条皮带，不是为了裤子不掉下去，而是为了让他能够更好地将那把用牛皮纸包着的手枪插在腰上。

与大部分同龄人不同的是，将一把能够轻而易举夺走人性命的武器放在身上后的顾文，并没有丝毫不安。相反，他还有着一丝丝欣喜，因为他有了新裤子以及皮带。从进入青春期开始，他就成了小流浪汉，缺乏家庭与学校的管教。所以，他对于善恶对错的衡量标准，较他人是完全不一样的，甚至，一些在别人觉得一定不能触碰的底线，在他看来，都没什么所谓。

而这条底线，也就是心理学里说的超我，由道德、法律、社会常规等构建起来的框架，人们不会去逾越的那个框架。

顾文，没有这条线。

在贺清明看来，把枪放在其他好兄弟手里，担心他们一时冲动会开枪打人的情况，在顾文这，确实不会出现。因为顾文并不是一个冲动的人，相对来说，他还比较温和。只不过，贺清明并不知道的是，在顾文的世界里，开枪打人这个事，并不是多大个事。如果顾文觉得，他应该要做的话，那么，他就会去做。

也就是说：顾文做事，没有底线，不计后果。

下午，顾文就一直在贺清明身后，像是小跟班。晚饭的时候，来了个秃顶的戴着大金链子的老男人。贺清明喊他赖总，一本正经上前，要给这个赖总汇报。但这个秃子赖总打断了他，眯着眼睛笑，张嘴是一口听着很别扭的蹩脚普通话："我，只是个做生意的啦，很多事，我不关心。小贺，这也是你能够搞定的事，没错吧？"

贺清明耸肩："嗯，我明白了，赖总，你放心就是了。"

赖总摸摸自己的秃瓢，问："对了，小贺，你没有手机吧？"

贺清明说："没。"

赖总说："楼上马会计那里还有个手机，新的，还没拆开。本来要送给市政府的人，对方回老家过年了。你一会去拿了用吧，你要办事，有个手机方便。"说完这话，他便往外走。

顾文就小声问道："哥，他说的手机，就是大哥大吗？"

贺清明点头，说："就是。"他想了想，又说："嘿，我家里还有一个旧的数字寻呼机，明天我拿给你用。"

顾文一愣："是给我吗？"

贺清明说："是。"

说话间，贺清明腰间的寻呼机就响了。贺清明摘下看，顾文在旁边，也是因为没怎么见过这些好东西的缘故，就不由自主地探头，跟着看了过去。只见上面一行字："白禾没回，我先找她。"

贺清明看了，也没往深了想，没在意这事。放下寻呼机，见顾文看着自己，便说了句："是刘剑发过来的，估计一时半会他过不来。"顿了顿，贺清明又补了句："他不来也好，毕竟他是个公安。"

接着，就是跟着这一大群人上饭馆吃饭，席间继续听他们聊。顾文呢，也没发问，更别说插话了。他听得一知半解，对今天的事，勉强有个轮廓。晚饭后，贺清明又领着他上青龙城里转了一圈，算是让这刚出狱的小孩，见下世面。

灯红酒绿，人来人往，歌舞升平的样子。顾文看了，一颗小心脏跳得特快。贺清明上财务室拿出了赖总说要给他的手机，拆开盒子，在那研究，没管顾文。顾文就默默跟着他坐在一楼大堂的沙发上。这要是别的年轻人，一定会凑过头来，看贺清明手里这个砖头大的手机怎么用。而对顾文而言，眼前世界的一面，更让他好奇。

多年后，见惯了世间更多面的他，依旧怀念着在青龙城的这个夜晚。自始至终，他也都没有埋怨过贺清明，也没埋怨过刘剑，更别说其他人了。况且，他总觉得自己并不是一个如别人所说的十恶不赦的坏人；相反，他只是觉得自己总会出现在不应该出现的地方，遇到了他不应该遇到的事，最后，他做了他应该做的事而已。

那年代，人们的夜生活并不多，对于夜生活，能够夜到什么程度的概念，也和现在不一样。当然，那时候的人晚饭也吃得早，来KTV的时间也比现在的人早。这青龙城啊，到七点出头，经常就爆满没房了。热闹几个小时，十点半左右，人们就陆陆续续买单走人，气氛也变得冷清。

所以，十一点出头，一干人就都聚到了门口。真正领工资看场子的人其实只有七个，可这七个人也都有些个发小兄弟，有各自的小圈子。白天大剑小剑他们来得突然，所以才会出现敌众我寡的局面。到晚上，整个城南的社会人们都在议论着这事，俨然这是关乎于城南混混们颜面的大事。所以，来青龙城门口候着贺清明他们的小伙就不少，黑压压几十个。也是因为南霸天的面子够大，来的人也都自觉，不会站在青龙城门口，而都是聚在马路斜对面的工人文化宫门口。

贺清明倒也镇定，在外人看来，他今晚始终若无其事，领着一个目光呆滞的小兄弟，坐在一楼大堂的沙发上，研究了一晚上新手机。到孔六进去喊他，说："小混蛋，差不多了，要过去了吧。"

贺清明这才站了起来，探头瞅外面，然后喊另一个看场的兄弟排骨："来的人你认识不少吧？"

叫他排骨倒并不是因为他瘦。排骨他爹以前是市仪表厂守锅炉的,没守好,锅炉爆炸。他爹就被判了两年刑,出狱后没了单位,所以从70年代开始,他爹就是个标准的社会人。他爹瘦,又姓古,所以外号叫排骨。但凡瘦的人,精力都比较旺盛,好交际,加上老排骨在改革开放之前就是无业游民,所以整个南陆市的社会人,基本上没有老排骨不认识的。到老排骨老了,他儿子高高大大的,也出来混社会,就继承了他爹的外号,也叫排骨,且也和他爹一副德行,见人熟。当然,那时候不兴讲科学,大家都说他们这是有人缘。搁现在,我们就可以解释,是他们家遗传下来的情商高。贺清明收他来青龙城,就是看在他认识的人多的份上。

排骨也朝着外面瞅了瞅。工人文化宫门口那群人正好站在路灯下面,能看个大概。排骨就说:"都是我们城南的人,应该都熟。"

贺清明说:"去,都劝回家。赶集吗?是单挑,又不是打群架。"

孔六就说:"人去多了,也没啥吧?"

贺清明一晚上坐那玩手机,其实脑子里并不是没想事。南霸天的话,他可是听进去了,所以一晚上都是在给自己打气,如果单挑输了后,该用上的雷霆手段,还是应该要用的。当然,这雷霆手段,无非就是打输了耍赖不认账,拔枪解决问题。

既然下定了决心,输了赖账,自然不能让太多人看到知晓才行。所以,他面无表情地摇了摇头:"都劝回去吧。这是我们几个好兄弟自己要处理好的事,之后的名声,也只能是我们这几个兄弟的,不是整个城南街溜子的。"

排骨人精,立刻会意,说:"我明白小混蛋的意思了,这一仗下来,也是我们真正扬名立万的时刻,没必要和人分战果,免得被那群家伙吹牛,说自己当时也参与了与城北人的恶战。"

众人都点头。

从青龙城去往体育场,走路也就十来分钟。贺清明站青龙城门口,看排骨和对面那些人说话了,便挥手,说:"得,我们也出发吧。"

铁牛这一会坐在门口的烟摊上。天冷,那张姐点了盆火炭。铁牛在那跟张姐聊天烤火,一身烤得暖暖的,红光满面,抽空还摸了摸张姐的手,自我感觉叫作浪漫的那种。贺清明就冲他打趣:"晚饭吃得饱不饱,力气足不足?"

铁牛也笑:"专门去吃了一碗牛肉面,加肉加蛋。这一会劲大着呢。"

大家也都笑了,可左右一看,大圣没来。而正义这会又还在医院躺着,所以贺清明这边在这个夜晚去往体育场的队伍里,也就只有他自己、铁牛、孔六、排骨、王百胜,以及一个没人认识的小平头——顾文。那天事也多,所以贺清明一直没向人介绍顾文是谁,跟着自己干吗的。所以到那晚的事发后,社会上传的版本里,就是小混蛋当时其实早就安排好了杀手。至于这杀手,说的就是后来出手了的顾文。

当然,这里说的杀手,不是我们所理解的那种杀手。南陆人所定义的"杀手",是真正能够杀人的。因为,一般的混混,是为了混生活,不会真犯浑要人命。而杀手,是会要人命的。

这一行六人，就往市体育场去了。体育场在市体校外面，外围也有栏杆拦着，但这栏杆只是为了拦车，人可以随便翻进去。也不知道设计这个栏杆的，是市局里哪个脑子不好使的人物，架了这栏杆，偏偏没留人进出的通道。所以市里面搞个什么运动会，运动员举着牌子入场，都得要迈着正步到这栏杆前，然后排着队一个一个翻进去。不过那时候的人相对来说，没现在的人这么多毛病。所以，就算是市委班子的领导来体育场参加什么活动，也会抬腿翻这铁栏杆，一个个显露出活泼的一面。

　　远远地，众人就瞅见了入口栏杆外，站了两帮人。他们还很自觉，中间留了一条过道。其中一边穿着工兵服的自然是城北的人，另一边还有一堆来凑热闹的城南的混混。排骨就说："青龙城门口劝走了一波，想不到这边还有一波。"说完就要往前跑，去劝退。

　　"这边的就留下吧。"贺清明拦住了他，说，"大剑不在，应该在里面了。人家留了一二十号人在外面，我们也得留点人，免得输了气势。"

　　排骨一想也是，点头。

　　旁边的孔六就笑道："看来我们的人缘还挺好。"

　　众人便继续往里走。门口聚着的城南的人伸长脖子打招呼，喊："混蛋哥，一定干翻他们这帮乡巴佬。"

　　贺清明没吱声，点了点头。排骨就冲人喊话："谢谢各位兄弟了，大家在外面等我们凯旋吧。"

　　城北的人就说："等你们死出来。"然后就起哄大笑。

　　城南的人就说："嘿，你们又皮痒了？"

城北的人说:"就是痒了,来,给哥哥们挠挠痒。"

贺清明重重咳了一声,众人便没吵了。顾文跟在贺清明身后,看着这一切,带着羡慕的眼神。他想:自己这一辈子恐怕很难像贺清明一样,有着这般威风凛凛的模样。

这晚天气挺好,有月光,加上体育场里空旷,所以看得远。顾文看到体育场中间的那足球球门旁已经站了人,四五个,为首的正是下午见过的那个大剑。看台上,还坐着三个人,隔太远,就看不清是什么人了。隐隐约约,看台上那三人跟前的地上,还放着一个袋子,鼓鼓囊囊的,也不知道里面放的是啥。

大剑他们也看到了贺清明,几个人明显很刻意地在摆着造型,让自己显得流里流气。铁牛郭连环就往前大步去了,边走还边脱衣服,脱一件,便往地上扔一件。当时是冬天,天冷,穿得多,所以这铁牛的衣服就扔了一路。他身后的人,又都是社会上有名有号的人物,搁这种时候,也不方便跟在他身后给他把衣服一件一件捡起来。多亏有顾文,实心眼,加上他也想要讨好铁牛,便追在铁牛身后。铁牛脱一件,扔一件,顾文就捡一件。

对面也出来一个矮壮小伙,毫不示弱,学铁牛开始脱衣服。到铁牛脱得光着膀子露出一身腱子肉时,对面那家伙还在脱毛衣。他图省事,毛衣和里面的汗衫,一起脱。这毛衣和汗衫都是套头的,领子小,他头又大,加上又要两件一起脱。所以脱了半天,也脱不下来。贺清明这边的人就哈哈大笑。

折腾了一会,这矮壮小伙的衣服总算脱下来了,他将衣服用力往旁边一甩，表情有点狼狈。接着，他就冲前抱拳，搞得跟演电影的似的，说："在下城北小五。"

铁牛可没闲工夫和他回礼，说："我是你铁牛爷爷。"又扭头去看大剑："可以开始打了吗？"

大剑一愣，望向贺清明："这个……这个就这样直接开始吗？"

贺清明说："不直接开始，难道我们还一起聊会天吗？"

铁牛又哈哈大笑，说："孩子，那我动手了。"

叫小五的矮壮小伙说："来吧！"说完就一弯腰，一把抱住了铁牛的腰。铁牛猝不及防，骂道："嘿，还是个练过的。"

这两人就厮打起来，实打实的拳头实打实地招呼着对方的身体和脸，这里就不耗费笔墨了。毕竟这种真真切切的肉搏，和电视电影小说里并不一样，有化为文字的时间，人家都已经打完了。这种市井打架，不兴躲闪，都总觉得躲闪起来，显得自己很怂。所以，三两分钟下来，你打我十拳，我回你十脚，都是硬挨着的。

这铁牛，块头本来就大。大半辈子都是在石山农场里干体力活，皮糙肉厚，打个小年轻，自然轻而易举。到最后，他一个重拳下来，对面那小五就仰面倒下了。大剑这边的人也看得真切，知道这打下去，相当于螳臂当车，不是一个重量级。便喊了："可以了，你们赢了。"

一切似乎都没啥悬念一般。贺清明心里就松了口气，看来，不需要用上南霸天给的那玩意了。这边，铁牛再次大笑，朝顾文伸手。顾文连忙把衣服递了过去。

贺清明说："那今天胜负出来了，你们城北的……嗯，你们城北的兄弟，想来我们城南玩，也尽管来。只不过，别惹事就是了。"他这也是南霸天给教的，叫得饶人处且饶人，如果赢了，反而不能打落水狗，得留出余地来，给对方台阶下。

"得。"大剑狞笑起来，"我们是打输了，不过我们猛子哥，好像还有点事要找你们。"说完，他朝着体育场的那看台，举起了手。

"猛子哥？"贺清明一愣，往看台那边看。之前看台上坐着的那三个人，也站起来了，正下看台，往他们这边走。走前的，居然就是刘猛，和他并排的，是大圣。在他们身后，还有一个留着分头的人，扛着之前放在他们跟前的那个蛇皮袋，蛇皮纤维袋里鼓鼓囊囊的。

三人到了跟前，贺清明就问："猛子哥，你这是要给谁出头啊？"

刘猛说："这还不明显吗？"

贺清明便歪头看大圣："那你呢？"

大圣说："我？我没啥啊，今天开始，改跟着猛子哥混。"

贺清明说："你还没被刘猛给坑惨吗？去年去油田撬井盖的事，别人不知道，我可是知道的，那晚上就是刘猛带着你去的。"

大圣说："确实挺坑的，所以这青龙城才归了你小混蛋管，和我没了干系。"

贺清明说:"大圣,你小子是不是疯了?你出来后,不是就回了青龙城吗?怎么和你没干系了呢?"

大圣耸肩:"天哥本来是把青龙城交给你和我两个人的,我出了那事,便宜了你。我可不想在你混蛋哥手下讨生活。"

贺清明又说:"你是真疯了吗?我和你十几年兄弟,打小玩泥巴玩到大。"

大圣别过脸去,不搭理他了。

贺清明见状,也不恼了,再次看刘猛:"猛子哥,您不好好养老,出来扮什么社会大哥啊?"

刘猛说:"那你说说我扮得像不像?"

铁牛就说话了:"刘猛,你是不把你铁牛哥我当回事了吧?"

刘猛说:"哥,我可没。只不过呢,我欠你的,我早就已经还过了,你自己不知道而已。"

铁牛一愣:"你还过我什么。"

刘猛说:"我们出狱的第二天,我就已经还了。"

铁牛说:"我怎么听不懂你说的话了呢?"

刘猛说:"在农场里我欠过你一条命。可是,在油田,我还了你一条命。我也懒得给你解释了,反正在我自己这,已经抵消了,我对你铁牛,已经问心无愧了。"

铁牛说:"还了我一条命?什么意思?"

"就是你给我说过的那个老师……"说到这刘猛打住了,"懒得和你解释了。"

他俩的这段对话,在场的人,没有人留心。当然,在大家看来，两个大老爷们，说着这些你欠我的情、我欠你的意的对话，本就婆妈。不过，如果刘剑这一会在场，或许就会听出什么端倪来，因为油田发生过的第二起斩首者案件的死者，正是一位老师。然后，他一定会尝试进一步深挖。因为刘剑的身份，已经不是一个普通的油田子弟，而是一名人民警察。

铁牛没兴趣和刘猛废话，他捏了捏拳头："看来，我得像以前一样把你按在地上打一顿，你才能清醒点说人话。"说完，他就往前跨步。

刘猛也往前跨出一步："郭连环，我是敬你，才唤你一声哥，你可不要真把自己当哥了。"说完他挥了下手。

他身后那个留着分头的人会意，将肩上背着的那袋子朝前一甩。那袋子里装着的物件摔到体育场的草坪上，里面居然发出了人声。紧接着，这分头男子狞笑着，手里多出一把细长匕首，一把割开了袋口。另一只手从里面提出了个人来。

贺清明和郭连环差不多是同时往前冲了出去，因为，这被分头男子从蛇皮袋里扯出的人，正是白禾。十三岁的她已经是个半大姑娘了，脸上挂着泪，手脚都被捆了，嘴里还塞着一块破布。

"两位哥，别往前冲。"那分头男子还是笑着，手里的匕首抵到了白禾的左眼眼窝上，"我害怕，手就会抖。"

贺清明停步了，可铁牛郭连环却已经跟发了狂一般，要扑上去。贺清明连忙抱住了他腰。那分头男子见状也不含糊，手里那刀尖往里一顶。只见被绑着的白禾身子一颤，再次"啊"了一声,可嘴巴被堵住,声音发不出来。

刘猛说话了:"怎么样?闹心了吧?"

至此,铁牛也没敢再往前了。他面目狰狞,死死盯住了那拿刀的分头男子。那男子反而笑得更得意了:"两位哥,嫌我没力气吗?"

大滴的血,从白禾左眼眼窝下方往下渗出。分头男子说:"我的手再抖抖,就真戳进去了。"

刘猛也笑了。贺清明和郭连环的模样,让他很是安心。他耸肩:"我在想,我现在要你们跪下的话,你们会不会跪呢?"

贺清明说:"刘猛,有种冲我们来,绑一个小姑娘,算啥本事?"

"是吗?那……"刘猛止住笑,瞪眼了,"那,小混蛋,你跪下。"

贺清明一愣。

那分头男子说:"猛子哥要你跪下,听不见吗?"

刘猛低吼:"一!"

"二……"

他的那个"三"字,并没有喊出来,因为在他这个"二"字吐出的同时,半个城南区的人都听到了"砰"的一声巨响。在等待着新年来到的平凡世界里的人们,以为这又是某个调皮的小伙点响了一个大爆竹。而身处体育场里的人们,却看了个真切。

只见一个穿着一套新衣的寸头小伙,不知道什么时候绕到了那分头男子身后。此刻的他,手里举着一把黑黝黝的手枪，巨响就是这把手枪发出的。伴随着枪声，是分头男子裂开的脑壳。他那张尚狞笑着的脸，脱离了身体，往地上去了。而缺失了半个脑壳的他，身子也往前倒去，压到了已经滑到地上的蜷缩着的白禾的身上。喷涌的鲜血，像是突然爆裂的水管里的水，争先恐后往外溅。而承载着这一腔子往外涌出的热乎乎血液的器皿，是已经面如死灰，甚至已经开始因为惊恐，而大幅抽搐着的白禾。

是的，一直没有人留意着的顾文，默默走到了分头男子身后。他拿出纸包，掏出枪，抬手，扣动扳机。整个过程，他并没有停顿，也没有多余的表情。在顾文的意识里，他只是在做一件他觉得应该做的事情。在他看来，有人在伤害白禾，那么，这种事，他就不允许发生。

因为他软弱过一次了，而那一次的后果，就是白璐没了。之后的几百个日子里，他都反复琢磨，如果当时的自己没有心存幻想，选择帮助，那结局是否都会改变？

可是，在那个夜晚，在1994年7月13日的那个夜晚，在屠宰车间家属院的那个夜晚，他并没有做他应该要做的事情，从此，他的整个世界，轰然倒塌。而也是从那个夜晚开始，他——顾文看到的一切，都没有了颜色。

是的，他肉眼所见的世界，和小小的白禾一样，皆在苍茫之下。只不过没有人知道，他也从来没有对人说过，那晚之后，他就再也没有看到过黑白以外的颜色。

所有人愣住了。到贺清明回过神来时，巨大的惶恐猛然袭来。因为他看到开枪后的顾文，并没有选择扭头逃跑，相反，他往前走了。一步、两步、三步……他弯腰了，一手扯住了那分头男子的尸体的衣领,朝旁边掀。接着,他蹲下了。他抬手,往白禾的脸上伸去,而他的握着枪的另一只手,不经意地搁在膝盖上,枪口对着众人。

铁牛也意识到了什么,低吼道:"别!"并朝着顾文扑了过去。和他一起往前的,是同样变了脸色的贺清明。是的,那一瞬间的他俩,都以为顾文接下来会要做出他父亲临死前叮嘱的事情。而这件事要发生的时刻里,他俩居然近在咫尺。

"没事。"顾文抬头了,"别过来。"他努力挤出微笑,但这微笑是带着苦涩。"我不会伤害白禾的。"他继续苦笑,眼眶里居然有眼泪往下。

贺清明和铁牛也只能止步。铁牛说:"小兄弟,有什么你可以冲我来,我也是他们一家人,要弄死一个的话,就换我吧。"

顾文摇头,用手去触摸白禾的脸。手往下,将洒到了白禾脸上的血液抹掉。白禾白皙的脸庞,得以再次清晰。

贺清明说:"顾文,你答应了我的。"

顾文说:"给我一分钟吧,我陪陪白禾。然后,我就走。"

铁牛还想说什么,贺清明扯了扯他衣角。因为这一刻的贺清明发现,从顾文眼里流露出的对白禾的眼神,似曾相识。在刘剑身上,他看到过。而刘剑和自己一样,是白禾的哥哥,也就是说,他在顾文眼里捕捉到的,是哥哥看着妹妹时候的眼神。

"白禾,是我,顾文。"刚杀了人的他,并没有一丝慌乱，言语间甚至有着浓浓情谊，"我出来了，来看你了。"

本来颤抖着的白禾，在顾文的手接触到她的脸的那一刻开始，就已经没有再动了。也不知道是已经彻底吓蒙了，还是顾文手掌的温度，令她没那么害怕了。她努力扭头，去看顾文，然后小声问了一句："你……你是谁？"

顾文一愣："是我啊，是你文哥哥。"

白禾说："我不认识你。"

顾文说："我是顾文……顾文啊，白璐的男……"他止住了，沉默。过了一会，他再次苦笑，伴随着这苦笑到来的，是他的眼睛里往下滑出的一滴眼泪。

白禾说："你可以放了我吗？"

顾文说："放你，放你去哪里呢？"

白禾说："我要找我哥哥。"说完，她望向了贺清明。

贺清明不由自主地往前跨出一步，他在努力让自己的声音变得温柔："顾文，放白禾过来。你……你赶紧跑吧。"

顾文长吸了一口气。他站起，看众人一眼。然后，他把手里的枪插回到了他的新裤子新皮带上。他的苦笑，终于消失。

最终，他朝着体育场外，狂奔而去。贺清明连忙上前，抱住了白禾。铁牛把白禾身上的绳子解开，白禾抱住了贺清明。

白禾说："哥哥，我好害怕。"

贺清明说："不怕，有哥哥在。"

到顾文跑了后，大剑就率先问话，他年纪其实也不大，二十出头,所以下意识就去问现场的年长者,也就是铁牛郭连环:"哥,怎么办?"

铁牛并不是一个办法很多的人,自然没空搭理他。此刻的他,也抬着手,手掌贴着白禾的后背,碎碎念着:"姑娘别怕,大舅在。"

大剑只能又扭头去看刘猛。刘猛皱着眉,想了想:"大家都别走,人多,就都没啥事;否则,一会警察来了说不清。"

他又看贺清明,发现贺清明也正看着自己,那眼神有点像是猎食的鹰隼,让人心里发毛。他就冲贺清明瞪眼:"打死了我们的人,这事就没这么容易消停了,你知道死的是谁吗?"

贺清明没回答他的话,反而还是那么直愣愣地看着他,反问道:"这是你的主意吧?"

刘猛说:"你们打死的是唐老鸭的儿子,四海机械厂的唐老鸭的儿子。"

贺清明:"刘猛,抓我妹妹是不是你的主意?"

刘猛咬牙:"唐老鸭会弄人干死你们的。"

贺清明吼道:"说,是不是你的主意?"

刘猛不由自主后退了一步,然后挺胸。他看贺清明,又看了看铁牛郭连环,末了,他叹了口气:"这……唉,我和铁牛是共过患难的兄弟,和你小混蛋也算有过交情,我怎么会……哦,我压根不知道我下面的人,会抓了你家妹妹呢。再说了……"他扭头看身后的大圣,大圣这一会脸色也很不好看:"再说,大圣在呢,你们可以问他。"

大圣面如死灰，沉默了几秒后，对贺清明说："不是……不是我们的主意。"

十几分钟后，接警的公安们到了体育场。现场的所有人都被带去了市局，折腾了一宿。因为目击者众多，口供也非常一致，嫌犯很快就被确定，是当天上午刚释放的刑满人员顾文。因为这命案发生在市区，又是持枪，所以这个案子自然是给到了刑警队。彭队领着同事，给所有人都做了一番问询，想要尝试深挖一下案子背后的猫腻。可这帮社会人，大部分都是二进宫、三进宫，对着公安，没几句实在话。到后来，汪局就放了话下来："既然事实清楚，嫌疑人也锁定了，就直接往后推进，趁着凶手离开现场不久，迅速布控，将工作重点放到抓捕上。"

所以，刑警队开始陆陆续续放人。

因为刘长春的缘故，市局这边好几个人都认识白禾，也第一时间通知了油田派出所。刘剑跟着他爹，一点多钟就赶来了，接走白禾。贺清明看到了，冲刘剑点了下头，刘剑皱着眉，没搭理他。这是因为在市局，怕人误会。贺清明自然明白，不会介意。

已经十三岁的半大姑娘白禾，快一米六的身高了，此刻，还是跟个小女孩一样，被刘剑抱在怀里。他们往前走，贺清明站着的位置在他们身后，被抱着的白禾自然就看到了贺清明。之前刚被救出来时候，白禾叫了贺清明一声"哥哥"。可这一会，有刘剑在身旁了，白禾看贺清明的眼神，又像是看路边的一条野狗了。

贺清明冲白禾笑，白禾扭过头。贺清明不在乎白禾怎么看自己，他只知道自己是她的哥哥，是她的亲哥哥。

贺清明和郭连环是最后放出来的，当时已经是凌晨三点了。出市局大门，瞅见马路对面孔六、王百顺他们几个都在。看到贺清明他俩出来，孔六他们连忙招手。路边，南霸天那台黑色的桑塔纳也在，车窗缓缓摇下来，南霸天歪着头看贺清明。

贺清明上前，南霸天说："上车。"

贺清明点头，拉开副驾驶的车门。南霸天就冲其他人喊话："装不下这么多人，你们就自己走回去吧，出这么大事，我得把小混蛋单独教育一番。"

大家也连忙点头，说："天哥开车小心点。"

南霸天发动汽车，问贺清明："送你回桌球街还是青龙城？"

贺清明愣了下，回答："我想去油田。"

南霸天自然是知道贺清明与白禾的事，他一扭方向盘，骂道："没出息的玩意。"

接着，他就真开始拿白禾的事训斥贺清明了。南霸天说："出来混，得深不见底。你天哥我，吃亏就吃在这点上。全南陆市的人都知道老子住在哪，还都知道我的姘头住哪，操！什么事啊！可你天哥我，已经混到了这个份上，别人知道我住哪，也没人敢来动我。小混蛋你呢？大家都知道你家在桌球街摆摊，这事反倒没啥，那地方人多且显眼。可偏偏你在油田那边，还有一个孤零零的妹妹在，知道的人自然就明了，那就是你小子的软肋。"

贺清明小声道:"白禾的养父是油田派出所所长刘长春。"

"那又怎样?"南霸天说,"这不还是被那几个小畜生给绑了出来吗?"

贺清明说:"结果不是被咱打死一个吗?"

南霸天用力拍打了一下方向盘,声音大了:"老子安排人拿枪给你,是应付突发情况,没有要你的人冲上去就直接朝着人脑袋开枪。操!"他冲车窗外吐了口痰:"这事,越想越让人头大,怎么冲上去就直接把人给一枪崩了呢?不知道打腿打肩膀吗?"

贺清明说:"我安排的那人没什么轻重。"

南霸天不吱声了,不知道在琢磨些啥。半响,他叹了口气:"算老子点背,摊上你这么号徒弟。死的人是四海机械厂唐老鸭的儿子。你知道唐老鸭吗?"

贺清明说:"不就是一个工厂里的厂长吗?拿工资混日子的货,没什么吧?"

南霸天语气缓和了不少,这是拿贺清明完全当自己人的缘故:"理是这个理,但人就不是你说的那么个人。这家伙我之前就认识,也是一个大混混,只不过是大厂子弟。这些年混到了厂长,在他们厂区,也管着一两万人。我们混社会吧,讲究的是点对点、面对面。一张老脸甩出去,真正能够有多少人买账,掰指头数一数,心里还真没底。唐老鸭就不一样了,他下面一两万人,也就是最起码有一两万人要买他的账。所以啊,这事要解决得妥当,还得编个好的说法出去。"

"编个说法？"贺清明问。

南霸天点头："刘猛比你们早出来，在市局门口我已经见了他一面，也说了几句小话。大家都不容易，都只是为了讨个生活。刘猛也给我说得好听，说只是想要在这城南做点小生意，没有真要冒犯我们的意思。城南这么大，我们也不是真的能做到只手遮天。所以，我就做了个顺水人情，许了他刘猛领着他们的兄弟，在城南做买卖的事。刘猛便跟我说了，唐老鸭那边，他安排人去说，就说是唐老鸭的儿子掳了人家未成年少女，还干了人家。你领的那杀手不也是油田的人吗？就说开枪的是小姑娘他表哥，气不过，所以才直接开枪爆了头……"

贺清明插话："天哥，不好吧，说我妹被人干了，可她还是个孩子。"

南霸天说："操，老子又不是放风出去让全南陆市人都知道，只是刘猛用这个说法去劝人家唐老鸭。唐老鸭和我，还有刘猛，都是一个年代的老人，我们那年代的人不像你们这些小兔崽子，我们会讲究个道义。唐老鸭的儿子，这是违背了道义，所以唐老鸭自己也会觉得理亏，不会太过追究。"

"可是……"贺清明还想反驳。

"可是个屁。"南霸天火了，"老子是给你个小混蛋擦屁股，你还给我这也不是那也不是，好好的一件事，被你办成这个球样，你再给老子叽叽歪歪，老子真要踹你几脚了。"

许是越想越气，南霸天把刹车一踩："得，到了油田的地界了,老子又不是你的司机,你小子自己滚进去见你的妹妹去吧。操!"

贺清明也不吱声了,拉开车门,下了车。但他没把车门关上,背对着南霸天站着。

南霸天继续骂人:"小混蛋你是脑子被驴踢了吗?关门啊。"

贺清明扭过头来:"师父,你说的,我都听进去了。"

南霸天一愣,咬了咬牙:"行了行了,进去吧!这两天别回青龙城,怕人来弄你。"顿了顿,南霸天又咧嘴笑:"不过,臭小子,你还玩得挺溜,赖总送了个手机给你,哈哈!行,你天哥我始终还是没看走眼的,今天这祸,闯得大是大了点,可特别解气。你天哥我,高兴!"

贺清明也挤出笑,要说话。南霸天打断了他,因为他是个说事说到了某个份上,就要收的人。于是,他说:"别废话了,关门,滚蛋。"

说完这话,贺清明关车门,南霸天开车走,关于白禾被人糟蹋过的事,也就是从这个凌晨开始,被传播了出去。

一切,朝着越发不可收拾的悲惨结局,缓缓驶去。

四点不到的冬日南陆,非常冷。贺清明将衣领立了起来,迈步往前。那微弱的路灯下,前方似乎出现了一个一袭黑衣的人影,是几年前的那个自己。而那个自己,和此刻的贺清明一样,在匆匆往前,心心念念的人,也同样是与自己有着血缘关系的妹妹。不同的是,那个几年前匆匆往前的自己,因为即将与两个妹妹聚会,心中充满甜蜜。而此刻的自己，每每走进油田，心就会有隐隐的刺痛，那是至亲死别后的撕裂来袭。

干打垒区域，也属于油田。曾经的少年贺清明，经过此处时，会不时朝里张望。也是因为当日的随意张望，他见过了顾长江，也见到了顾文。两父子如同流浪汉一般，蜗居在干打垒的板房里……

一切，居然如同昨日。

贺清明步子加快了，他急着去到刘剑家，然后在他家门口吹口哨。如果刘剑和白禾都睡着了，没人应他的口哨声。那么，他会选择等待，一直等到天亮，等到他们起床。然后，贺清明会扯着刘剑，询问白禾的状况如何。白禾十有八九是不会见自己的，但贺清明不会勉强，因为在他看来，只要白禾好，一切就足够。

可是，在即将走出干打垒区域时，一个念头突然蹦了出来。贺清明止步了，他转身，望向那一片漆黑的板房。若干年前，这里一度人声鼎沸。从各大油田来到南陆的人们，在这里将青春消耗。

从无到有地建设起一个油田世界，谈何容易。于是乎，这片早已废弃的干打垒区，俨然油田的一座丰碑，记载着那许多许多的过往故事。

那么，其中自然有着刘剑家长辈的故事，有白禾家长辈的故事，自然，也有着顾文家长辈的故事。

那么，当再一次陷入绝境的顾文，无处可逃时，他最可能去的地方，不正是这座他一度熟悉，也一度躲藏在里面，待了好几年的干打垒吗？

贺清明咬了咬牙，他迈动步子，往干打垒里走去。

这时，那小雨再次来到了，雨水洒到脸上，令本就刺骨的凉意，得以更加放肆地往身体深处渗入。贺清明搓了搓手，往身后的马路上看了看，除了微弱的路灯，啥也没有。

贺清明开始喊话了："顾文，在吗？我是贺清明！"他声音喊得并不大，但干打垒区本来就在一片空旷平地，且没有生气，声音自然得以传播得很远。贺清明继续往前，继续这般小声地呼喊。

当走到中间位置时，贺清明前方，一个人影缓缓出现，但并没有答话，就像是一个来自地府的幽灵，不想告知世人自己有着什么样的企图，步步接近。

贺清明停步了，他的后背甚至有了凉意。这凉意来自天气还是来自内心，他无法分辨。

他选择了往前。他再一次问道："是你吗，顾文？"

那人影近了，确实是顾文。但伴随着步子的持续往前，顾文抬手了。贺清明看清，他抬起的手上，是那一把黝黑的手枪。

贺清明的心往下一沉。

他止步了。

顾文在继续往前迈步，他的颜面也逐渐显露。他在微笑，脸上却又有着诸多的液体。小雨在继续，那么，这些液体，是雨的玩笑吗？抑或是贺清明寻来的此刻，顾文正在哭泣呢？

"对不起。"贺清明这么说道。紧接着，他看到了那把朝着自己伸过来的枪，枪口并不是对着自己，而是朝着顾文自己。也就是说，他是在把枪递给贺清明。

"哥，你是来拿你的东西的吧？"顾文的话语依旧怯生生的，"你对我说对不起做什么呢？应该是我说才对，我有点冒失了。"

贺清明说："我也没想到会这样。"

"没事。哥……"顾文看了看自己身上的衣裤说，"可惜了，你给我买的新衣服，都弄脏了。"

贺清明摇头："顾文，对不起。我们……我们的本意，是想要帮你……"

顾文连忙说："我知道。"他把枪送到贺清明手里，也和贺清明一样摇了摇头。"我知道谁对我好，谁对我不好。我分得出来的。"他叹了口气，"只不过，我还没有做好准备，压根就不知道接下来，我要怎么办。"

他的这话，触动了贺清明。贺清明将枪收好，掏烟，递给顾文。顾文摆手。于是，贺清明自己点上，深深吸了一口，再深深吐出。这一刻的他突然意识到，自己在这个时刻要做的，并不是和对面这个男孩一起沮丧难过，而是应该……而是应该协助对方，计划接下来要做的事。

他看了旁边的板房一眼，然后冲顾文招手，往板房里走去。顾文也没问话，默默跟上。接着，贺清明开始脱外套，接着又脱裤子。

顾文不明白，站那看着。

贺清明把外套里的皮夹子拿了出来，然后将衣裤递给顾文："换上。"

顾文一愣，明白过来，接了衣裤后快速换上。贺清明又从自己的皮夹子里拿出一张卡，以及里面所有的现金，有七八百。

"给你。"贺清明说。

顾文没接："我……我有钱，我在劳改队出来，有结工资。"

贺清明笑了笑："那有几块钱啊，接着。"

顾文再次摇头："不了，哥，你们已经很帮我了。"

贺清明收住笑："要你接就赶紧接，别这么多废话，算是……算是我借给你的，你以后还就是了。"

顾文犹豫了一下，接过了钱。接着，他看到那张银行卡："哥，这……"

"你去南方吧，据说那边现在很热闹，也有很多赚钱的机会。这点钱，花不了几天的。卡的密码是750909，里面还有三千块钱，你省着点用。用完了真没找到工作，再给我打电话，我的寻呼机号码是……"贺清明顿了顿，"我的大哥大号码是885413。"

顾文笑了："哥，你给我的这个卡的密码是白璐的生日。"

贺清明一愣："你怎么知道是白璐的生日？"

"我……我和她以前是同学，也……"顾文扭头，继续道，"那时候关系也还不错。只是不知道最后为什么……为什么会搞成这个样子……"

贺清明心头一紧，白璐离开那一晚的伤感与愤怒再次袭来。他深吸了一口气，也扭头了，不看顾文："过去了的，别说了。你今天救了白禾，也算是某种补偿吧。"

"嗯。"顾文点头，将钱和那张卡放到身上。

贺清明："赶紧走吧，趁着天还没亮。你不要走大路，上油田后的落霞山，翻过去能到风城。你到了风城，再去汽车站……嗯，也先别坐班车，弄个自行车，踩着出省吧，辛苦一点，但是安全。"

"嗯。"顾文再次点头。

贺清明将顾文换下的衣服捡起来，皱了皱眉，然后将血污的位置，在板房门口的地上的污水坑里搓了几下。再拿出来，上面就只是泥泞，看不出有血。一扭头，看到顾文还站那傻傻地看着自己，又说："赶紧走吧，公安已经动起来了，抓捕你的人估计这会已经开始满大街跑了。"

顾文咬了咬下嘴唇，转身。接着，又转身回来，冲贺清明鞠了个躬。贺清明就迷糊了，歪头看着他。

顾文说："麻烦你们照顾好白禾。"

贺清明一愣，正要反问。顾文扭头飞奔，往干打垒外去了。

贺清明自顾自地骂道："还要你惦记着？白禾是我亲妹。真是黄鼠狼惦记着老母鸡。"说完，他穿上了那套脏兮兮的新衣，又左右看了看，掏出后腰上的枪来，在板房的角落里，用手刨了个小坑，将枪放了进去。接下来，他可是要去找刘剑的，刘剑是警察，尽管还只是见习，但始终也是警察。警察看见谁身上有枪，都是要逮起来的。

贺清明可不想被刘剑这家伙给逮起来。

1997年2月4号凌晨，顾文离开了南陆市。这个早晨，本下着小雨。他出了干打垒，出了油田。油田后面有落霞山，落霞山下是油田的坟山和火葬场。死于斯的人们，都埋葬在这落霞山下，有顾文的长辈，有白禾的长辈，也有刘剑的长辈。他们，享有着同样一个名字，叫作油田人。而生于斯的人，也同样享有着这个名字。这个名字，是从他们来到这个世界开始，就被打上了的烙印——油田人。

只不过，这些新一代的油田人，有的早早因为家庭变故，走出了油田，比如贺清明；也有的因为命运跌宕，逃出了油田，比如顾文。

这凌晨的小雨，看似漫不经心，可实际上是酝酿已久。下啊，下啊，雨水就开始凝固，成为一片一片。这时，风也吹起来了，大片大片的雪花，放肆飘舞起来，将落霞山、将油田、将南陆市，也将整个中原都裹挟其中。

所见皆是洁白，顾文的心境居然渐渐豁达起来。

之前，他走出劳改队时，提着的那一大堆舍不得扔掉的破烂，此刻看来，都是束缚他于这人世间肆意行走的绳索与锁具。在这大雪来临之际，绳索与锁具皆不在了，他得以赤条条地轻松往前。行到高处，顾文扭头，看身后的油田，看身后的南陆市。二十年里，他没离开过这座小城。他憧憬过无数次，终有一日，他要离开这座小城，但每每也都只是深夜的妄想，做不得数。

未曾想到，此刻的自己，已经走在离开它的道路上。且看那来时路，大雪匆忙，将他本就浅浅的脚印掩盖，注定这是一场无法回头的出走。

顾文大笑起来，属于他的豪迈，在这个凌晨终于来到。

他放眼望去，世界被白雪笼罩，皆没有颜色，是苍茫一片。而他，在两年前那个夜晚开始，本就已经看不到任何颜色了。于是乎对他来说，此刻他之所见，和众生所见终于大同。

这整个世界，皆在苍茫之下。

体育场枪杀案，在案发当天宣告破获。凶手是当天上午石山劳改农场刑满释放人员顾文。他的父亲，就是1994年南陆油田屠宰车间家属院命案的凶手顾长江。顾长江于1994年年底被执行枪决，顾文因为包庇罪被判刑，在这一天上午被释放。

同时，在这起命案中，南陆市市局刑警队通过走访排查，发现当时已经被南陆市公安局接收的见习警察刘剑，于案发当天中午，曾介入该起命案发生前的纠纷当中。甚至有群众反映，将打架地点确定为市体育场，也是刘剑的主意。不过，在案发时，刘剑并不在场，也没有任何人证与物证能够证明他与这起命案有直接的关系。

这本是个小事，可刘剑是刘长春的儿子。当时，油田的厂区派出所也正在筹备升级为南陆市公安局油田分局，也就是说刘剑这小子以后居然还是个分局局长家的公子。那么，他在体育场枪击杀人案中，起到了一个什么样的作用……这事，可大可小。

作为纪律部队，有问题也不可能不处理。用市局薛局的话来说："刘剑是块好石头，就是棱角多了点。"

所以，本来有机会直接去到市局刑警队实习的刘剑，被

"发配"到了位于南陆市郊区的西山水库警务室。

接到通知的刘剑当时就傻了眼。那天是2月23号,通知上说要他3月1号去水库报到。当时,白禾还没开学,半个月前的那一场经历,令她对刘剑的依赖更甚。所以接通知那会,白禾也在油田派出所里待着,坐在她爸刘长春的办公桌边写寒假作业。

刘剑就对着他爸刘长春说:"这,这不就是让我去看水库吗?"

刘长春说:"有水库给你看就已经是好事了,好好守着水库守一两年,没有犯错,就有机会回市区。"

刘剑说:"还得守一两年啊?"

白禾听到这,偷偷地笑了笑。

刘长春也笑了,他用他那粗糙的手掌搓了几下刘剑的头发:"你小子别以为这是坏事。你别忘了,水库那边现在只有一个老警察守着,那个老警察,就是我们南陆市警界的宝藏。你好好缠着他,让他教你一点皮毛,也够你受益终身了。"

"是谁啊?"刘剑问道,但还没轮到他爸回答,他自己就一拍脑门,"是耿老爷吗?"

刘长春点头:"是他,南陆神探耿老爷耿晶。"

白禾便小声插嘴:"哥,这耿老爷很厉害吗?"

刘剑说:"是咱爸的师父,之前都不是干公安的,专门抓特务的。开发大庆时,作为公安部的大宝贝,被调到大庆抓特务。后来油田会战时期,又跟着队伍来到了南陆油田。再后来……再后来就是因为男女问题才……"

刘长春打断了他："什么男女问题啊！老头就不能想要有个家吗？"

白禾也学他说话："是啊，什么男女问题啊，白禾也只是想要有个家啊！"

白禾：如果我的世界里没有了你

1.哥哥

白禾喜欢她的哥哥——刘剑。因为她的哥哥刘剑高高大大，满脸笑。在哥哥刘剑的世界里，仿佛没有什么事情是解决不了的。所以，只要看到刘剑，白禾就会感觉特别踏实，什么都不怕。白禾也喜欢她哥哥刘剑的那帮好朋友，因为那帮好朋友，也和刘剑一样，满脸笑，没有什么事情是解决不了的样子。

但让白禾很是郁闷的事，就是哥哥刘剑去上了两年多警校，紧接着又被调去水库派出所待了两年。也就是说，从白禾被收养后的差不多五年时间里，刘剑真正和白禾生活在一起的日子，满打满算起来，也就几个月而已。于是乎，刘剑这个哥哥的人设，对于白禾来说，是一个图腾，甚于一个真实人物。

终于到这天，1999年1月15号，刘剑结束了在西山水库警务室的见习期，正式转正。一般来说，见习警察的见习期都是一年，和公务员的见习期是一样的。可刘剑在1997年被发配过去的时候，档案还在警校，开始那大半年属于实习而已。到一年见习期满，又赶在年尾，所以又折腾了两个月才接到正式通知——回南陆市公安局油田分局工作。

油田分局，也就是之前的南陆市公安局下面的南陆油田厂区派出所。城市升级改造，厂区派出所虽然只管着六七万人的地，但片区大，又是大型国有企业。所以，厂区派出所最早升级成了分局。之前的厂区派出所所长，就升为了分局局长。所以，这分局局长的公子，又是根正苗红的油三代刘剑回油田，在一干油田子弟及公检法子弟心里，可是一件大事。

这不，一大早，张执跨就弄了台小车，载着毛熊，到白禾家门口来兜上白禾，要一起去水库接刘剑。油田护厂队的那一帮子小伙，也没闲着，弄了两台车，其中自然有油田人民医院的一台救护车。只不过，田大志现在不用自己开车了，他现在在医院负责后勤，下面管五六个人，其中有三个是开救护车的。田大志天天在办公室给开救护车的人训话，用他自己琢磨出来的打油诗："不急不躁不飙车，才是医院好司机。"

三台车集合好，大家就都兴高采烈，大声吆喝着，说着刘剑回油田了，就会如何如何的话语。白禾心里也美滋滋的，坐在张执跨开来的那台黑色尼桑车的后排，像是一个急着去见心爱的情郎的小姑娘。

这年的白禾，已经十五岁了。五年前的那个夏天，刚被刘长春领养时，她还只是个瘦弱的小女孩，长期的营养不良，导致当时的她，只是个六七岁的孩子的模样。重新进入一个相对来说稳定的家庭后，尽管每天家里也没人做饭，而是自己拿着饭盒到油田厂办食堂里吃饭，可终究也算是三餐按时、作息正常了。再加上有一个刘长春这样的养父，小姑娘对于安全感的需求，相对来说也得到了满足，心理压力没有之前大，身体就逐渐长开了。到刘剑毕业回来时，十三岁的她，也有一米五多，像个半大姑娘。然后，当时又经历了一些事，虽然吓人，但终究很快就得到了处理，人没事。再到刘剑被调回油田分局的这个1999年，十五岁的她，长成了一个亭亭玉立的少女。眉目间，也有着她那俊俏的姐姐白璐的模样。

张执跨看了，就叹气摇头，说："丫头，如果没有那些破事，我现在还弄不好是你姐夫呢！"

在油田分局干辅警的毛熊就笑了，说："你的意思，白禾就是你小姨子咯？这话被刘剑听到了，估计会削你。"

三人一起笑了。

前面的车窗里，就探出了田大志的脑袋，小眼睛眨巴眨巴，跟安在脸上的两颗纽扣似的，冲后面喊："出发了，去接我们的刘队长。"

一帮二十出头的小伙也都起哄，喊道："走咯，去接刘队长咯！"

从油田开到南陆西郊的西山水库警务站，要两个多小时。如果算直线距离，其实还真不远，五十多公里吧，可当时还没修路，去水库要绕过西山，兜兜转转特别麻烦，这也是刘剑这两年里很少回家的原因。而对这一帮子油田子弟来说，开着车，来这水库耍一圈，似乎也挺好。于是，一路上一帮人高高兴兴的，两个多小时，过得贼快。

因为出发早，到水库时，才十点出头。远远地，瞅见那水库警务室门前，停了两台车，一台是边三轮摩托车，上面伸出的警灯上还有一面小红旗；另一台是当时公检法机关里最有排场的三菱帕杰罗。张执跨就咋舌："好家伙，刘剑这家伙不是被发配过来守边关啊，而是过来享福啊，还有三菱大吉普开。"

话说完，就瞅见刘剑从那警务室里出来了，穿着一套警服，没戴帽子。这刘剑啊，当时去警校时，就生得高大魁梧，没有太多长个头的空间。在这水库待了两年下来，块头还是和当时一样，毛发反倒是长得越来越旺盛。加上这水库附近也没个理发店，方圆十几公里除了那三两户农民，以及偶尔过来维护的自来水公司职工外，就鲜见人影，自然也就不需要那么在意仪容仪表。所以啊，此刻从警务室走出来的刘剑，一副蓬头垢面的模样，还留着大胡子，和连环画里画的鲁滨孙一样。

大伙也都笑了，停了车，喊他名字。刘剑听到了，冲他们挥手。从他身后，就跟出来三个年轻警察，两男一女。油田过来的三台车里，一共有十个人，迎了上去。张执跨胳肢窝里夹着两条烟，给到场的人一人发了一包。刘剑身后的三个年轻警察里的壮一点的那位，就咧嘴笑了，说："刘剑，看来外面说你们油田人阔气，还真是名不虚传啊。"

满脸毛的刘剑就说："只是这位比较阔气。"然后，他就给大伙介绍那三个年轻警察，是他在省警校时的同学，也都是南陆市公检法过去的警察子弟，所以关系比较要好。之前说话的又黑又壮的那位,叫薛华文,市局薛局的儿子。不过这薛华文嫌他爹给自己取的这名字娘炮,就总要大家叫他的小名。他小名是薛铁锤。当时薛局说要把刘剑塞过去时,就说了,他儿子也会在这一届的警校生里,说的就是这个薛铁锤。薛铁锤神经大条,打小就是南陆市公检法系统里有名的人物。出名的原因是他七岁时候离家出走过一次,然后想巴结当时还是副局长的薛局的人就很激动,调动了大量警力到处寻找。找了有快十天,都没找到。后来接群众反映,距离市局家属院几百米的一口废井里似乎有人被困。消防的人就过去了,从里面拉出了七岁的薛铁锤。七岁的薛铁锤靠喝井水吃苔藓撑了整整十天,末了还给人说自己是故意潜伏进去的,好让他爸找不着他。

瘦高的那位叫沈晓乐,他爸是功勋警察。南陆市公检法所有人说起沈晓乐爸爸都要叹口气,说一声"可惜了"。当时他爸在市局刑警队的时候,就没有过破不了的案子。所以南陆市警界在说起1995年的油田斩首者悬案时,就都会连带一句:"如果老沈还在,这案子早就结了。"而他们所说的这个老沈,却并不是不在了,而是去了市局后勤,当了警队管弦乐队的号手。1991年秋天的一个深夜,在抓捕杀人犯王羌时,老沈从一个只有一米五的台子上摔了下来,头先着地。那颗一度睿智的大脑袋,失去了曾经的功效。醒来后的他成了一个只有十岁儿童智商的残疾人。

而沈晓乐,就是他唯一的儿子。

至于最后一位,留着短发,手长脚长脖子长的,是汪小涵。她家不是公安系统的,她爸是市中院刑庭的法官。这刑庭和市局那些干刑侦的人走得近,所以汪小涵打小就羡慕干刑警的。然后就不肯考大学,非要考警察。她爸就她一个宝贝女儿,劝不过,很是苦恼,就找薛局吐苦水。薛局说这不好办吗?给他附耳言语了几句。于是,汪小涵顺利考入警校,又顺利毕业,现在在法院干法警,天天在她爸眼跟前待着,没有一丝一毫的危险,令她爸很是欣慰,还时不时问汪小涵:"工作上有什么问题,可以和爸说。"

汪小涵能有什么问题呢?天天在法院门口接来开庭的犯人,铁门处接,押着走五十米,进刑庭塞被告席里,末了又送出来,工作单调又重复。汪小涵就跟薛铁锤、沈晓乐还有刘剑诉苦,他们仨哈哈大笑。

两拨人会合,就点上烟,开始说话。毛熊就问刘剑:"你师父呢?就是你给吹得神乎其神的那个耿老爷呢?"

刘剑左右看看,说:"不知道,可能挑粪去了吧?"

"挑粪?"毛熊一愣,"你们干警察的还要挑粪。"

正说到这,就闻到一股子粪味,毛熊循着粪味来源方向看去,是警务室后面的一大片菜地里,有个穿着雨衣戴着斗笠的人,正在一本正经地给菜施肥泼粪。他动作幅度很大,用那舀粪的长勺子舀上满满一瓢粪,然后对着空中一洒。那一勺子污垢沉静了许久,得以在空中以一种不黄不绿的颜色划过,发散出来的能量自然不小,令站在这边抽烟的十几号人都皱起了眉。汪小涵就笑了,问白禾:"你就是白禾吧?"

白禾说:"是。"

汪小涵说:"来,这儿太臭了,让他们臭男人守着,你跟姐上车。"说完领着白禾上了那台三菱吉普。

余下的十几条汉子，继续抽烟。薛铁锤就问刘剑："那就是耿老爷吗？"

刘剑说："就是他。"

薛铁锤问："你跟着他两年，是不是真的学到了一点东西啊？"

刘剑说："也算吧。"

薛铁锤说："有些啥？说说？"

刘剑瘪了瘪嘴，又想了想，末了，就指着薛铁锤的脚："你以前不是穿43码的鞋？今天怎么穿了一双42码半的鞋出来？"

"找后勤领鞋的时候拿错了，就是有点紧。"薛正一愣，"你怎么知道的？"

刘剑笑，又指着沈晓乐的鞋："你看人家乐哥多机灵，他在学校时穿43码的鞋，现在穿的是43.5码，大半码舒服。"

沈晓乐也是一愣："你乐哥我是二次发育，脚长大了半码。靠，这都能看出来吗？"

毛熊傻不拉几地来了劲："那你给我看看我多少码？"

刘剑也不拒绝，朝毛熊上下打量了一下："45码脚，181身高，80到……到83公斤。"顿了顿，多看了一眼毛熊的鞋，刘剑又说："净高179吧，鞋跟有两公分。"

毛熊瞪大眼："神啊，你看了我体检报告吗？我就是81公斤……嗯，是去年。"

张执跨和田大志等人也都来了劲，也要刘剑给看看。

刘剑说:"我又不是个半仙,给你们算命把脉的,看个毛线啊?"

田大志说:"大伙千山万水过来接你,难不成你以为大家就是为了混张执跨的这一包烟吗?总要能看点把戏吧?"

刘剑笑了,指着身边的人,一一开始报数据——身高、体重和鞋的码数,居然都八九不离十,极少误差。

沈晓乐就说:"行啊,刘剑,以前只听说过老一辈的刑警有过目断人的本事,想不到你小子居然学会了这一招。"

刘剑说:"那有什么办法呢?两年多时间,啥事也没干,天天围着这水库转圈,就被我师父逼着练出了这本事。也没多么难,你天天盯着墙上比画好的刻度,看久了,就自然而然会了。"

"牛!"薛铁锤竖大拇指,"真牛!"他一激动,吸气就吸得猛了,不远处的空中,那不黄不绿的污垢正在飞舞开来,被污染的空气侵略而至。薛铁锤这一大口吸气,被熏得眉头一皱,难受得要命,咳嗽起来。

"他要弄多久啊?"薛铁锤问刘剑。

刘剑说:"一上午吧。"

张执跨就说:"那我们赶紧回去吧,我在'喜相逢'还订了两桌,给你小子接风。"

刘剑笑着点头。他的行李之前就已经放到了薛铁锤他们开来的那台三菱吉普上,到这一会,就只用直接上车走人。到一干人等上了车,刘剑就摇下车窗,冲不远处菜地里的人喊道:"师父,我回去了。"

那人影头也没回,说:"滚蛋。"

刘剑将车窗摇上,说:"走,我们滚蛋。"

白禾终于坐到了刘剑身边,心里泛起丝丝甜。哥哥身上散发出一股青草的味道,许是这两年里,天天在水库边的草丛里躺着吧!十五岁的白禾,在学校里已经开始收到一些傻乎乎的男生递过来的小纸条了,但她都不稀罕,因为在她眼里,没有人能比得上她的哥哥刘剑。

刘剑坐在后排的中间,白禾和汪小涵坐在他的左右。于是,白禾悄悄地往刘剑身上贴了贴,她喜欢挨着刘剑的感觉,就像是当年刘剑第一次将自己从姐姐离开的地方抱出来时候的感觉一样,特别安全,也特别踏实。

白禾两只小手捏在一起,手心里都是汗。她悄悄扭头,去看她哥哥。可是,就是这一眼,她的心猛地往下一沉,因为她看见……她看见哥哥刘剑的右手,居然和坐在他旁边的那个汪小涵姐姐十指紧扣在一起。而汪小涵姐姐的头,甚至已经靠在了哥哥的肩膀上。她头上的一个心形发卡,似乎是在对着白禾宣布这块领地的所有权。可惜的是,白禾看不出这发卡的颜色,因为在她的世界里,没有颜色,一切皆在苍茫之下。

正如她的心理世界,也没有多余的颜色。一切,都只是围绕着她的哥哥存在。

她往旁边一缩,感觉自己正在被人背叛。车厢里的薛铁锤和沈晓乐正在大声说话,哥哥和汪小涵在兀自亲密。于是,一种巨大的无助感,缓缓将白禾裹挟。紧接着,这种由外而来的无助感,迅速进入了白禾的体内,充斥了她的整个身体。这车厢,也就幻变了,不再是车厢,而变得更为封闭与狭小,变得像是一个狭窄封闭着的衣柜。

五年前,屠宰车间家属院里的那个夜晚,怎么再次来到了呢?而此刻的白禾,怎么一下变回到了五年前的模样呢?她缩在衣柜里,那衣柜有着一条缝隙,缝隙外,她能看到屋子里正在发生的一切。

一个高大的男人,正将被绑住的娇小的姐姐白璐,一把按到床上。姐姐挣扎着,被塞住了的嘴里发出"呜呜"的声音。然后,那男人拿出了一把利刃,放到了姐姐白璐的脖子上……

白禾闭上了眼睛,但姐姐的呻吟声在继续,只持续了短短的十几秒……

车厢里的白禾,再次往旁边缩去。车厢里的人们,并没有留意到她的反常。而在这个小小的尚且只有十五岁的她的脑海中,此刻,有一个少年的模样,开始渐渐浮现。白禾感觉到强烈的不适感,因为她的心理世界逆反着这个少年的出现。可是,这个少年在那天给予自己的感觉,与之后年月里,刘剑哥哥给予自己的感觉,是极其相似的。而那个少年与白禾的姐姐白璐十指紧扣的画面,也与此刻刘剑哥哥与他人十指紧扣的画面如出一辙。也就是说,此刻的刘剑与汪小涵的亲密举动,令白禾记忆中某一段她选择性遗忘了的过往,开始一帧帧地回放。而那个少年的五官也逐渐清晰,表情也一度丰满了起来,是……是顾文哥哥。紧接着,顾文哥哥的模样又变了,他成熟了,是个大人了。周围的场景也跟随着变化了,变成了市体育场。站在体育场里的顾文越发清晰。他伸手过来，抹去白禾脸上沾着的血，说："白禾，是我啊，我出来了，我来看你了。"

瞬间，一整段记忆，全部复活。这段记忆起始于尚年少的顾文第一次走进白璐与白禾住着的那小房间。白璐给白禾介绍道："这是顾文，是我的同学，也是父母都不在了的油田孩子。"白璐又说："以后，你就叫他顾文哥哥吧，或许，他比我们的亲哥哥贺清明，更加可靠。"小小的白禾点了点头。

而这段记忆的终点则是两年前那个在体育场的夜晚，站在自己身后的顾文举起了枪，扣动了扳机。然后，他想和自己说说话，可是，那一刻的白禾，根本就已经不记得他是谁了。因为，经历了屠宰车间家属院命案后的白禾的记忆中，有关顾文的片段，被全部选择性遗忘了。

弗洛伊德的精神分析学派里，有说一种叫作"否定"的心理防御机制，是将个体不愿意接受的事实，直接给否定掉了。而我们智人的记忆，本就只是一个选择性保留的过程，并不是真实发生过的一切的留存。正因为记忆是主观的，是由着我们个体所看到、所听到的片面所组成的。所以，很多人将不愿意保留的记忆直接否定掉了，不再记得。

可是，还有一种心理防御机制，就更加强大，叫作"隔离"。否定，是将整件事情全部选择性屏蔽掉，与这个事件相关的一切，都归入潜意识深处，不复存在。而隔离，是将整个事件都保留下来，只是把这个事件中，不被个体所需要的部分抹掉。这个部分，可以是声音，可以是某个画面，甚至也可以是某一个人。

这五年时间里，在小小的白禾的心理世界里，被隔离掉的人，正是她的顾文哥哥。在她的世界崩塌重建的那个夜晚里，刘剑突然出现了，他抱起了白禾，令白禾收获到安全感。从此，刘剑哥哥在白禾的世界里，替代掉了那个她一度依赖的顾文哥哥。

更多与顾文有关的画面……那些一度被这个世界以为并不存在着的，且没有任何人知道着的阴暗，终于开始一一重新来到……车厢再次幻变了，不过这次不再是狭窄的衣柜，而是在屠宰车间家属院的路边……

这是一个夏日的夜晚，马路对面的面摊上，热水沸腾，热气萦绕。十岁的白禾，与另外几个小孩在马路上疯跑。这时，她看到了顾文。顾文很焦急，把十岁的白禾拉到路边，告诉白禾："你赶紧上去，叫上你姐姐，今晚不能住在家里。"

十岁的白禾问："为什么？"

顾文说："因为……因为有人要杀她。"

白禾一愣："要杀我姐姐？"

顾文说："是，他并不知道还有你。"

白禾歪头，看顾文。她希望看到顾文噗嗤一笑，说这是个玩笑。可顾文的焦急神情，令她也开始慌张了。她开始抬手，握住了顾文的手："顾文哥哥，那你为什么不跟着我上去呢？你不是说了会保护我们的吗？"

顾文说："可是……可是那个要杀你们的人，他……他……"最终，他还是没有说出真相，他咬了咬牙，继续道："白禾，我就在这面摊后面的巷子里站着，你从窗户边往这边看，随时可以看到我的，有什么情况，我第一时间会上去的。再说了，你现在要做的，就是上去叫上你姐姐，离开家，今晚上别回来，就可以了。那个人……那个人喝了酒，说……他说……他说今晚就看天意，遇到了就遇到了，没遇到，从此就不再害你们了。"顾文这说的自然是他父亲顾长江，也就是说，屠宰车间家属院杀人案那晚，顾长江其实已经想要放弃对白家人的执念了，且还给了自己一个借口，就看那一晚是否能遇上。于是，顾文一路疯跑，提前一步来到了屠宰车间家属院，把这个消息告诉了白禾。但是，顾文并不知道，在这个小小的白禾的心中，很多微妙心思，并不是常人所能揣测出来的。

白禾点头了，她往家属院里跑。她上楼，到一楼了……她在想，自己因为顾文哥哥与姐姐白璐的亲密举动，有过很多很多的怨念，总觉得终有一天，他们都会离开自己，去往一个只有他们俩才在的地方。实际上，他们也这样做过，某些个夜晚，他们整宿没回来，留着白禾一个人在床上躺着，看窗外的星星。

她上楼了，到二楼了……她在想，如果……只是如果，如果世界上没有了姐姐，那顾文哥哥就只能永远和自己……和小小的白禾在一起。那么，他是不是也会和自己十指紧扣呢？或者，现在还不会，但没关系，白禾会长大，也会长得有姐姐那么好看的。

她继续上楼，到三楼了……她突然有了个大胆的计划，要不，就放任……要不，就不告诉姐姐吧……要不，我就一个人躲起来吧……想到这，她后背一凉，自己怎么会有这种奇怪的念头呢？在这个世界上，小小的白禾，只有两个亲人，也只有两个人真正关心与爱护自己。而这两个人，一个是姐姐白璐，一个是顾文哥哥……对了，还有贺清明哥哥，可是，他已经不算了。嗯，是的，只有姐姐白璐和顾文哥哥。可是……可是他们终有一天，会十指紧扣，离开白禾的世界，去往只有他们两个人的世界里。一想到这，白禾就有点生气。她以为这是叫生气，可实际上，这种情绪，就是嫉妒与愤怒。

她继续上楼，到四楼了……这时，她听到楼下有脚步声传来，沉重且急促。白禾一愣，暗想，难道这就是顾文哥哥说的那个人来了吗？但那脚步声又戛然而止。白禾开始变得慌张。她急急忙忙跑向自己的家，房门没关，姐姐在里面洗衣服，没有留意到白禾进来。白禾又扭头看了下楼梯间，再看了看姐姐的背影。她没有出声，开始蹑手蹑脚往屋里走。她打开了衣柜，然后躲了进去，就好像之前很多次，她和姐姐捉迷藏时，选择的躲藏举动一样。

她的小心脏快速跳动起来，有点紧张、有点害怕，还夹杂着……怎么会呢？怎么会还夹杂着期待呢？可是，这种期待，又像是一个坐在华丽盒子前的那个一袭黑衣的小姑娘潘多拉。潘多拉在那一刻的所思所想——盒子，能被打开吗？他们所说的盒子里的可怕的一切，会真的出现吗？

是的，那一晚的白禾，就是坐在巨大盒子前的那个潘多拉。同样，潘多拉并不知道盒子被打开后，迎来的一切，是她决计无法承受的一切。且她在事后的惶恐，也要超过所有人。因为只有她才知道，一切，曾经有过一次选择的权利。

几分钟后，房门被人缓缓带上了。锁舌合上的声音，令白禾的心猛地往下一沉。她感觉喉咙发干，头皮发麻。她猛地意识到，顾文给自己说的，要真实发生了。巨大的恐惧，将衣柜里小小的白禾整个裹挟。她连忙抓起衣柜里的一件衣服，用牙齿咬住。这时，她有了冲动，想要冲出衣柜，想要去提醒白璐，想要和姐姐一起面对危机。

但……但她害怕，尚小小的、无助的她，害怕。

为了让自己的不作为，有个像样的理由。白禾开始默默告诉自己，或许，这就是自己曾经许愿了很多次的让姐姐消失，让顾文哥哥只照顾自己的愿望，正在得以实现。

当人凝视深渊，慢慢地，她终将化为深渊中的事物，而那事物，是负能的巨龙。而巨龙的恐怖，并不是它的强大力量，而是它的恶念。

那么，十岁的白禾，就是恶念的所有者吗？

对于一个女孩来说，最大的需求，是对安全感的需求。打从我们的智人祖先的年代开始，女性所做的事，大部分都是为了被肯定与被赞许。然后，她们就能得到部落里强大的成员的留意，并收获到保护与照顾。反之，她就会被冷落与孤立。在那个时代，被冷落与被孤立，就意味着死亡。年幼就没有了父母的白禾，对安全感的需求，自然是要甚于别的家庭长大的孩子。且因为没有父母在身旁的监护与教育，所以，没有人告诉她很多事情应该如何去做，何谓之对、何谓之错。于是乎，白禾会放任自己的心智做很多事，而这心智没有被道德、法律、人类常理所规训，导致她并不会去考虑后果，也并不会去考虑自己要如何承担后果。

也就是说，屠宰车间家属院杀人案，本可避免。但坐在华丽盒子面前的潘多拉，选择了打开盒子。世界的可怕，也总是可怕在一些根本无能力承担后果的人具备着选择后果的能力，才有了诸多悲剧的上演。

终于，归于平静了。白禾满脸是泪，她缓缓打开衣柜，看到床上的姐姐变得那么地安静了。白禾开始难过，觉得自己的某个脏器，在生生撕裂般地疼。白禾很惶恐，不希望这种撕裂感将自己摧毁。她扭头，不看姐姐了，步子却迈不开。她想哭出声来，想呼救，可嘴唇好像被缝上了，黏住了，她连驱使嘴唇的力气也没了。

顾文哥哥还在……顾文哥哥就在楼下待着。走到窗边，就可以看到顾文哥哥。

她开始努力往前，一步、两步……她到了窗边，窗外，是一个有着满月的天空，以及天空下，能够被她看得很远的世界。可这世界里的颜色，开始慢慢退却，莫非，是世界被黑暗裹挟的缘故？

接着，她看向远处，看到了顾文。顾文正从面摊旁边的巷子里出来，望着面摊前的地上一团黑乎乎的圆形东西发呆。

距离太远，白禾并不能看清楚那团黑乎乎的圆形东西是什么，她只关心着顾文哥哥为什么还不上来。她希望顾文哥哥一把抱住自己，因为白禾害怕。

就在这时，白禾生命中最为重要的那个人终于出现。他风风火火地到来，看着白禾。他伸出了他那粗壮的手臂，将白禾抱出了凶案现场。然后他告诉白禾，不要害怕，还告诉白禾，自己会永远保护她。尽管，当时的这个他——刘剑，并没有能够保护任何人的能力。

白禾的意识世界，发生了翻天覆地的变化。顾文，被送入到不被她记得的潜意识深处。伴随着顾文消失的，还有白禾那间接导致姐姐被害的记忆。而本属于顾文的这个哥哥的角色，被一个叫刘剑的大男孩取代。

尽管这个角色，最初是属于贺清明哥哥的。

2.恶意

白禾再次往车厢后排座椅的边上靠了靠。这时，刘剑哥哥和前排的两位穿着警服的大哥哥大声说话了。要是平时，白禾会很享受这种时光。因为在她看来，有着刘剑哥哥的世界，都是明亮且温暖的，包括他的世界里的每一个人，在白禾看来，也都是有着光芒的。其中，自然也包括了几分钟前，令白禾感受到亲切的汪小涵。

可在此刻，他们在说着什么，已经变得不重要了。那些声音也无法通过耳膜，进入到白禾的世界里。这个小姑娘的内心，本就与众不同，有着太多小小的心思，外人并不知晓。如若知晓，定会感觉毛骨悚然。所有认识她的人里面，居然只有一个人质疑过她的阴暗面。那个人，叫作贺彩云。也只有她向人发问过：小小的白禾是如何在亲姐姐被人杀死的时间里，保持了沉默且没发出任何声响，最终得以苟且。因为，贺彩云足够了解白近广，了解他的自私、他的卑鄙，以及他的不择手段。所以，被贺彩云所定义的白家姐妹，继承了这种极致的阴暗思想是非常正常的。

除此以外，就再也没有人考虑过这个问题。每一个人……每一个知晓整个事件的人，都不约而同地将这个问题忽略了。因为人心始终是向善的，又有谁会尝试剥开一个只有十岁的小女孩的伤口，去一探究竟呢？

没有人会这么做。

白禾开始咬下嘴唇了……怨恨，开始在缓缓滋生。时间又开始往回，去往了油田子弟学校的某个上午。那天，一位认识刘长春，也认识刘剑的学校领导，和白禾的班主任打趣道："嘿，要不，给你介绍个对象吧，一高高大大的小伙，现在在警校，毕业后就会回油田派出所工作。名字叫刘剑，就是收养了你们班上那可怜的小姑娘白禾的人家的独子。"

刚从师专毕业的贾芳笑了，说："主任觉得不错的，应该就不错吧！之后有机会的话，可以考虑认识一下啊。"说完这话，这位年轻的班主任姑娘，就出了教研室。贾芳和白璐是同一届师专毕业的，又同一年到了油田子弟学校当老师。尽管当时在学校的时候不是一个班，但最后都到了子弟学校后，变得特别要好。于是，在白璐离世后，贾芳就特意和人换了班，成为白禾的班主任。贾芳觉得，没有了姐姐的白禾，需要自己来代替白璐，做些什么。尽管，刚入世的她，未经世事，自己也只是个大孩子。

那天，大孩子的她走回教室，看到了白禾。大孩子的她，问小孩子白禾："嘿，听说你现在有了个哥哥，在警校读书啊？"

小孩子白禾说："是啊！就是我的刘剑哥哥，又高又帅。"

大孩子贾芳笑了："有人说，要把我介绍给他呢。"

小孩子白禾问："介绍给他做什么呢？"

要是和别的孩子，贾芳不会这么随意说话。可白禾在她的世界里，是亲妹妹一般的存在体，因为她一度将自己代入到了白璐的人设，还特意为了能够照顾好白禾，调了班级。只不过，她未曾想到，她自认为的亲妹妹一般的对方，并不可能将她当成姐姐。就算，是当作了姐姐看待，也不被允许触碰她心中最为重要的人儿。

贾芳笑着说："介绍给他，然后嫁给他做媳妇啊，那以后，我就真的是你姐姐了。"

白禾愣住了，皱眉了。但贾芳并没有留意，转念又补了一句："错了，是成为你的嫂子，哈哈！"

整个上午，白禾都一言不发，没有人知道她的脑子里想了些什么。到那天中午，刘剑和贺清明领着郭连环来到学校时，被恨意占据了整个世界的白禾，终于问出了那句"你能帮我杀了贾芳吗？"的话语。

当时在场的人，都以为这是一个小孩子的气话，没有在意。但一切，并不会是气话这么简单。在我们所说道的这个故事中，始终有着一片拼图，没有得以补上，而这块拼图，就是在油田子弟学校女教师贾芳被害的那个深夜。

那晚，刘剑跟着他的好兄弟们出门了，白禾一个人在家。这时，电话响了，白禾接电话，打过来的是她的班主任贾芳。贾芳说："主任又来找我了，说你哥哥今天回了油田。这几天啊，她就要给你爸提一下这个事，然后安排我和你哥哥见个面呢。"

白禾没吱声。

贾芳又说:"所以啊,白禾好妹妹,你明天带一张你哥哥的相片来学校,让我先把把关。"

白禾直接把电话挂了。

然后,她坐到了窗户边上,看窗外。整个油田,都在夜色笼罩中,多么安静。白禾珍惜自己这安静的生活,依恋着这种生活。那么,如果谁要破坏这一切,都是万恶且不可赦免的。

白禾出门了,她要去学校的员工宿舍找贾芳,她要亲口告诉她,不许打我哥哥的主意。

这个十一岁的小姑娘,在这个夜晚走出了家。前方,有路灯,也有路人。每一个路人,都是油田人,在油田人眼里,这十一岁的孩子,都是自己家的孩子一般,所以没有人会动坏念头。可是,这个夜晚,还有两个来自油田以外的社会人。他们进入了油田,踩了一台三轮车,趁着夜色,来到了油田里撬井盖,准备拿去卖钱。

这两个人,一个叫刘猛,另一个就是大圣。而发现了这两个可疑人的,是油田护厂队。抓捕他们时,刘猛鸡贼,撒腿就跑没被逮住,就只逮着了大圣。

而窝在暗处的刘猛,最后钻出来的时候,正好看到十一岁的白禾,独自在油田里行走……

刘猛刚从监狱里释放出来,没有接触过女性。并且,十几年前的他,之所以被抓并判了重刑,也是因为他没管住自己裤裆里那玩意。贺清明问过几次南霸天,这刘猛到底是因为什么事进的监狱,每次南霸天都打了马虎眼,没有正面回答,只说他是做了不为人所齿的勾当。

是的,刘猛犯的是强奸罪,且强奸的对象是幼女,最后还将小姑娘掐死了。而他没有被判处死刑的原因,是案发时,他还没有十八岁。

十一岁的白禾,在这个深夜,遇到了曾经奸杀幼女,且刚出狱的刘猛……

刘猛上前了,他悄无声息地走到了白禾身后,小声问了句:"小妹妹,一个人吗?"

白禾扭头:"是。"

刘猛说:"要不要叔叔带你走?这么晚了,你一个人不安全。"

白禾有点害怕了,她看周围,这一个位置比较偏僻,没有一个人,连路灯都分外昏暗。于是,白禾连忙说:"我不怕,因为我爸爸是刘长春,油田派出所的所长刘长春。"

刘猛一愣,但紧接着他狞笑道:"刘长春又怎么样?这么晚了,他也没在你身旁,不能像叔叔我一样保护你啊。"说着说着,他伸出手,搭到了白禾的肩膀上。

白禾连忙往旁边缩,紧接着,她突然想到白天见到的大舅郭连环,据说她的这个大舅,是油田里赫赫有名的人物。于是,白禾又说:"我舅叫郭连环,很凶的,杀过人。"

刘猛再次一愣,紧接着,他那伸出去的手,缩了回去。他笑了,耸肩:"这样啊,这世界也真他妈的太小了。"

他往后退一步:"丫头,你这么晚了,是要去哪里,叔叔在后面陪你走一程吧?"

白禾歪头："你……你不是坏人吗？"

刘猛说："我？我算是个……应该算是个坏人吧，只不过呢，我和你的这个大舅有交情。"

"哦……"白禾应着，她想了想，说，"那……那如果你是个坏人的话，你可以帮我杀一个人吗？"

刘猛说："杀人？为什么呢？"

白禾说："不为什么，你就说帮不帮吧。我大舅说，我是他在这世界上唯一的亲人。"

刘猛瘪嘴："说说，小丫头你想要杀谁？"

白禾抬手，指向远处的一个家属楼："那个二楼左边过去第三个房间，里面住着一个老师，叫贾芳。嗯，其他老师晚上应该都回去了，只有贾芳在，因为她爸爸妈妈被借调到东北，要工作半年，所以，这段时间她晚上都是在这学校员工宿舍里待着。"

刘猛狞笑了："那，这贾芳老师好看吗？"

白禾咬了咬下嘴唇，低头沉默了一会。最终，她抬起头来，说："好看……嗯，她很好看。"

1995年8月的那个夜晚，11点25分，油田子弟学校老师贾芳的人头，被人从暗处扔到了位于屠宰车间家属院外的面摊上。而面摊对面，住着当天早上刚出狱的郭连环。郭连环在监狱里照顾过一个叫作刘猛的家伙。刘猛睚眦必报，同样，接受过的恩情，也从不会遗忘。所以，在1997年2月的体育场枪击杀人案那一晚，刘猛才会对郭连环说出"欠你的命，也都已经还掉了"的话语。贾芳的人头之所以被扔到了屠宰车间家属院对面，是刘猛想要让同样刚出狱的郭连环看到。只不过，那一会，郭连环因为下澡堂不买那一包洗发洗澡液闹事，被铐在油田派出所的长凳上。

1999年1月15日，是刘剑从水库警务室调回南陆的好日子。而这一天，同样是白禾再次有了想要让某人赴死的日子。

一切，看起来是开头……

一切，似乎也注定了就是终章……

（未完待续）

——钟宇初稿于2022年6月15日14：25

二稿于2024年2月14日5：59